Thelma erzählt mit eigener Stimme die Geschichte ihrer Kindheit und Jugend. Sie flüchtet sich vor den Übergriffen des Vaters und dem Wegsehen ihrer Mutter in eine imaginäre Welt. Erst als Erwachsene findet Thelma zu einer eigenen Identität und kann sich langsam von den Geistern ihrer Kindheit befreien.

Camilla Gibb, 1968 in England geboren, kam im Alter von drei Jahren nach Kanada. Nach ihrem Studium ging sie nach England zurück, in Oxford promovierte sie im Fach Anthropologie. Camilla Gibb lebt in Toronto, dies ist ihr erster Roman.

Camilla Gibb
Worüber niemand spricht

Roman

Aus dem Englischen von
Monika Schmalz

Berliner Taschenbuch Verlag

Für Ted

Deutsche Erstausgabe
November 2001
Berliner Taschenbuch Verlag GmbH, Berlin,
ein Unternehmen der Verlagsgruppe Random House GmbH
Die Originalausgabe erschien 2001 unter dem Titel
Mouthing The Words
bei William Heinemann, London
© 1999 Camilla Gibb
Für die deutsche Ausgabe
© 2001 Berliner Taschenbuch Verlags GmbH, Berlin
Umschlaggestaltung: Nina Rothfos und Patrick Gabler, Hamburg,
unter Verwendung einer Fotografie von © photonica/Karen Beard
Gesetzt aus der Minion durch psb, Berlin
Druck und Bindung: Elsnerdruck, Berlin
Printed in Germany · ISBN 3-442-76003-8

Inhaltsverzeichnis

Erstes Buch

Zweites Buch

Erstes Buch

In einem englischen Garten

Hier kommt der Mann her, der sich unser Vater nennt: An einem regnerischen Aprilnachmittag sitzt er zusammen mit seinen Brüdern Garreth und Timothy in einer Scheune in den Cotswolds. Garreth, der zwei Jahre Ältere, ist über die Osterferien nach Hause gekommen, nachdem er gerade sein zweites Trimester an der Wheaton School hinter sich gebracht hat. Mutter Bausch, benannt nach dem grauen Flaum, der ihr Gesicht umrahmt, wird nicht müde, ihren Ältesten – »ist er nicht ein feiner junger Mann geworden« – von morgens bis abends anzuschmachten. Der fünfjährige Timothy sitzt die meiste Zeit stumm da, die Backen unentwegt mit einem Vorrat gemischter Lakritzbonbons aufgebläht.

Douglas ist der Mittlere – zu jung fürs Internat und zu alt für die zuckersüßen mütterlichen Zuwendungen, die seinem jüngeren Bruder vorbehalten sind. Er ist grüblerisch und still, mit Geheimratsecken über der gerunzelten Stirn, die schon jetzt auf einen allzu verfrühten Haarausfall hindeuten. Jeden Abend, bevor Douglas gute Nacht sagt, bestreicht ihm Bausch zur Vorbeugung mit einem Eiweiß die Stirn. Im Bett träumt er, er wäre ein Bomberpilot der Alliierten, und obwohl außerhalb der Traumzeit ein echter Krieg im Gange ist, findet sich dennoch immer ein Ei für den Kopf von Douglas.

Diese Verschwendung bringt Vater Hugo insgeheim in Rage. Bausch schlägt ein warmes Pfauenei auf dem Rand einer weißen Porzellanschüssel auf und sagt: »Also ich werde dafür sorgen, dass unser kleiner Doug mal der stolzeste Pfau von allen wird.« Als gefragtester Ziervogelzüchter von ganz Gloucestershire zittert Hugo, wenn er sieht, wie die Früchte seiner Arbeit auf dem Schädel seines mittleren Sohnes verprasst werden. Doch er ist machtlos dagegen, denn dies ist und bleibt ein Haushalt, der von Bauschs vielen, recht absonderlichen Ideen beherrscht wird.

An diesem gewissen Nachmittag hat Bausch – im Rahmen eines ihrer typischen und widersinnig wohlgemeinten Bemutterungsversuche – die Jungs zusammen in die Scheune gesperrt. Sie hat beschlossen, dass sie ihnen die Lust am Sündigen nachhaltig verleiden könne, indem sie sie am helllichten Tage mehrere Stunden lang dem Genuss von Gin und Tabak frönen lässt, bis ihnen »speiübel« wird.

Wenn auch die Einzelheiten dessen, was sich hinter dem verschlossenen Scheunentor abspielte, nicht ihren Weg in die Annalen der kollektiven Familiengeschichte gefunden haben, liegt die Ironie der Unternehmung für nachfolgende Generationen keineswegs im Dunkeln. Alle drei Jungs werden als Erwachsene den Schnaps jeder tieferen menschlichen Bindung vorziehen.

Irgendwie bringen es alle drei Jungs am Ende fertig, zu heiraten, wenn auch nicht ohne Streitigkeiten. Garreth scheint Cassandra geheiratet zu haben, weil Cassandra vorher mit Douglas zusammen war. Zumindest machte alles den Eindruck, gewissen Bemerkungen nach zu urteilen, wie etwa: »Ich hab ihr einen Gefallen getan, Douglas. Herrgott, sie war doch viel zu gut für dich.« Cassandra kommt aus Australien, und diese Tatsache veranlasst Vater Hugo dazu, noch auf dem Sterbebett Sätze von sich zu geben wie: »Nicht ohne Grund haben wir das verfluchte Pack in die Kolonien geschickt.«

Timothy bittet Louise an demselben Abend um ihre Hand (obwohl er, zugegeben, bereits entflammt ist), weil, als er sie seinen Eltern vorstellt, sein Vater sagt: »Die Dicke nähm ich ja nicht mal geschenkt.« Insofern kommt dieser Heiratsantrag bestimmt nicht von ungefähr.

Der Mann, der später mal unser Vater wird, heiratet die Frau, auf der man Garreth, sechseinhalb Tage nach der Hochzeit mit Cassandra, auf dem Rücksitz seines Rovers erwischt. Douglas ist gerade wegen eines noch unbekannten Fehltritts aus der Armee entlassen worden und weiß nichts mit sich anzufangen, außer zu heiraten. Die arme Cassandra wohnt der Hochzeit meiner zukünftigen Eltern bei und scheint diejenige zu sein, die beim Anblick der wunderschönen Braut am meisten zu Tränen gerührt ist.

Auf nicht ungeschickte Weise ist es meinem zukünftigen Vater jedoch gelungen, sich die Tochter eines Hauptmanns der Royal Air Force zu angeln, von dem er annimmt, er werde ihm beruflich wieder auf die Sprünge helfen. Im Grunde ist er ganz schön stolz auf sich. Nicht nur, dass er wieder Aussicht auf Arbeit hat, es ist ihm dazu noch gelungen, Garreths Fehltritt in Cassandras Schwägerin umzuwandeln. Ebenso wenig wie seinen Brüdern bleibt ihm jedoch Hugos rassistischer Zorn erspart. Mit ihrem langen pechschwarzen Haar wird Corinna, seine neue Braut, das Opfer von Schmähungen wie: »Haben wir etwa den verfluchten Krieg gewonnen, nur damit du losziehst und eine vom Feind heiratest!«

Falls Sie denken, meine Mutter sei bei all diesem Hin und Her bloß eine glücklose Schachfigur gewesen, seien Sie versichert, dass sie ihre ganz eigenen Beweggründe hatte. Sie sonnte sich geradezu in der Vorstellung, wie ihr Vater und ihre Mutter sagen würden:

»Und dafür haben wir dich auf ein Mädchenpensionat in die Schweiz geschickt?«

»Das kann doch nicht wahr sein, Corinna. Der Sohn eines Pfauenzüchters?«, seufzte ihre Mutter.

Worauf meine Mutter taktvoll erwiderte: »Vielleicht hilfst du ihm ja, eine Arbeit zu finden, Papa. Er ist gerade aus der Armee entlassen worden.«

Wir glauben, dass das, was wir für normal halten, normal ist, einfach weil wir es nicht anders kennen. Welten prallen aufeinander, und der Zusammenhalt unserer Biografien zerbröckelt. Ich spüre es an den verständnislosen Blicken, die ich immer wieder auf Dinnerpartys ernte. Wenn andere Leute irgendwas erzählen, werfe ich gern Bemerkungen ein wie: »O ja, das kenn ich. So hab ich mich auch immer gefühlt, wenn mich mein Vater unter den Armen packte und vom Brückengeländer baumeln ließ.« Die Lebhaftigkeit weicht aus den Blicken der Leute, und sie starren einen plötzlich ernüchtert an. »Sie wissen schon«, füge ich hoffnungsvoll hinzu. »Diese eine Brücke, die über den Don führt?« Ein geschickter Gastgeber überspielt jetzt vielleicht die peinliche Stille mit dem taktvollen Vorschlag, doch ruhig noch etwas von dem Stilton zu nehmen. Und hätte ich einen Geliebten, wäre dies für ihn der ideale Zeitpunkt, unterm Tisch beruhigend meinen Oberschenkel zu drücken und mir etwas ins Ohr zu flüstern wie: »Ist ja gut, Schatz. Sag einfach lieber gar nichts.« Schweigen schien oft die einzige Möglichkeit zu sein.

Früher habe ich mich immer gefragt, ob es den Leuten nicht vielleicht doch klar war, was ich meinte, nur stellten sie sich besonders stur. Später dann, zu Hause, durchwühlte ich einen Kopf voll endloser Felder aus Farngestrüpp und Stachelbeersträuchern und flüsterte im Dunkeln mit meinem Fantasiegeliebten, dem ich eine schweigende, winzige, perfekte Welt voller wildfremder Menschen schilderte. »Hast du sie so noch nie gesehen? Wie die Welt ohne dich aussieht? Ist dir das noch nie passiert?« Eigentlich habe ich keine Worte dafür, vielleicht hat sie aber auch sonst niemand, weil alle immer so tun, als verstünden sie mich nicht. Vielleicht gibt es keine Welten ohne Wörter.

Mit knapp zwanzig war dann doch so viel vorgefallen, dass ich mir dachte, ich könnte vielleicht doch mal einen dieser Therapeuten anrufen, die man mir empfohlen hatte. Ich besaß einen Stapel kleiner Zettel mit Namen und Telefonnummern – Zettel, die mir verstohlen (und erschreckend häufig) unter Tischen, in Bibliotheken, Banken und sogar, aus welchem Grund auch immer, vor allem in Museen zugesteckt wurden. Ich nahm mir vor, einen dieser Fachleute zu fragen, was genau denn nun eigentlich normal sei. Mitten in der Nacht von seinem Vater geweckt zu werden, um eine Sperrholzplatte vors Fenster zu halten, während er die Dunkelheit wegnagelt?

Also ging ich zu Lydia Hutchinson, Diplompsychologin, die darauf bestand, mich nach jeder 45-Minuten-Sitzung an sich zu drücken – drohend ausgestreckte Arme, die ich im Verlauf der folgenden sechs Wochen fürchten lernte. Sie forderte mich auf, meiner Wut freien Lauf zu lassen, indem ich einen orangefarbenen Plastik-Baseballschläger von der Größe eines Ammenhais in die Hand nahm und ordentlich auf ein Foto meines Vaters eindrosch, das auf einem hell lilafarbenen Kissen lag. »Aber ich *kann* das nicht«, wiederholte ich jedes Mal. »Vielleicht verdränge ich ja *wirklich* irgendwas, aber selbst wenn nicht, käme ich nie im Leben darauf, ausgerechnet so meine Wut zum Ausdruck zu bringen.« Ein orangefarbener Plastikgegenstand wäre mir in keiner meiner Fantasien als Waffe eingefallen.

»Wie würden Sie dann Ihre Wut zum Ausdruck bringen?«, bohrte sie.

»Aber ich bin doch gar nicht wütend!«, protestierte ich.

»Aber wenn Sie es wären?« (*Die ist aber verdammt hartnäckig.*)

»Dann würde ich Ihnen sagen, dass Sie sich verpissen sollen!«, rief ich.

»Gut!«, beglückwünschte sie mich. »Eine Fantasie!«

»Das ist keine Fantasie«, sagte ich. »Ich mein's ernst.«

»Noch besser!«, rief sie aufgeregt. »Sie übertragen Ihre Wut!«

Ich verdrehte die Augen.

Sie war nämlich diejenige von uns, die ein Übertragungsproblem hatte. Einmal fragte sie mich, ob es bei uns um die Weihnachtszeit immer besonders angespannt sei und ob mein Vater jemals meine Mutter beim Christbaumschmücken geschlagen habe. Ich konnte mich nicht daran erinnern, dass so was schon mal vorgekommen war, und obwohl es möglich schien, wurde ich stutzig, als sie mich fragte, ob mein Vater jemals mit dem silbernen Stern auf sie losgegangen sei, um ihr die Hand zu durchbohren. Ich sagte »Nein«, und sie sagte »Dieser Mistkerl«, und wir wirkten beide ein bisschen verwirrt. Sie schien auf weiche weiße Stofftiere fixiert zu sein, und da sie anscheinend nicht locker lassen wollte mit ihrer Idee mit diesem orangefarbenen Baseballschläger, schlug ich ihr eines Tages vor, ihn doch einfach mal selber eine Runde zu schwingen.

Sie stimmte zu, um mir die Übung zu demonstrieren. Sie nahm

den Schläger und begann ihn rhythmisch gegen die Beton-wand ihres Kissenzimmers zu schlagen. Erst schlug sie nur leicht zu, dann aber steigerte sie sich zu einem monumentalen Crescendo und stieß dabei die unglaublichste Aneinander-reihung von Verwünschungen aus: »Du-gottverfluchter-Arsch-ficker-Schwanzlutscher-Drecksau-Wichser-Eichhörnchen-Arsch!« Eichhörnchen? Das wollte ich lieber gar nicht wissen.

Verblüfft und angewidert sah ich ihr dabei zu, wie sie sich, den sonst makellosen Zopf ganz zerzaust und mit einem sonder-baren, selbstzufriedenen Leuchten in den Augen, in ihren Sitz-sack fallen ließ.

»War das gut für Sie?«, fragte ich sarkastisch.

»Sehr gut«, seufzte sie und brach dann in Gelächter aus. Ganz geheuer war mir das nicht.

Logischerweise hinterließ dieses Erlebnis in mir den endgül-tigen Eindruck, dass sie kaum in der Lage sein würde, mir zu vermitteln, was Normalität sei. Sie aufzusuchen hatte mich ohnehin schon Mühe genug gekostet. Immerhin lauteten die beharrlich wiederholten Grundsätze meines Vaters »Von Käse kriegt man Albträume«, »Rote Haare deuten auf Inzucht« und »Priester ficken einen in den Arsch, aber Psychiater vögeln einen zwischen den Ohren«. Er hatte einen ausgeprägten, ziem-lich paranoiden Begriff einer Herrenrasse und hielt sich wohl für deren einzigen Überlebenden. Er war überzeugt, das Opfer einer Verschwörung irischer Amerikaner und Psychiater zu sein.

Im Jahr 1968 wurde ich in einem überfüllten Zimmer der St. Mary Abbots-Klinik in South Kensington geboren. In London, hineingeboren in einen Monat voller Nächte und

Tage, die sich bloß durch unterschiedliche Grauschattierungen voneinander unterschieden. Geboren in einem Land, in dem das Kinderkriegen als etwas Peinliches und Unziemliches galt und in dem der staatliche Gesundheitsdienst die Geburt als Krankheit betrachtete, die eine zehntägige Internierung erfordert.

Als man mir in der ersten Klasse ein neues Schreibheft gab, in das ich so etwas wie »Meine Autobiografie« schreiben sollte, schrieb ich, der kollektiven Legende nach: »Ich bin lila und tot geboren. Ich bin in England geboren«, als sollte damit angedeutet werden, dass der Geburtsort den Geburtszustand bestimme. Meiner Mutter zufolge lag ich damit gar nicht so verkehrt. Ich bin nicht ins Leben hineingeplatzt. Ich wurde von einer Maschine herausgepumpt. Ich war das Ergebnis vorzeitigen Samenergusses und zeigte mich nicht übermäßig begeistert von der Idee, in die Welt entlassen zu werden.

Von der schwangeren Corinna gibt es keine Bilder. Sie war dünn wie ein Strich und arbeitete als Mannequin bei Debenhams, als sich der Spritzer in ihr bemerkbar machte, und sie empfand die Invasion ihres Körpers als schädigend sowohl für ihre Karriere als auch für ihre Psyche. Nicht ohne Stolz gelang es ihr immerhin, ihre Schwangerschaft vor der Außenwelt geheim zu halten. Erst als sie im neunten Monat zum Zeitungskiosk ging, um zehn Marsriegel auf einen Schlag zu kaufen, kam die Wahrheit ans Licht. Eine wohlmeinende Bemerkung des Verkäufers entlockte ihr den Schrei »Oh mein Gott, ich bin schwanger!«, der noch heute durch die Straßen South Kensingtons hallt.

Zwei Wochen später wurde ich wohl oder übel hinausbefördert – lag räudig und schluchzend in den verwirrten Armen einer Frau, die angesichts ihrer Degradierung vom Mannequin zur Mutter am Boden zerstört war. Als Douglas schließlich zu Besuch kam, wog sie drei Kilo weniger als vor ihrer Schwangerschaft.

»Was kann ich dir bringen, Corinna? Was möchtest du essen?«, fragte er hilflos.

»Am liebsten hätte ich«, sagte sie zu ihm, »ein bisschen Huhn«, und sie stellte sich etwas Zartes und Weißes vor, ohne Haut, ohne Knochen, ohne Fett und himmlisch.

Er kochte ihr ein Hühnchen. Briet es, wälzte es in Schweinefett und lieferte es ihr am nächsten Tag in einer braunen Papiertüte. Sie warf einen Blick auf die fettige Tüte und sagte duldsam: »Tut mir Leid, Douglas, aber ich glaube, du musst es wieder mitnehmen.« Er wusste nicht genau, ob sie das Kind oder das Hühnchen meinte.

Corinna kehrte in ein von Mutter Bausch gehütetes Haus zurück. »Gehütet« war wohl ein Euphemismus für Schokoladencreme zubereiten und klebrige Flecken an den Fensterscheiben hinterlassen, oder beim Eierbraten für Douglas' Abendessen Pfannen anbrennen lassen. Corinna war außer sich. Kaum war sie wieder zu Hause, lud sie die winzige Thelma auf Bauschs Arm ab und schnappte sich den Staubsauger, um damit zu wüten, während sich Douglas und seine Mutter an die Zimmerwand drückten.

Danach zog sich Corinna mit einem Hass auf Ehemänner und Babys und die Menschheit im Allgemeinen ins Bett zurück. Wäre man in der Zivilisationsgeschichte weiter gewesen, hätte sicher jemand als Erklärung für Corinnas blutrünstige Gedanken auf postnatale Depressionen getippt. Sie träumte, sie hätte ihr Baby im Garten begraben. Sie träumte, eine Sonnenblume wäre genau an der Stelle gewachsen, sie träumte, sie wäre von ihrer Schönheit geblendet worden, sie träumte, sie hätte Reue empfunden, weil ihr Kind vielleicht irgendwann mal genauso prachtvoll und majestätisch geworden wäre wie diese Blume. Doch dann hätte ihr die Blume das Gesicht zugewandt, und die Kerne wären auf die Erde gekippt, und sie hätte mit schauerlicher hoher Stimme losgekreischt: »Mammiii!«

»Douglas!«, schrie Corinna in die garstige Nacht. »Ich halt das nicht mehr aus! Schaff's mir vom Hals!« Diese Worte erreichten sein Zimmer am Ende des Flurs und waren der Auslöser für ihre Abreise am darauffolgenden Tag. Sie würde zu ihrer Schwester Esmerelda nach Edinburgh fahren, und er solle sich bitte *irgendwas einfallen lassen* wegen des Kindes.

Was er sich einfallen ließ, war, wie immer, seine Mutter anzurufen. Er fuhr die kleine Thelma zu Bausch und Pfauenzüchter Hugo nach Gloucestershire. Bausch war höchst angetan von der Aussicht, dem ersten Enkelkind ihre brach liegenden Bemutterungskünste angedeihen zu lassen. Hugo hingegen zeigte sich weniger beglückt. »Kleiner Rotzlöffel«, murmelte er vor sich hin, als er zum Abendessen ins Haus kam und dabei Sägemehl aus der Scheune über den Teppich verteilte. »Wieso kriegt das Gör unsere gute Sahne?«, schrie er Bausch an. »Da kann man ja gleich den Hund mit Roastbeef füttern.«

Acht Monate später kehrte Corinna (der Legende nach wie ausgewechselt) zurück und konnte es kaum erwarten, sich wieder als Mutter zu etablieren. Eingetreten sei dieser Sinneswandel angeblich, als sie bei ihrer Rückkehr zum schwiegerelterlichen Hof feststellte, dass die winzige Thelma, bleich, mager und zahnend, am Treppengeländer festgebunden worden war. »Das Gör hat geschrien wie am Spieß«, sagte Bausch zu ihrer Verteidigung.

Doch meine Mutter hielt mit frisch gebackener mütterlicher Kampfeslust dagegen: »Es ist doch völlig egal, was sie gemacht hat. Man kann das verfluchte Kind nicht einfach an die Treppe binden!«

»Was fällt dir überhaupt ein, hier aufzukreuzen und mir Vorschriften zu machen, wie ich mich um die Tochter zu kümmern habe, die du einfach im Stich gelassen hast. Wer steht denn schon seit Monaten mitten in der Nacht auf, um sich um die Kleine zu kümmern? Was bist du überhaupt für eine Mutter!«, schrie meine Großmutter.

»Sie ist mein Kind und ich bin hier, um sie mit nach Hause zu nehmen«, sagte meine Mutter, band mich vom Geländer los und schlug mich in ihre Mantelecke ein.

Douglas hatte Corinna furchtbar vermisst. »Wir werden tun, was wir können, Kätzchen«, sagte er. »Wenn's sein muss, suchen wir uns eine Kinderfrau. Eine Tagesmutter.« Sehr zu seiner Verblüffung entgegnete sie: »Ich will noch eins. Ich fürchte, dieses hier hab ich vermasselt. Lass es uns noch mal probieren.«

In Wirklichkeit war ihre neu entdeckte Mütterlichkeit ganz woanders herangereift. In Edinburgh nämlich, in den Armen eines jungen Rechtsanwalts, mit dem sie über den gesamten vergangenen Monat hinweg heftige amouröse Begegnungen gehabt hatte. Auch ihr zweites Kind schien eine Frühgeburt zu werden. Doch diesmal war sie auf alles vorbereitet, und der kleine Willy schlüpfte ganz nach Plan. Rachedurstig stürzte sich Corinna in die Mutterschaft. Dieses Kind würde anders sein. Es *war* auch anders – die Frucht einer Liebschaft, ein Wunschkind, die Bestätigung ihrer Weiblichkeit, aus Leidenschaft und Heimlichkeit hervorgegangen.

So wurde ich ins Reich der notwendigen Übel verbannt. Doch

da auch mein Vater dieses Reich bewohnte, fand ich in ihm einen Verbündeten, und als ich schließlich auf zwei Beinen gehen und sprechen konnte, war ihm das nur recht. Ich musste die Hühnereier einsammeln und beim Taubenfüttern helfen. Ich nannte das, was wir hatten, den Hof, obwohl es eigentlich nur ein Garten war, in dem sich ein kleines Gehege befand. Wir waren aus London in ein kleines Dorf namens Little Slaughter gezogen, das in der Nähe des Hog's Back lag. Der Grund für den Umzug war, dass meine Mutter als ziemlich verwöhntes Einzelkind ihren Vater um eine Anzahlung für ein Haus gebeten hatte. Sie hatte die braune Wohnung in London satt, hatte es satt, jeden Tag daran erinnert zu werden, wie sie vielleicht sonst ihr Leben verbringen würde, während sie Willys Kinderwagen an Schaufenstern voll glamouröser Mannequins vorbeischob. »So hätte ich auch sein können«, hatte sie geseufzt. Ach ja, so dünn, gepflegt und blutleer.

In dem Dorf gab es keine Schaufenster, die sie an irgendwas anderes hätten erinnern können als die bittere Gegenwart. Genau genommen gab es gar keine Läden, es gab weder Schule noch Bibliothek noch das leiseste Anzeichen nachbarschaftlichen Wohlwollens gegenüber der neu zugezogenen Familie. Am Fuß des großen Herrenhauses standen sieben kleine Häuser und eine winzige Kirche aus dem elften Jahrhundert. Unseres war das kleinste der rosenumrankten, wistarienumhüllten und strohgedeckten Häuschen, das, soweit ich mich erinnere, so vollendet englisch war wie auf einer Ansichtskarte. Doch es war ein Haus, das mit Opa Harrys neuem Geld gekauft worden war, und genau da lag auch das Problem. Neues Geld war an sich schon schlimm genug, doch dieses neue Geld war nicht einmal unser eigenes.

Wir wurden geächtet. Es muss wohl irgendein offizielles Dorfdekret verhängt worden sein, das den Nachbarskindern untersagte, mit mir zu spielen. Meine Mutter war furchtbar einsam ohne eine Menschenseele weit und breit, die von ihr beeindruckt war oder sie verehrte, also durfte Willy der Engel diese Aufgabe ganz allein übernehmen. Mein Vater fuhr jeden Tag mit dem Mini zum Bahnhof Guildford und nahm den Zug nach London zur Arbeit, die seinen Worten nach daraus bestand, »mit fetten Kerlen essen zu gehen«. Die Kerle füllte er mit Gin Tonics ab und schickte sie dann im Zug zurück nach Hammersmith zu ihren Frauen, während ihm noch genügend Zeit blieb für ein Nickerchen im Park, ehe er sich in seine Werbeagentur aufmachte. Er hasste den Job, was er unentwegt zum Ausdruck brachte.

Wir alle suchten unser Heil in ausgedachten Freunden. Vater hatte eine Sekretärin namens Teresa. Das weiß ich, weil er manchmal zur Schlafenszeit in mein Zimmer kam und sagte: »Sollen wir nicht mal ein Spiel spielen? Wir tun jetzt so, als wären wir im Büro, und ich bin dein Chef und du bist Teresa, meine Sekretärin.« Dann setzte er sich auf mein Bett und ich tat so, als würde ich tippen. Das gefiel mir – wie meine Finger auf einer Fantasieschreibmaschine klack klack klack machten.

»Und was macht Teresa, wenn der Chef ins Zimmer kommt?«, fragte er mich. »Also«, sagte er dann. »Sie schließt die Augen und öffnet den Mund, und der Chef gibt ihr einen dicken Kuss.« Und dann steckte er seine verrauchte Zunge in meinen Mund und ich spürte sein stachliges Gesicht. Der Teil gefiel mir nicht so, aber ansonsten gefiel mir das Teresa-Spielen ganz gut. Vor allem, als er mir ein kleines Fläschchen Parfüm mitbrachte und sagte: »Hier ist was Schönes für Teresa. Tu dir doch einfach was davon drauf, bevor dein Papa abends zum Gutenachtsagen zu dir ins Zimmer kommt.«

Meine Mutter hatte Peter. Peter war der ausgedachte Mann, der immer bei ihr anrief. Das wusste ich, weil das Telefon klingelte, klingelingeling, und Mutter, noch immer im Nachthemd, dran ging und mit tiefer Stimme kicherte und den Arm um ihre Taille wickelte und sich im Stuhl zurücklehnte und »Ach, Peter« sagte. Eines Tages sah sie meinen fragenden Blick und sagte nach dem Auflegen: »Thelma, hast du nichts Besseres zu tun? Du hast doch deine Fantasiefreunde, warum gehst du nicht mit Ginniger spielen, damit ich in Ruhe mit meinen Freunden spielen kann.«

»Ist Peter ausgedacht?«, fragte ich sie.

»Ja«, seufzte sie. »Peter ist ausgedacht.« Und ich wusste, was sie meint. Ausgedachte Menschen waren heimliche Menschen.

Ich hatte tatsächlich »besseres zu tun«. Ich gab Teegesellschaften und musste zu Beerdigungen. Ich hatte meine Freunde: Ginniger, Janawee und Heroin, und Teddy und Blondie, meine Lieblingspuppe mit den unmöglichen Haaren. Ich musste die stillen Figuren zusammentrommeln, dafür sorgen, dass ihre Haare ordentlich gebürstet waren und ihnen anschließend Tee einschenken. Kleine Stühlchen waren auf der blauen Decke mit Namen Bah angeordnet, die den Tisch für das winzige Teeservice darstellte und unser Wasser und unsere Gespräche aufsog. Manchmal spielten wir auch Büro.

Ein Jahr später saß ich allein mit ein paar unbekannten Puppen in einem Wartezimmer und wartete, bis Mutters Arzttermin zu Ende war. Ich sagte zu Ginniger: »Diese Puppen sind freche Sekretärinnen. Und du weißt, was das heißt. Los, Ginniger, wir binden sie an einen Stuhl.« Wir zogen ihnen die Unterhosen aus, aber es gab kein Seil im Wartezimmer, deshalb konnte ich ihnen nur mit den Zähnen ein paar lange Haarsträhnen ausreißen und sie mit ihren eigenen Nylonfäden festbinden.

An jenem Abend kam Vater nicht hoch, um mir gute Nacht zu sagen. Er war mit Mutter unten in der Küche und musste aufpassen, dass er nicht von fliegenden Tellern getroffen wurde. »Du Dreckskerl!«, schrie sie. »Wo zum Teufel hat sie das mit den frechen Sekretärinnen her! Was hast du mit ihr angestellt?«

Ich drückte Teddy an mich und flüsterte oben auf der Treppe mit Heroin. »O nein, Heroin, Mama hat's rausgekriegt. Mach was.« Still und stoisch wie immer bedeutete mir Heroin, auf ihren Rücken zu klettern. Manchmal ist sie mein Pferd, wenn wir Angst haben, und sie galoppiert mit mir so schnell davon, dass der Boden wie ein grüner Fluss aussieht. Sie hat dicke, schwere Hufe, die Blumen und böse Menschen unter sich zerquetschen, und wenn ich mich umgucke, sehe ich zertrampelte Iris und zermatschtes Gehirn.

Nicht nur Mutter wusste über die Sekretärinnen Bescheid, sondern auch ein Psychiater namens Dr. Reginald Knowles, der mich im Guildford Krankenhaus hinter einem Spiegel beim Spielen beobachtete. Corinna fuhr mich dorthin, nachdem ihre Schwester Esmerelda bei uns zu Besuch gewesen war. Ich mochte Esmerelda. Sie war größer und weicher als Mutter und sprach mit sanfter ruhiger Stimme. Als Mutter im Bett war und Migräne hatte, machte sie Crêpes mit Zitrone und Zuckerguss. Und dann fragte sie mich: »Wozu hast du heute Lust?« Ich nahm sie an der Hand und führte sie in den Garten und stellte ihr die Tauben vor. Wir hatten zwölf Stück, auch Besondere mit elisabethanischem Kragen um den Hals, und ich kannte alle mit Namen. Sie sagte schöne Sachen wie: »Na, das ist aber 'ne hübsche Kleine«, und ich sagte: »Woher weißt du denn, dass es ein Mädchen ist?«, und sie antwortete: »Na, weil sie so hübsch ist.«

»Die Mädchen, das sind die mit den engen Mösen«, erklärte ich ihr, und dann sagte Tante Esme, dass ihr ein bisschen flau sei und dass sie jetzt eine Tasse Tee gebrauchen könne.

In meinem Kinderzimmer versuchte sie sich in den Stuhl zu quetschen, auf dem schon Janawee saß. »O nein, Tante Esme«, sagte ich und zuckte zusammen. »Das ist Janawees Stuhl!« Ich sah Janawee gerade noch rechtzeitig vom Stuhl rutschen und dem sicheren Tod entgehen.

Tante Esme sagte: »Entschuldige, Blümchen, kann ich mich in den da setzen?«

»Na ja, normalerweise ist das Heroins Platz, aber dann setzt sich Heroin heute ausnahmsweise mal auf Bah.«

»Und wer ist heute noch mit von der Partie?«, fragte Tante Esme interessiert.

»Ginniger. Und Teddy und Blondie. Janawee ist das Baby, deswegen kann sie noch nicht sprechen. Die hat noch nicht mal Zähne. Heroin ist die Größte. Sie ist noch größer als ich. Und Ginniger ist die Mittlere.«

Heroin war die Größte, die Mutigste und die Erwachsenste. Sie schlief nicht mit uns im Bett, sondern im Schrank unter der Treppe, und sie kannte das Alphabet und trug die Buchstaben mit größter Sorgfalt in ein blau liniertes Heft ein, auf dem MEIN NAME IST … stand. Heroin brachte mir gerade das Alphabet bei, obwohl sie manchmal die Geduld verlor und zu mir sagte, ich sei eigentlich zu alt, um mich »wie ein Baby« zu benehmen, aber meistens nickte sie nur oder schüttelte den Kopf.

Janawee war das echte Baby. Sie hatte blonde, schulterlange Zöpfe und eine kleine rosa Blume als Mund. Sie aß ausschließlich Toast mit Marmite. Sie heulte schrecklich viel, weil sie vor fast allem Angst hatte, und sie war so klein und zerbrechlich wie ein kleines Vögelchen und kuschelte sich nachts immer in meine Achselhöhle, weil sie Angst hatte vor den kleinen Gnomen, die unter meinem Bett wohnten. Ich hatte auch Angst vor ihnen, und ich rollte mich zu einer kleinen Kugel zusammen, damit sie nicht rauskamen und meine Zehen anknabberten.

Ginniger war, na ja, genauso wie ich. Irgendwo in der Mitte. Manchmal die Mutter von Teddy und Blondie, manchmal das kleine Mädchen von Heroin, manchmal Vaters freche Sekretärin, manchmal sein Liebling, manchmal Mutters kleine Nervensäge, manchmal Vaters kleine Helferin, manchmal Willys Schwester, Tante Esmes Blümchen oder Oma Bauschs doch-schon-ein-großes-Mädchen, aber immer ziemlich launisch und schüchtern und still. Sie sagte sehr selten was und lachte fast nie.

Auch wenn es Heroin war, mit der ich mich unterhielt, war es Ginniger, die einfach nur da war. Wir brauchten nicht reden, weil wir ohnehin immer genau dasselbe gesagt hätten. Entweder gab es zwei Ichs – Thelma und Ginniger – oder ein Ich in zwei verschiedenen Körpern, aber so oder so waren wir für andere unzertrennlich und ununterscheidbar, außer durch unsere Namen. Keiner außer mir schien zu wissen, wer gerade sprach.

»Manchmal spielen wir auch Büro«, vertraute ich Tante Esme an.

»Und wie geht das Spiel?«, fragte sie interessiert.

»Na ja, Papa ist der Chef und wir sind die Sekretärinnen«, sagte ich ihr. »Und wir machen das hier«, sagte ich und tat, als würde ich tippen, und machte die Klack-Geräusche tippender Finger. »Und wir gehen ans Telefon und kochen Tee.«

»Na, da musst du ja schon eine Menge Geld verdienen«, sagte Tante Esme anerkennend.

»Mhmhm«, nickte ich. »Und wenn wir fleißig waren, sagt der Chef: Na, das haben Sie ja prima gemacht, Fräulein Soundso. Hier ist ein kleines Geschenk für meine fleißige kleine Sekretärin, und er schenkt uns einen neuen Kuli oder Parfüm, und wir sagen danke und geben ihm einen dicken Kuss.«

»Was für einen Kuss?«, fragte Tante Esme.

»So einen«, sagte ich. Und ich schloss die Augen und öffnete den Mund wie ein Goldfisch, genau wie er es mir gezeigt hatte.

»Ach ja, so einen Kuss«, sagte Tante Esme wissend. »Aber was passiert, wenn ihr nicht fleißig wart?«, fragte sie.

»Na ja, manchmal sagt er: Fräulein Soundso, mir scheint, Ihnen ist hier beim Abtippen dieses Briefes ein Fehler unterlaufen. Da müssen Sie sich wohl mal hinlegen, damit ich Sie bestrafen kann.«

»Und was passiert dann?«, flüsterte sie und riss dabei aufmunternd die Augen auf.

»Ich mache, was der Chef sagt, weil das meine Arbeit ist.«

»Was ist deine Arbeit?«, bohrte sie nach.

»Hab ich doch gesagt. Tippen und ans Telefon gehen und solche Sachen eben.«

»Und sich hinlegen?«, fragte sie beharrlich.

»Nur wenn ich was falsch gemacht hab. Das kommt schon mal vor. Papa sagt immer, irren ist menschlich. Und sogar Sekretärinnen sind menschlich. Sogar die fleißigen sind manchmal frech.«

»Und was passiert, nachdem du dich hingelegt hast?«, fragte sie.

»Dann schlafe ich ein und träume was.«

»Und wovon träumst du?«, fragte sie ernst.

»Von einem fliegenden Insekt«, sagte ich und ließ meinen Arm vom Boden zur Decke schweifen. »Eine Libelle mit einem ganz ganz dünnen Körper, genau wie ein Zweig. Ich bin ein Insekt, das durchs Zimmer schwebt, und hier klebe ich mich hin« (ich zeigte auf die Stelle), »hier an die Wand über meinem Kopfkissen und guck runter. Ich find's ganz schön hoch, weil ich ja nur ein winziges Insekt bin, und ich hab Angst, so hoch oben zu sein, und mein Bett und das Zimmer sehen so groß aus. Und wenn der Krach zu laut wird, halte ich einfach ganz fest die Luft an, und meine Augen drehen sich in den Kopf rein und ich sehe alles groß und rot.«

Ich war sehr nervös, nachdem ich es Tante Esme erzählt hatte. Ich wusste, dass ich etwas Schlimmes getan hatte, weil die Sekretärinnen, genau wie Peter, eigentlich geheim waren. Und jetzt konnte ich ja sehen, was passierte, wenn man Geheimnisse ausplauderte. Mutter warf in der Küche mit Tellern nach Vater, und dann warf sie einen Stuhl und er sagte: »Ich glaub, du hast mir den Daumen gebrochen!«
Und sie schrie: »Wie konntest du so was nur tun, Douglas! Du bist krank – weißt du das –, du bist vollkommen krank!«
»Ich bin krank?«, schrie er. »Ich sag dir mal, was krank ist. Deine Schwester ist krank, so wie die hier rumschnüffelt. Dass wir uns abhängig machen von deinem Vater, diesem arroganten Mistkerl, das ist krank – und hier in diesem trostlosen Kaff zu versauern und so zu tun, als wären wir irgendwelche reichen Müßiggänger, wo doch jeder weiß, dass ich mir bei einem Scheißjob für einen Hungerlohn den Arsch aufreiße und du nur eine verwöhnte Schlampe bist! Kein Wunder, dass sie sich was zusammenspinnt – hier gibt's ja nicht ein einziges ver-

fluchtes Kind, mit dem sie mal spielen könnte. Bloß ihre neurotische Mutter, die ihr Gesellschaft leistet. Was ist denn das für 'n Leben? Wie kannst du mir solche Vorwürfe machen? Ich kann mir schon vorstellen, wo sie ihre Ideen herkriegt – Herrgott nochmal, sie denkt sich ja sogar ihre Spielkameraden aus!«

Und dann fing Mutter mit ihrer hohen heulenden Stimme an zu weinen und Vater beruhigte sie und sagte: »Mäuschen. Ist ja gut. Ist ja gut. Wir sollten so bald wie möglich hier wegziehen. Irgendwo anders ein richtiges Leben anfangen. Weg von deiner Familie. Dich ein bisschen in den Griff kriegen, Schatz.«

Die ganze Zeit flüsterte ich mit Janawee, weil sie in meiner Achselhöhle lag und weinte und schlotterte. »Ist ja gut, Kleine. Ist ja gut. Thelma und Ginniger sind ja bei dir. Wir lassen dich nicht im Stich. Und Heroin passt schon auf uns auf.«

Und dann träumte ich wieder. Ich träumte einen Traum von einem Mund, der die ganze Welt einsaugen wollte. Ein blutiger Mund im Dunkeln, der die Fäden aufriss, mit denen er zugebunden war. Ich hockte auf dem Rand, klammerte mich so fest ich konnte an Janawee, damit wir nicht eingesogen wurden von dem schrecklichen Strudel, der so laut war wie Donner. Der Himmel brach vor lauter Krach fast auseinander. Und ich klammerte mich so fest, dass meine Arme und Beine in mich hineingesogen wurden, bis ich ein Zweig war, eine Stabheuschrecke, die bis ans Dach des Himmels geschleudert wurde. Festgesteckt an der Unterseite einer schweren dunklen Wolke. Dort war ich in Sicherheit und schaute starr und fest hinunter auf die riesige Welt da unten.

Tierreich

»Dein Vater ist nach Kanada gefahren«, sagte meine Mutter zu mir.

War das dasselbe wie ins Büro fahren, oder nach Gloucester oder London? fragte ich mich. Anscheinend schon, nur ein bisschen weiter weg.

»Erinnerst du dich an das Meer?«, fragte sie mich. »Das Meer geht jedenfalls immer weiter und weiter und auf der anderen Seite befindet sich ein Land wie England, nur dass es Kanada heißt«, erklärte sie.

Ich fragte Heroin wegen Kanada. Heroin sah im Welt-Almanach nach und sagte mir, dass Kanada das größte Land nach Russland sei und dass es dort Bären gebe, aber auch die Königin.

»Fahren wir auch nach Kanada?«, fragte ich meine Mutter.

»Irgendwann schon, Thelma«, seufzte sie. »Dein Vater muss erst mal einen Job finden, bevor wir auswandern können.«

»Muss Willy auch mit?«, fragte ich.

»Natürlich, Thelma«, sagte sie spöttisch. »Frag doch nicht so blöd! Wir sind doch eine Familie.«

»Können Janawee und Heroin auch mit?«, fragte ich deutlich beunruhigt.

»Eigentlich hatte ich gehofft, dass wir sie hierlassen könnten«, sagte sie. »Du bist doch eigentlich inzwischen zu alt, um mit ausgedachten Freunden zu spielen. In Kanada findest du bestimmt ein paar richtige Kinder zum Spielen.«

Aber ich wollte keine richtigen Kinder. Vor kurzem hatte ich richtige Kinder ausprobiert. Nachdem Vater weggefahren war, kamen die beiden dicken Brummer, Bubble und Pink, auf einmal unsere Auffahrt raufgelaufen und ich musste mit ihnen im roten Volvo zum Spielkreis fahren. Ihre Mutter, Mrs. Toddie, war rund und hatte ein großes Gesicht wie eine Puddingtorte, und obwohl ich sie mochte, hasste ich es, zwischen ihren dicken rosa Töchtern eingequetscht zu sein, die auf dem Rücksitz des Volvos mit dem Kotzegeruch saßen und zermatschte Fliegenkekse aßen.

Und den Spielkreis mochte ich eigentlich auch nicht. Im Keller der Kirche mussten wir immer in unseren Pantoffeln im Kreis rumlaufen, Tamburin spielen oder weinrote Schleifen hinter uns herziehen, während Mrs. Victor auf dem braunen Klavier vor sich hin klimperte. Ich saß lieber unter dem Klavier, lutschte an meinem Daumen und sah dabei zu, wie ihre Füße die Pedale runterdrückten. Ich hatte Angst vor diesen kleinen Mädchen, die mit ihrer ganzen hämischen Energie im Kreis herumwirbelten wie tasmanische Teufel.

Auf dem Heimweg im Auto fragte dann Mrs. Toddie jedes Mal munter: »Na, Mädchen, wie war's heute? Habt ihr wieder ein bisschen Ringelpiez gemacht?«

Und dann flöteten Bubble und Pink begeistert: »Wir haben Hulahopp-Reifen gespielt!«

»Und, Thelma, hast du denn auch schön mit dem Reifen gehulat? Oder sollte man sagen, gehoppt«, schmunzelte Mrs. Toddie.

Ich sagte nichts und Schweinchen Pink flötete: »Die hat auf

die Decke gemacht. Die lutscht immer nur am Daumen und versteckt sich unterm Klavier.«

»Das ist aber nicht nett von dir, Pinkymaus«, tadelte sanft ihre Mutter. »Thelma ist nur ein bisschen schüchterner als ihr Mädchen. Lasst ihr ein bisschen Zeit. Bestimmt wird sie uns alle noch überraschen und eines Tages eine berühmte Ballerina werden«, sagte sie, wandte sich um und lächelte mich freundlich an.

»Vielleicht ist sie ja zurückgeblieben«, spottete Pink.

»Genau, vielleicht ist sie ja zurückgeblieben«, wiederholte Jossie.

»Mädchen!«, kreischte Mrs. Toddie. »Das ist nun aber gar nicht nett. Wie sagt man jetzt zu Thelma?«

An diesem Punkt meldete ich mich zum ersten Mal zu Wort und versetzte allen einen Schock, indem ich Pink unerschrocken ins Gesicht starrte und sagte: »Vielleicht bist du ja 'ne dreckige Schlampe.«

»Ich frage mich, wo sie diese Ausdrücke herhat«, sagte Mrs. Toddie ernsthaft besorgt zu meiner Mutter. »Ich werde es jedenfalls nicht zulassen, dass sich Bubble und Pink so etwas anhören. Offensichtlich ist Ihr kleines Mädchen hochgradig verstört.«

Darauf erwiderte meine Mutter liebenswürdig: »Genau genommen schert es mich nicht die Bohne, was Sie denken. Wir gehen ohnehin nach Kanada, also nehmen Sie Ihre fetten kleinen Engelchen und verziehen Sie sich.«

Nach Kanada kamen wir im Dämmerzustand. Wir nahmen ein Flugzeug und jeder ein halbes Mogadon, das bei unseren kleinen Körpern ein etwa zehnstündiges Koma zur

Folge hatte. Erschöpft wurden wir aus dem Flugzeug getragen und landeten in den Armen irgendeines unbekannten bärtigen Mannes. Als ich beim Anblick dieses fremden Mannes anfing zu weinen, hörte ich, wie meine Mutter sagte: »Beruhige dich, Thelma. Es ist doch nur euer Vater.« In meinem vernebelten Zustand konnte ich nichts anderes denken als: Wer ist das? Es war über ein Jahr her, seit wir unseren Vater das letzte Mal gesehen hatten – ein Fünftel meines kleinen Lebens, und dieser »unser Vater« hatte ein Gesicht, das mir überhaupt nichts sagte. Vielleicht lag es auch an seinem Lächeln.

Zusammen mit einem Pandabären und meinem Bruder Willy wachte ich in einem Bett auf. Das war also Kanada. Ein Bett und ein Pandabär und meine Eltern irgendwo in der Nähe, die miteinander redeten und sich dabei glücklich anhörten. »Ich bin wirklich überrascht, Douglas«, hörte ich meine Mutter sagen. »Ich hatte mit nichts als Hochhäusern und Schnellstraßen gerechnet. Ja, es ist sehr hübsch, sogar mit einem kleinen Garten … Ein ganz neuer Anfang …«

Und hier und da streute mein Vater ein: »… das Auto, ein Firmenwagen … Ein großartiges Land … alles ist möglich … Hier schert sich kein Mensch um irgendwas …«

Es gab einen Garten voller Löwenzahn, den ich jäten musste, während Mutter Rosensträucher pflanzte und Vater mit der Isolierung unseres kleinen Holzhauses beschäftigt war. Zum Abendessen gab es etwas namens Kentucky Fried Chicken auf einer Decke im Garten, und wir hatten alle keine Schuhe an. Ich horchte nach den Stimmen kleiner Mädchen, die aus dem kleinen hölzernen Spielhaus im Nachbargarten herüberschallten.

»Weil ich es so sage. Weil's besser für dich ist. Weil ich größer bin als du«, redete eine Stimme auf die andere ein.

Meine Mutter beobachtete mich, während ich mit konzentrierter Miene dem Gespräch nebenan lauschte, und sie sagte: »Vielleicht können sie ja deine richtigen Freundinnen werden.« Ich hatte ihr verschwiegen, dass Ginniger, Janawee und Heroin noch immer bei mir waren, weil sie sonst wütend geworden wäre. Dabei hatten die drei genau in meinen kleinen runden Koffer gepasst.

Nebenan konnten sich die Mädchen Binbecka und Vellaine nicht einigen, wer die Mutter sein durfte. Vellaine hatte die Oberhand, weil sie größer war, und, wie sie zu bedenken gab: »Als Mutter kann man nicht sagen: Aber das mag ich nicht, das ist eklig – oder, Doofi? Also bin ich die Mutter, weil du immer alles eklig findest.«

Am nächsten Tag ging Mutter zu den Nachbarn rüber, um irgendwas zu fragen wie: »Hätten Sie was dagegen, wenn mein kleines Mädchen mit Ihren kleinen Mädchen spielt?« Sie klopfte an die Tür mit dem Fliegendraht, und als niemand antwortete, rief sie: »Hallo. Ist da jemand?«

»Kommen Sie doch rein«, rief eine Frauenstimme aus dem hinteren Teil des Hauses. Mutter schlich auf Zehenspitzen durchs Haus, rümpfte über den Patschuliduft die Nase und rief: »Ich bin Ihre neue Nachbarin«, während sie sich einen Weg nach hinten zum Wintergarten bahnte. »Ich bin Ihre neue Nachbarin«, wiederholte sie, ehe ihr Blick an einem Bären von einem Mann hängen blieb, der bäuchlings und nackt auf dem Linoleumboden lag, während ihm eine winzige Frau ihre Zehen in den Rücken bohrte.

»Das setzt die Vitalität der Chakra frei«, erklärte sie und drückte den Knöchel ihres großen Zehs in die Mulden zwischen den Rückenwirbeln ihres Mannes. »Sie wissen schon – die Lebensenergie«, sagte sie zur weiteren Erklärung. »Ich bin

Anika«, fügte sie hinzu. »Und das ist Claudio, mein Mann.«
Der Mann auf dem Fußboden grunzte zur Bestätigung.

Sie waren die ersten richtigen Kanadier, die meine Mutter kennen gelernt hatte, und sie war nicht wenig perplex. Sie stellte sich ihnen vor und erläuterte, dass sie und ihr Mann und ihre beiden Kinder gerade aus England eingewandert seien.

Noch ein Grunzen vom hingestreckten Claudio. »Wollen Sie einen Saft, oder eine Tasse Kaffee oder irgendwas?«, fragte Anika.

»Nein, nein, wirklich nicht nötig, vielen Dank«, sagte sie und wollte gerade fortfahren, als die beiden Mädchen mit ihren langen zerzausten Haaren und perfekten weißen Zähnen ins Zimmer platzten.

»Binbecka und Vellaine«, zeigte Anika. »Mädchen, das hier ist unsere neue Nachbarin.« Sie nickte Corinna zu.

»Guten Tag«, sagte Vellaine ganz außer Atem. »Wir würden Ihnen ja gern die Hand geben, aber das geht im Moment nicht, weil wir Pferde sind und nur Hufe haben«, sagte sie und zuckte entschuldigend mit den Achseln.

»Corinna hat eine Tochter, die ungefähr in eurem Alter ist«, sagte Anika ermutigend.

»Super, Mama«, sagte Binbecka. »Aber wir sind gerade in der Endrunde vom Springreiten«, sagte sie und galoppierte hinüber zur Küchenspüle, um mit der Zunge ein bisschen Wasser zu schlecken.

»Hat Ihre Tochter einen Reithelm?«, fragte Vellaine, an Corinna gewandt. Als Corinna den Kopf schüttelte, sagte Binbecka: »Macht nichts, sie kann sich einen von uns leihen«, ehe sie aus der Gartentür galoppierte.

»Was für reizende Mädchen«, stellte meine Mutter fest.

Claudio, der sich mittlerweile auf den Rücken gedreht hatte, um völlig zwanglos das zur Schau zu stellen, was meine Mutter später als »reich gefüllten Obstkorb« bezeichnete, sagte mit starkem italienischem Akzent: »Ja. Reizende Mädchen. Reizende Pferde, reizende Meerjungfrauen, reizende Kobolde und sogar manchmal reizende Seeräuber.«

Corinna gab sich alle Mühe, möglichst unbefangen zu wirken und Augenkontakt zu wahren, doch sie war nun mal unverbesserlich englisch. Sie und Douglas hatten zum Schlafen mehr an als Claudio und Anika, wie es schien, am Nachmittag. Sie und Douglas schliefen in separaten Betten, weil »Frauen stinken«, wie ich meinen Vater gegenüber einem Kollegen erklären hörte. Was für eine schöne neue Welt, dachte meine Mutter und schlug vor, Thelma mal vorbeizubringen, um Binbecka und Vellaine kennen zu lernen.

Heimlich beobachtete ich die Mädchen, die meine richtigen Freundinnen werden sollten, durch die Zaunlatten hindurch. Sie galoppierten über Stühle und Springseile, die sie im ganzen Garten verteilt hatten. Nach jeder Runde kritzelten sie eine Zahl in die Erde – zehn Punkte minus einen für jeden verweigerten Sprung.

»Und heute, meine Damen und Herren, begrüßen wir ein sehr interessiertes internationales Publikum«, rief Vellaine im Freiflug mit ihrer erwachsenen Kommentatorinnenstimme Binbecka zu.

»Wir möchten unsere ausländische Besucherin willkommen heißen beim wichtigsten Ereignis in der Welt des Reitsports«, fuhr sie fort, und dann schreckte ich zurück, weil sie plötzlich auf den Zaun zulief, ihr Gesicht an die Zaunlatte drückte und mir direkt in die Augen sah. »Vielleicht hättest du ja Interesse, aus deinem Versteck rauszukommen und mitzumachen«, flüsterte sie mir zu.

»Aber ich hab doch kein Pferd«, sagte ich kleinlaut.

»Macht doch nichts«, versicherte sie mir. »Wenn du dich so klein machen kannst wie ein Kätzchen oder ein Eichhörnchen, kannst du die Abkürzung nehmen und durch das Loch da hinten im Zaun schlüpfen. Ansonsten musst du eben fliegen.«

Im Kleinmachen war ich gut. Ich hatte ja schließlich jahrelange Übung, mich in eine Stabheuschrecke zu verwandeln, also gelang es mir ohne größeren Aufwand, durch den Zaun zu kriechen. Als ich einmal drüben war, starrte ich die Mädchen mit den windzerzausten Mähnen an.

»Also pass auf, wenn du dich in ein Kätzchen verwandeln kannst, dürftest du eigentlich keine Schwierigkeiten haben, dich in ein Pferd zu verwandeln«, sagte Vellaine bestimmt.

Aber ich konnte ihr nicht erklären, dass ich mich in Wahrheit in eine Stabheuschrecke verwandelt hatte, um durch den Zaun zu kommen. Etwas anderes konnte ich schließlich nicht. Ich hatte keine Ahnung, wie man sich in größere Sachen verwandelte. Ein Shetland-Pony war das Äußerste, was ich mir zutraute.

»Na gut, dann eben ein Shetland-Pony. Nur sind das keine besonders guten Springpferde. Aber zufällig hab ich hier ein bisschen Zauberpulver dabei, also werd ich dir was davon auf die Fersen streuen, damit du trotzdem über die Hindernisse fliegen kannst«, sagte Vellaine, nahm eine Hand voll Sand aus dem Sandkasten und warf mir das Spezialpulver über die Schuhe.

»Auf zum Rennen!«, verkündete Binbecka, reckte den Arm in die Höhe, und weg waren wir. Vellaine gefolgt von Binbecka gefolgt vom Shetland-Pony. Und das Zauberpulver schien zu wirken, weil ich geschickt und leichtfüßig über die Hindernisse flog.

»Ich hab sofort gewusst, du bist ein Naturtalent, fremdes Ponymädchen«, sagte Vellaine und ritzte neun Punkte in die Erde. »Sieht aus, als hätten wir Konkurrenz gekriegt, Binbi«, stellte sie fest.

Was für eine zauberhafte neue Welt, in der ich mich plötzlich befand – eine Welt der ungewöhnlichen Tiere und Theaterstücke und Regentänze, eine Welt des Fernsehens und, sehr bald schon, der Schule. Papa Claudio hatte im Keller eine hölzerne Bühne gebaut, und einen Baum in der Ecke mit kleinen roten und weißen Lichtern, die wir anhand von verschiedenen Schaltern bedienen konnten. Dort führten wir Theaterstücke auf. Hin und wieder führten wir ein Ballett auf, und einmal bauten wir daraus sogar ein gruseliges Geisterhaus. Was auch immer es war, wir nahmen dafür Eintritt und gingen danach mit unseren Einkünften zu Mac's Milk, um Marsriegel und Doritos und Cola zu kaufen.

Im August tanzten wir draußen in unseren Badeanzügen im Regen, schlugen leere Plastik-Milchkannen gegeneinander und schrien »klonk klonk klonk!«. Wir sahen Fernsehen, und ich fand Gefallen am Leben neuer Freunde wie Gilligan und dem Skipper und Marsha, Jan und Cindy und Captain Kirk und Mr. Spock.

Meine Mutter brüllte meinen Vater an, dem das alles nicht passte. »Es ist mir egal, ob das Hippies sind, wenigstens hat sie jetzt jemanden zum Spielen, verdammt nochmal! Bisher hat sie ja wohl kaum eine normale Kindheit gehabt, mit dir als Vater!«

Aber meinem Vater passte das alles nicht und er drohte:

»Schluss mit Fernsehen und Schluss mit dem Übernachten da drüben.« Auch gut, dann würde ich ihnen einfach nichts mehr erzählen von der letzten Reise vom Raumschiff Enterprise, und ich würde Binbecka und Vellaine einfach zu mir nach Hause einladen. Aber sie wollten nicht. Obwohl sie sich, wie ich wusste, in Kätzchen verwandeln und durch das Loch im Zaun kriechen konnten, wollten sie nie auf meine Seite kommen.

»Komm du lieber zu uns«, sagten sie. »Hier ist es besser.«

Ich sah sie immer nur dann in der Nähe unseres Hauses, wenn meine Mutter sonntags einen Braten im Ofen hatte. Dann stellten sie sich neben den Ventilator in dem kleinen Durchgang zwischen unseren Häusern und sagten: »Mann, das riecht ja tausend Mal besser als Tofu.«

»Aber Tofu schmeckt doch lecker«, sagte ich. »Und Buchweizenhonig und Couscous und Linsen. Bei uns zu Hause gibt's so was nie.«

»Darum geht's ja gerade«, sagte Vellaine weise und inhalierte mit ernster Miene.

»Dann kommt doch einfach mit und esst mit uns zusammen«, schlug ich vor.

»Geht nicht. Wir mögen's da nicht. Dein Vater ist uns unheimlich«, sagte Binbi.

»Anika und Claudio wären dagegen«, erklärte Vellaine. »Wir sollen uns nämlich von ihm fernhalten.«

Das stürzte mich in Verwirrung. Ich meine, ich hatte ja auch Angst vor ihm, aber niemand sagte mir, dass ich mich von ihm fernhalten sollte.

»Vielleicht könntet ihr mich ja adoptieren«, sagte ich eines Tages zu Anika und Claudio.

»Oh, ich fürchte, das wird nicht gehen«, sagte Anika, während sie mir durch meine schwarzen Haare fuhr. Nur den Grund dafür wollte sie mir nicht verraten. »Aber du kannst so oft hier sein, wie du willst«, sagte sie und nickte mitfühlend.

»Als wärst du noch 'ne andere Schwester«, fügte Binbecka hinzu.

Ich hatte Angst, weil Vater oft wütend war. Und abends verschwommene Augen hatte, und mich beim Abendessen anblinzelte und Sachen sagte wie: »Muss sie nicht längst im Bett sein?« und »Gib ihr das nicht – da kann man ja gleich einen Hund mit Steak füttern, undankbares Pack«.

Mutter sagte: »Langsam hörst du dich genauso an wie dein verfluchter Vater. Ich dachte, wir wären nach Kanada gekommen, um nicht mehr in seiner Nähe zu sein, aber inzwischen hab ich das Gefühl, ich wohne mit ihm unter einem Dach.«

»Nein, Corinna, soweit ich mich entsinne«, widersprach mein Vater, »war es dein faschistoider Vater, in dessen Nähe wir nicht mehr sein wollten.«

»Na, immerhin hat mein Vater mir so was wie Arbeitsmoral mit auf den Weg gegeben«, wandte sie ein.

»Du und Arbeitsmoral!«, sagte er spöttisch. »Wenn das so ist, dann geh du doch raus und such dir einen verfluchten Job! Wirst schon sehen, wie das ist, wie ein Sklave zu schuften und eine undankbare Familie wie euch ernähren zu müssen!«

»Und ich nehme an, dass du dich dann um die Kinder kümmerst, ja?«, spottete meine Mutter. »Seit ich dich kenne, hast du dir in jedem verdammten Job eingebildet, dass sie's auf dich abgesehen hätten. Du bist doch völlig paranoid. Wenn du zu Hause bleibst, redest du dir bestimmt noch ein, deine eigenen Kinder würden eine Revolution planen, um dich vom Thron zu stürzen.«

»Also gut, Corinna. Ab morgen werde ich ihre vollgekackten Windeln waschen, und du kannst dich auf die Suche nach einem hübschen kleinen Job machen. Aber komm nicht zu mir angekrochen, wenn dich keiner einstellt, weil du keinerlei Qualifikationen hast«, sagte er selbstgefällig.

»Sie tragen längst keine Windeln mehr, falls dir das noch nicht aufgefallen ist, du blöder Dreckskerl.«

»Deine Qualifikationen beschränken sich doch darauf, 'ne Nutte zu sein«, schrie er.

»Du verfluchte Drecksau!«, schrie sie. Die Kasserolle flog gegen die Wand und landete krachend in der Spüle, dann herrschte die übliche Stille, bis auf das Schluchzen von Willy, der sich an ein Bein des Küchentischs klammerte.

Jeden Morgen durfte ich in meine schöne Schule gehen. Da hatte ich meine saubere Schulbank, und meine vorzügliche Schönschrift, die ich unter der Leitung meiner netten Lehrerin Mrs. Kelly in einem nagelneuen Schulheft perfektionieren durfte. Mrs. Kelly gab mir das Heft, aus dem »Meine Autobiografie« werden sollte und in das ich »Ich bin lila und tot geboren« schrieb. Sie äußerte ihre Besorgnis darüber, doch mein nächster Eintrag war es, der sie schließlich dazu bewegte, meine Eltern anzurufen und sie um ein Gespräch zu bitten.

»Ich heiße Thelma und ich bin eine blutige Leiche oder manchmal ein Insekt oder ein Stein in einer Höhle. Wenn ich ein Zweig bin, drehen sich meine Augen nach innen und ich kann in meinen Kopf sehen und da ist es rot und blutig. Meine Lieblingshobbys sind ein Shetland-Pony sein und zur Schule gehen.«

Eigentlich egal wo sein, Hauptsache nicht zu Hause. In meiner Fantasie oder auch ganz woanders.

Vater passte jetzt auf uns auf und Mutter stieg jeden Morgen auf ihr Klapprad und fuhr zu ihrem Job als Sekretärin beim Verkehrsministerium. Vater schickte mich mit einer Scheibe Toastbrot zur Schule und brachte Willy zur Vorschule, wo ihm Mrs. Elkinburg Grahamkekse und angerührten Orangensaft gab.

Tag für Tag brachte er ein Bild nach Hause, das er mit Wachsmalstiften gemalt hatte. Tag für Tag malte er einen blauen Drachen, der seine rote Zunge rausstreckt, um die Sonne aufzufressen. »Er ist künstlerisch ungewöhnlich begabt«, schrieb Mrs. Elkinburg in Willys erstes Halbjahreszeugnis. »Sein kreativer Impuls scheint jedoch auf einen blauen Drachen fixiert zu sein, der die Sonne auffressen will. Er sollte dazu ermutigt werden, sich auch mit anderen Motiven zu beschäftigen.«

»Also, wenn du mich fragst, ist er entwicklungsgehemmt«, verkündete mein Vater, nachdem er das Zeugnis gelesen hatte. »Red doch keinen Blödsinn«, sagte meine Mutter. »Der Junge dürstet doch nur nach ein bisschen Inspiration und Ermutigung. Was sieht er denn schon, wenn er von der Schule nach Hause kommt? Dich. Da kann er ja genauso gut zu 'ner Leiche nach Hause kommen. Und Thelma ist da auch keine große Hilfe. Die ist ja ständig so versunken in ihrer Fantasiewelt, dass sie ihn bestimmt für eine Art Stofftier hält.«

Mutter kannte nur die halbe Wahrheit. Jeden Tag holte ich auf meinem Heimweg Willy von der Vorschule ab, und Vater parkte ihn dann vor dem Fernseher und sagte: »Sei leise und stör mich nicht. Papa muss deiner Schwester bei den Hausaufgaben helfen. Warum versuchst du nicht mal, irgendwas Nützliches zu machen wie Rechenaufgaben, statt immer nur deine Scheiß-Dinosaurier da zu malen.«

»Das ist ein Drache, kein Dinosaurier«, gab Willy kleinlaut zurück.

Und Dad sagte: »Schluss jetzt, halt endlich die Klappe.«

Aber bei den Hausaufgaben taugte Vater überhaupt nichts. Immerzu wollte er ein Spiel daraus machen, während ich die Aufgaben sehr ernst nahm. Immer wollte er der Lehrer sein, und jedes Mal, wenn ich ihn unterbrach und sagte: »Mrs. Kelly macht das aber ganz anders«, sagte er:

»Aber Mrs. Kellys Schule ist für heute fertig. Eine Frau kann dir nicht alles beibringen, was du wissen musst. Manche Sachen kann dir nur dein Papa beibringen.«

Mädchen mit Koffer

»Das ist die Umstellung«, erklärte meine Mutter. »Wirklich, sie ist eigentlich ein fröhliches Kind. Sie sollten sie mal zu Hause erleben.« Aber offenbar war Mrs. Kelly nicht überzeugt, denn am Abend darauf stand Mrs. Allen vor der Tür und stellte sich meinen Eltern als eine der örtlichen Sozialarbeiterinnen vor, die für meine Schule zuständig war.

»Gibt es irgendein Problem?«, fragte meine Mutter und baute sich mit ihrem falschen, nervösen Grinsen, ihrem »englischen Gesicht«, wie ich inzwischen immer sage, vor Mrs. Allen auf.

»Das ist nur ein Routinebesuch«, sagte Mrs. Allen munter. »Wir haben den Eindruck, dass sich Thelma ein bisschen schwer tut, hier in Kanada Fuß zu fassen, und wir wollen einfach nur helfen, ihr die Eingewöhnung zu erleichtern.«

»Nun, ich denke, wir kommen auch ganz gut allein zurecht, vielen Dank, Mrs. Allen. Es freut mich, dass Ihnen die Sache so am Herzen liegt, aber Thelma macht wirklich gute Fortschritte. Haben Sie ihr Zeugnis gesehen? In jedem Fach sehr gut, auch wenn sie ein bisschen zurückhaltend im Umgang mit ihren Klassenkameraden ist. Aber das ist ja auch kein Wunder, wo sie doch so plötzlich entwurzelt wurde und all ihre alten Freunde in England zurücklassen musste.«

All meine alten Freunde? Ich lauerte am Treppenabsatz. Natürlich wusste sie nicht, dass ich Ginniger, Janawee und Heroin in den kleinen weißen Koffer gepackt hatte, den mir Bausch extra für die Reise geschenkt hatte. Also meldete ich mich zu Wort – »Nein, Mama, sie sind hier. Ich hab sie nicht zurückgelassen. Ich hab nur so getan, weil ich Angst hatte, dass du mir dann böse bist!«

»Schätzchen, solltest du nicht längst im Bett sein?«, gurrte meine Mutter auf eigentümliche Weise und drehte ihre riesigen Augen in meine Richtung, um mich anzufunkeln. »Mama kommt gleich hoch und gibt dir deinen Gutenachtkuss und dann beten wir zusammen, ja?« *Mutter gibt mir meinen Gutenachtkuss?* Aber das war doch sonst immer Vaters Aufgabe. Und beten? Wann hatte ich in meinem Leben jemals schon gebetet? War Religion nicht eine »Beruhigungspille für armselige Schlappschwänze«, wie Vater immer sagte? Auf einmal wusste ich gar nichts mehr.

»Also gut, Mrs. Barley. Ich danke Ihnen für das Gespräch. Aber hören Sie«, sagte Mrs. Allen und senkte die Stimme, »wenn Sie mal das Bedürfnis haben, mit jemandem zu reden, hier ist meine Karte«, und legte daraufhin meiner Mutter ein kleines weißes Stück Papier in die Hand, schloss ihre Finger über denen meiner Mutter und drückte sie zusammen.

»Diese verfluchten Nordamerikaner!«, schrie meine Mutter, kaum hatte sie die Tür hinter sich geschlossen. »Immer gleich so besorgt, wenn's um anderer Leute Angelegenheiten geht, und immer gleich so …«, sie erschauderte, »… auf Tuchfühlung.« Sie drehte sich auf dem Absatz um und schrie: »Douglas, ich hoffe, du hast das gerade mitgekriegt. Herrgott nochmal, was musst du denn schon machen außer ihr jeden Tag ein Schulbrot schmieren und aufpassen, dass sie eine saubere Bluse anhat. Meinst du vielleicht, mir macht es Spaß, jeden Sonntag hinterm Bügelbrett zu stehen, nur damit ihr alle was zum Anziehen habt? Es ist ja wohl nicht zu viel verlangt, einfach nur aufzupassen, dass sie für die Schule einigermaßen ordentlich aussieht. Verfluchte Scheiße, ich kann doch hier nicht alles alleine machen! Douglas, ich bin am Ende! Ich tu doch schon, was ich kann, schlepp mich jeden Morgen zur Arbeit, und kaum bin ich abends zu Hause, muss ich erst mal den Scheißfußboden hier wischen. Ich kann dir nur raten, dich an die Abmachung zu halten. Ich bin am Ende. Wo zum Teufel steckst du überhaupt, Douglas? Douglas!«

Ich erkannte die Frau wieder, die am nächsten Tag vor unserem Klassenzimmer mit Mrs. Kelly flüsterte. Es war diese Tuchfühlungsfrau, die uns gestern Abend einen Besuch abgestattet hatte. Meine Mutter hatte mich vorgewarnt: »Sollte diese Mrs. Kelly oder diese Mrs. Allen jemals anfangen, dir dumme Fragen zu stellen, sag ihnen einfach, sie sollen sich zum Teufel scheren und sich um ihren eigenen Scheißdreck kümmern.«
Als also die nette Mrs. Kelly ihre Hand auf meine Schulter legte und sagte:
»Thelma, mein Schatz, diese nette Dame hier heißt Patricia Allen, und sie würde sich gern mal einen Moment mit dir unterhalten«, sagte ich:
»Ich soll Ihnen sagen, Sie sollen sich zum Teufel scheren und sich um Ihren eigenen Scheißdreck kümmern.«
»Nun, liebe Thelma, ich hoffe doch, dass der liebe Gott etwas Besseres mit mir vorhat«, sagte Mrs. Allen, »und wenn du's genau wissen willst, geht mich dein Befinden sehr wohl etwas an.« Und damit führte sie mich weg, eine Hand auf meiner Schulter.

Verzweifelt sah ich mich nach Mrs. Kelly um, doch die machte einen Schmollmund und formte mit den Lippen den Satz: »Es ist alles in Ordnung.«

Was ist alles in Ordnung? hätte ich gern zurückgeformt, doch inzwischen hatte Mrs. Allen vorgeschlagen, einen kleinen Spaziergang um den Spielplatz zu machen, ohne sich im Geringsten um meinen Protest zu kümmern, dass ich noch tonnenweise Mathe machen müsse.

»Das kann warten«, sagte sie. »Mrs. Kelly weiß Bescheid.« *Worüber Bescheid?* hätte ich gern gefragt.

Ich setzte mich auf den oberen Teil der Rutsche und Mrs. Allen auf den unteren Teil.

»Mrs. Kelly hat mir ein bisschen was aus deiner Autobiografie gezeigt«, sagte sie zunächst. *Verräterin. Wie konntest du nur.*

»Sie ist sehr beeindruckt von dem, was du schreibst.« Selbstzufriedene, stolze Miene – *ach ja, wirklich?*

»Wir sind beide der Ansicht, dass du für dein Alter schon außerordentlich weit bist«, fuhr sie fort. »Doch manche deiner Ideen sind sehr beunruhigend«, sagte sie ernst. »Kommt dir das nicht auch so vor?«, fragte sie mich.

»Woher hast du solche interessanten Ideen, Thelma? Die fallen doch nicht einfach vom Himmel?«, fuhr Mrs. Allen fort.

»Hab ich mir ausgedacht«, sagte ich, unsicher, worauf sie hinauswollte.

»Die meisten kleinen Mädchen schreiben über ihre Haustiere und ihre Freundinnen und ihre Mamis und über Feen«, sagte sie. »Aber nicht über Blut und Tod und Lungen und menschliche Körperteile.«

»Aber Feen gibt's doch gar nicht in echt«, protestierte ich. Ich war inzwischen etwas verdrossen und hatte den Verdacht, dass diese Mrs. Allen vielleicht ein kleines bisschen beschränkt sei.

Zu heiß gebadet worden, hätte mein Vater gesagt. Ich wollte zurück in Mrs. Kellys Klassenzimmer und mich in meinen Matheaufgaben vergraben.

»Hat Mrs. Kelly ein kleines Mädchen?«, fragte ich Mrs. Allen.

»Nein, Schatz, das hat sie nicht, aber ich weiß, dass sie sehr gern eins hätte. Sie liebt kleine Mädchen über alles.«

So war das also. Mrs. Kelly war auf der Suche nach einem kleinen Mädchen ganz für sich allein. Und sie hatte mich ausgewählt! Sie würde mich adoptieren!

»Kann ich jetzt zurück in meine Klasse?«, flehte ich Mrs. Allen an, da ich so schnell wie möglich wieder mit der Frau vereint sein wollte, die bald meine neue Mutter werden würde.

»Wenn du mir eine Sache versprichst, Thelma«, sagte sie ernst.

»Mach ich. Was denn?« Angesichts dieser höchst erfreulichen Neuigkeiten hätte ich alles versprochen.

»Ich möchte dich bitten, diese Karte zu nehmen. Mrs. Kelly soll dir ein Stück Tesafilm geben, und dann klebst du die Karte hinten in deine Autobiografie. Da steht meine Telefonnummer drauf, und du kannst mich jederzeit anrufen, wenn du irgendwann mal Angst haben solltest.«

»Kann ich machen«, sagte ich, um ihr den Gefallen zu tun. Aber warum sollte ich jemals wieder Angst haben oder traurig sein, wenn Mrs. Kelly erst mal meine Mutter war!

Im Zustand höchster Verzückung spazierte ich zurück in mein Klassenzimmer. Ich konnte mich kaum auf meine Matheaufgaben konzentrieren, weil Mrs. Kelly an ihrem Schreibtisch saß und mit reizendem Lächeln hinter ihrem Buchumschlag hervorschaute. Ich konnte nicht aufhören, sie anzustarren, und als sie zu meiner Bank kam, um mir zuzuflüstern: »Sind wir heute Morgen vielleicht ein bisschen unkonzentriert, Thelma?«, konnte ich nur ihren Veilchenduft einatmen und gerade noch der Versuchung widerstehen, mein Gesicht an ihren Hals zu schmiegen. Ich wollte ihr sagen, dass alles in Ordnung sei, dass sie sich nicht mehr zu verstellen bräuchte, aber mir war natürlich klar, dass es wegen der anderen Kinder in meiner Klasse sein musste.

Nach dem Unterricht lungerte ich rum, sammelte Pinsel ein und wischte die Tafel. Ich wartete darauf, dass Mrs. Kelly sagte: »Es gibt keinen Grund, bei euch in der Merton Street vorbeizuschauen, deine Eltern sind mit dieser Lösung vollauf zufrieden, und ich habe dir einen ganzen Schrank voller Kleider und Schuhe gekauft. Komm, lass uns nach Hause fahren.« Aber nichts davon wollte sich einstellen. Ich bot ihr an, ihr die Bücher zu ihrem VW-Käfer zu tragen. Sie bedankte sich und sagte: »Bis morgen.«

Ich sagte: »Machen Sie sich keine Sorgen, Mrs. Kelly. Ich versteh schon. Diskretion ist die halbe Miete«, und machte mich auf, die Häuserblocks entlang bis zur Merton Street zu stapfen, während Mrs. Kelly dastand und sicherlich dachte: Was für ein sonderbares Kind.

Vielleicht ist Mrs. Kelly ja schüchtern, dachte ich. Oder vielleicht muss sie erst ihren Mann fragen, ob er einverstanden ist, aber für den Fall des Falles packte ich schon mal ein bisschen saubere Unterwäsche und ein Nachthemd und Teddy und Blondie in meinen kleinen weißen Koffer und schob ihn unters Bett. Ich hatte beschlossen, Janawee dazulassen und nur Heroin mitzunehmen. Ginniger war praktisch mit mir zu einer Person verschmolzen, also gab es in dieser Hinsicht kein Problem. Allerdings wollte Janawee gar nicht mehr aufhören zu heulen, so dass ich zu Heroin sagte: »Einer von uns wird wohl oder übel bei ihr bleiben müssen – du oder Ginniger –, und Ginniger wohnt jetzt in meinen Händen und die werde ich in meinem neuen Zuhause noch brauchen.« Das tat mir zwar Leid, aber Heroin hatte Verständnis, außerdem war sie ja auch die Stärkere.

Doch jeder Tag dieser Woche lief so ziemlich nach demselben Muster ab. Nach der Schule lungerte ich rum und Mrs. Kelly lächelte mich an und sagte, ich sollte mich doch langsam mal auf den Heimweg machen. Das heißt auf den Weg in die Merton Street. Und weil ich dann zu spät nach Hause kam und Vater schon wartete, um mit mir meine Hausaufgaben zu machen, sagte er, ich sei eine schlechte Schülerin, und ich musste mich hinlegen und wurde bestraft. Aber inzwischen war mir das egal. Ich ließ ihn seine ekelhaften Sachen machen und träumte von Mrs. Kelly und dachte: Bald wirst du das nie wieder mit mir machen können.

Ich schob meinen Rosenkohl in den Kartoffelbrei und Mutter schrie: »Hör auf, mit dem Essen zu spielen, Thelma. Du benimmst dich wirklich wie ein Tier!« Aber inzwischen war mir das egal, denn bald würde meine richtige Mutter kommen und mich in mein richtiges Zuhause bringen, und die würde mich nicht so anschreien. Corinna hätte ja dann immer noch Willy zum Anschreien.

Am Freitag dachte ich: Heute ist bestimmt der Tag X, denn Mrs. Kelly würde mich nicht noch ein ganzes Wochenende lang in der Merton Street lassen. Also nahm ich an dem Tag den kleinen weißen Koffer mit zur Schule und Mrs. Kelly, die das sogleich bemerkte, rief mich vor der Pause zu sich und fragte, was in dem Koffer drin sei. »Erst mal nur das Wichtigste«, sagte ich mit konspirativem Lächeln und lief hinaus zu den Barbaren.

Draußen vor ihrem VW-Käfer sah ich sie an jenem Nachmittag verzweifelt an und sagte: »Aber du wolltest mich doch adoptieren.«

»Ach, Schätzchen. Das ist es also. Ach, du Ärmste. Wie kommst du denn darauf, dass ich dich adoptieren würde?«

»Aber Mrs. Allen hat gesagt …«, plärrte ich, die Augen schon voller Tränen.

»Was hat Mrs. Allen gesagt?«, fragte sie mich, packte meine kleine Hand und sah mich sorgenvoll an.

Jetzt war meine Kehle wie zugeschnürt. Ich versuchte zu sprechen, doch meine Brust hob und senkte sich und mir klopfte das Herz vom Kopf bis zu den Kniekehlen. Die Tränen liefen aus mir heraus wie aus einem Rasensprenger. »A… a… aber i… ich dachte«, presste ich hervor. »Sie … sie ha… hat doch gesagt«, stotterte ich, »da… dass du …«, schnüffelte ich, während sich Mrs. Kelly anschickte, mir den Rotz von der Nase zu wischen. »O Gott«, heulte ich. »O Gott!«

Mrs. Kelly stieg aus dem Auto und nahm mich in den Arm, und dort, mitten auf dem Parkplatz, lehnte ich mich schwer atmend an sie. »Thelma, es tut mir so Leid. Ich kann dich nicht adoptieren. Wenn ich das nur gewusst hätte. Du hast doch schon Eltern. Du hast doch eine Mutter. Und ich hab meine eigene Familie«, versuchte sie mich zu trösten. »Komm, ich fahr dich jetzt nach Hause«, sagte sie, während sie den Arm um mich legte und mich auf die Beifahrerseite führte. Sie zog mir den Sicherheitsgurt über die Brust und wischte mir mit einem frischen Papiertaschentuch noch mal übers Gesicht.

Doch als wir in der Merton Street waren, weigerte ich mich, aus dem Auto zu steigen. »Keine Sorge, Thelma«, sagte sie. »Ich komm auch mit dir rein, wenn du willst.«

»Wenn ich nicht mit dir mitkann, dann wär ich lieber tot«, sagte ich noch immer schluchzend.

»Thelma, ich möchte aber nicht, dass du tot bist. Ich möchte, dass du lebendig bist. Es ist schön, lebendig zu sein«, sagte sie. »Es kann schön sein, vergiss das bitte nicht. Egal, was passiert.«

Ich hätte am liebsten losgeschrien: *Tu mir das nicht an! Die Leute da drin sind keine Menschen! Das sind nur Insekten in der Luft und Sachen unterm Bett. Das sind nur Menschenfetzen – blutige Lungen, die in Pfützen aus Gelb und Rot schwimmen und geschwollene Fetzen, die über mir in der Luft rumschweben.* Als mein Vater die Tür öffnete, sah er: Mich, wie ich mich gegen Mrs. Kellys Oberschenkel drückte und schrie: »NEEEEIN – IHR KÖNNT MICH NICHT ZWINGEN!«, und wie ich bei seinem Anblick immer hysterischer wurde. »DU KANNST MICH NICHT ZWINGEN!«

»Sie scheint mir ein bisschen durcheinander zu sein.« Mrs. Kelly schien sich bei meinem Vater für mich entschuldigen zu wollen.

»Was haben Sie mit ihr gemacht?«, brüllte er.

»Aus irgendeinem Grund hat sie es sich in den Kopf gesetzt, dass ich sie adoptieren würde«, versuchte sie zu erklären. »Als ich ihr sagte, dass das nicht geht, hat sie sich sehr aufgeregt.«

»Täubchen«, sagte Douglas zu mir. »Ist ja gut, Täubchen, jetzt bist du ja wieder bei uns. Komm, dein Papa bringt dich rein«, sagte er und streckte beide Arme nach mir aus, worauf ich mich noch mehr an Mrs. Kellys Oberschenkel klammerte und einen markerschütternden Schrei ausstieß, der bis zum Nachbarhaus drang: »NEEEEIN, DU DRECKSAU!«

»Hören Sie, es ist wohl das Beste, wenn Sie erst mal gehen«, sagte er energisch zu Mrs. Kelly. »Sie sehen ja, wie sehr Sie das Kind durcheinander gebracht haben. Sie ist ja kaum wiederzuerkennen«, sagte er voller Abscheu.

»Vielleicht sollte ich doch mit reinkommen«, sagte Mrs. Kelly.

»Nur, bis sie sich ein bisschen beruhigt hat«, und mein Vater musste es geschehen lassen, dass mich Mrs. Kelly an den Schultern in Richtung Flur bugsierte. Ich drückte mich an ihre Oberschenkel, so fest ich konnte.

»Komm jetzt, Thelma, und setz dich hin. Beruhige dich doch erst mal, dann kriegst du von mir auch was Leckeres«, nötigte er mich und streckte die Hand aus, um meinen Rücken zu berühren.

»ICH WILL ABER NICHTS LECKERES MEHR VON DIR! ICH WILL NICHT MEHR DIE BESTE SEKRETÄRIN SEIN UND DEINEN STINKIGEN LOLLI LECKEN!«, schrie ich.

Einen Augenblick lang herrschte fassungsloses Schweigen, ehe mein Vater Mrs. Kelly anflehte:

»Sie hat eine ausgesprochen lebhafte Fantasie. Sie hat lauter eingebildete Freunde, und hin und wieder redet sie sogar mit verschiedenen Stimmen, so dass wir uns manchmal fragen, ob sie nicht vielleicht schizophren ist«, sagte er hastig, rosarot und plötzlich schweißgebadet. »Manchmal führt sie sich auf, als wäre sie ein bisschen gestört – legt sich urplötzlich auf den Bürgersteig und tut so, als wäre sie eine Katze, die von einem Lastwagen überfahren wurde. Inzwischen haben wir ernsthaft die Befürchtung, dass sie geisteskrank sein könnte.«

Doch inzwischen klammerte sich Mrs. Kelly genauso fest an mich wie umgekehrt.

Die Gabel links

Natürlich hatte ich »mit meiner überschäumenden Fantasie alles gründlich vermasselt«, so meine Mutter. »Sie weiß doch gar nicht, was Realität ist!«, schrie Corinna Mrs. Allen an. »Und was für Ausdrücke sie da drüben aufschnappt, bei diesen Hippies – die den ganzen lieben langen Tag nichts anderes tun, als ihren Körper zu erforschen, als wär das das Natürlichste der Welt! Kein Wunder, dass sie Probleme mit der Realität hat.«

Dabei war es meine Mutter, die Probleme mit der Realität hatte. Ohne weiteres hätte sie uns Marzipanbrot zum Abendessen vorgesetzt, weil es so perfekt aussieht, selbst wenn sie gewusst hätte, dass es zehn Jahre alt ist und von Maden wimmelt.

Da ich andernfalls zwecks psychologischer Einschätzung und Beratung hätte das Haus verlassen müssen, einigte man sich, dass Vater für eine Weile weggehen würde, denn, »ob nun real oder eingebildet«, so Mrs. Allen, »gerät das Kind in Anwesenheit seines Vaters offensichtlich in seelische Konflikte«.

Jetzt trug ich also einen Schlüssel um den Hals, und obwohl mir die Verantwortung eher Angst machte, gab sie mir auch ein bislang unbekanntes Gefühl von Macht. »Und wer soll sich jetzt deiner Meinung nach um euch kümmern?«, war die neue Litanei meiner Mutter. Also musste ich Willy auf dem Rückweg von der Schule abholen und auf ihn aufpassen, bis Mutter von der Arbeit kam. Ziemlich oft lief es darauf hinaus, dass Binbecka und Vellaine Willy fünfundzwanzig Cents zahlten, damit er seine Hosen runterzog oder eine der Zigaretten rauchte, die mein Vater dagelassen hatte. Ich kümmerte mich nicht um sie, nahm abends um fünf die Kasserolle aus dem Kühlschrank und stellte den Ofen auf 250 Grad, deckte den Tisch und nahm die Wäsche von der Leine.

Manchmal rief Vater an. Er fragte jedes Mal: »Na, Thelma, bist du auch ein braves Mädchen und hilfst deiner Mutter?«

»Ja, Papa«, sagte ich dann. »Wo bist du?«, fragte ich ihn, und er sagte: »Winnipeg« oder »Saskatoon«, wo er versuchte, »mit seinen Geschäften auf einen grünen Zweig zu kommen«.

»Aber wann kommst du nach Hause?«, fragte ich ihn. »Dann können wir wieder zusammen schwimmen gehen.«

»Ich glaube nicht, dass ich jemals mit dir schwimmen gegangen bin, Thelma«, sagte er ein wenig ratlos.

»Ach so.« Vielleicht ist er mit Janawee gegangen. Oder Claudio ist mit Binbecka gegangen.

I ♥ NY

Es ist Weihnachten, ungefähr Mitte der Siebziger. Wir sitzen in einem Hotelzimmer in Buffalo und warten. An der Grenze haben Willy und ich, auf den Milchkästen auf der Pritsche eines Lieferwagens, die Köpfe eingezogen und starren jetzt auf die rote Halbglatze des Fahrers. Er hat uns gesagt, wir sollen uns vorstellen, wir wären so winzig und still wie Insekten. Alles riecht nach Pappe, und wir spielen zusammengerollte Kartoffelkäfer und saugen unsere vielen fedrigen Füßchen nach innen. Wir kennen diesen Mann nicht. Er heißt Bernie und er nimmt uns mit nach Buffalo. Wir sind unruhig und aufgeregt – wir erleben ein Abenteuer, von dem wir nicht genau wissen, ob es lustig sein soll oder nicht.

Mutter hat uns Brote, Schokoladenmilch und Kaugummi in ein Schlumpf-Köfferchen gepackt, und ständig muss ich Willy sagen, dass wir die Sachen noch nicht aufessen dürfen, weil wir nicht wissen, wann es das nächste Mal wieder was gibt. Wir kauen Kaugummi und machen Kaugummiblasen, die wir uns gegenseitig mit der flachen Hand ins Gesicht hauen, um sie zum Platzen zu bringen, und dann wirft der rothaarige Mann mit der Halbglatze einen Blick über die Schulter, weil wir ihm zu laut sind.

Außer diesem haben wir auch schon andere kleine Abenteuer

erlebt. In den letzten paar Jahren sind wir in Flugzeugen und Zügen gereist, manchmal in Begleitung von Fremden und gelegentlich auch allein. Auf diese Weise kommen wir zu unserem Vater. Indem wir in Lobbys und Motelzimmern warten, bis irgendwelche Männer kommen, um mit uns weiter zu fahren. Willy umklammert mit seinen kleinen Händen das Köfferchen wie einen Talisman.

Die erste Reise damals ging nach Calgary, wo wir Vater während einer seiner Geschäftsreisen besucht haben. Mutter war auch dabei und sagte: »Das sind wirklich sehr hübsche Möbel, Douglas«, aber mir leuchtete nicht ein, wozu er so viele Möbel brauchte, wenn er doch bloß auf Geschäftsreise war.

Das hier ist Buffalo – stundenlang starren wir aus einem Motelzimmer und beobachten die vorbeibrausenden Lastwagen. Wir kennen diese Stadt nicht, und die rote Halbglatze hat uns mit zwei Dosen Cola und einem Wink über die Schulter hier sitzen lassen. Wir teilen uns eine Dose und heben uns die andere für später auf.

In der Abenddämmerung kommt unser Vater, irgendwann, nachdem wir aufgehört haben, die vorbeifahrenden Lastwagen zu zählen. Abrupt schiebt er die Tür auf. Er ist angespannt und gereizt und seine Aura füllt das Zimmer aus und weckt Willy, der ruckartig den Kopf aus meinem Schoß hochreißt. Ich bin überwältigt und nervös in der Anwesenheit dieses fremden Mannes, der plötzlich an willkürlichen Wochenenden und abwechselnd in den Schulferien von uns Besitz ergreift. Anstandshalber gehe ich auf ihn zu, um ihm einen Begrüßungskuss zu geben, doch er schiebt mich weg. Willy bekommt einen Handschlag, denn Männer, sagt mein Vater, umarmen sich nicht.

Nachts wird gefahren. Das Aufblitzen entgegenkommender

Scheinwerfer, Zigarettenrauch und ein Drive-through für Lkws, wo Vater vier große Styroporbecher Milch bestellt. Für später. Er muss wohl irgendwo gelesen haben, dass Kinder viel Milch brauchen. Ich muss aufpassen, dass die Milch nicht überschwappt, aber ich nicke immer wieder ein, die Wange ans Fenster geklebt und der Türgriff zwischen den Rippen, und ständig rüttelt er mich wieder wach. »Halt die Becher gerade und leiste mir Gesellschaft«, sagt er. »Sonst komm ich mir vor wie 'n Chauffeur.« Er redet mit mir, um nicht einzudösen. Er redet und redet und redet, große Worte und tolle Ideen, und ich versuche, logisch zu sein und ihn zu ermutigen. Er ist gerade im Begriff, etwas zu erfinden – irgendetwas, womit man Papier zusammenklebt, und er wird es sich patentieren lassen und eine Million Dollar verdienen. Letztes Mal war es ein Gerät, mit dem man Nummern auf Seiten stempelt. Letztes Mal waren es fünf Millionen Dollar.

Wir sind elf und neun Jahre alt und fangen allmählich an zu begreifen. Wir begreifen, dass andere Kinder ihre Weihnachtsferien nicht auf diese Weise verbringen – über die Grenze geschmuggelt, nächtelang über Schnellstraßen bretternd und mit Milchbechern zwischen den Oberschenkeln. Dieser Mann, den wir Papa nennen, der mit uns irgendwohin fährt. Wir empfinden Ehrfurcht und Liebe und Angst: Das Falsche zu sagen oder zu tun würde uns das Gefühl der Sicherheit nehmen, das wir uns hier aus der Not heraus erfinden.

Willy und ich schlafen auf einer Matratze auf dem grauen Teppichboden eines Hauses, das groß und leer ist und nach Putz und neuem Plastik riecht. Die Wolldecke kratzt und ich höre sein Schnarchen aus dem Nebenzimmer. Manchmal höre ich, wie jemand weint. Dieses karge Haus ist eines von mehreren identischen Häusern einer noch unfertigen Wohnsiedlung. Und doch sitzen wir hier in einem davon, scheinbar am Leben. Es gibt nur die beiden Matratzen und die Lampe auf dem Fußboden. Was jedoch in Wirklichkeit zu fehlen scheint, sind nicht die Möbel, sondern das Weihnachtsgefühl. Ich hatte mir nie klargemacht, dass Weihnachten geschaffen werden muss, dass es nicht einfach so da ist. Mir war auch nie in den Sinn gekommen, dass sich jemand um die Einzelheiten kümmern muss und dass es, im Umkehrschluss, wohl Mutter gewesen sein musste, denn Weihnachten war nicht hier und sie auch nicht.

Vater kauft einen Baum. Er vergräbt den Stamm in einem Berg von Nüssen – Paranüssen, Walnüssen und Mandeln, und er nennt es Weihnachten auf einer einsamen Insel. Er hält das für besonders raffiniert, aber ich bin nur entsetzlich traurig und gebe mir alle Mühe, nicht in Tränen auszubrechen. So viele Nüsse, die wir nie im Leben alle essen können, also ist das doch bestimmt Verschwendung, und sie sehen nicht mal schön aus, die verschiedenen Brauntöne auf dem grauen Teppichboden.

Nichts fühlt sich richtig an, und ich streune durch dieses leere Haus, versuche nicht zu weinen, beobachte meine Füße, versuche in geraden Linien über den Teppich zu laufen, aber die Striche verschwimmen, weil sich meine Augen mit Tränen füllen. Willy heult, weil er nach Hause will, und Vater heult offenbar aus demselben Grund. Er sitzt auf einem Pappkarton, die Stirn in die Hand gestützt, starrt auf die Eiswürfel in seinem leeren Glas, während ihm die Tränen über die Wangen laufen und er immer wieder beteuert, wie sehr ihm meine Mutter fehle. Wir wollen alle nach Hause.

Am Weihnachtstag schenkt er jedem von uns einen Leinen-beutel, auf dem »I ♥ NY« steht. Ich muss fragen, was NY be-deutet, und das große rote Herz ist mir peinlich, weil ich weiß, dass es für Liebe steht. In dem Beutel befindet sich lauter Krimskrams, der ganze Ramsch vom Nomadenleben meines Vaters. Blöcke und Stifte von irgendwelchen Messen und kleine Päckchen mit winzigen Seifen und Shampoo und Zahnbürs-ten aus Hotels und kleine, in Plastik eingeschweißte Zauber-tricks und kurze Metallstücke, die auf raffinierte Art inein-ander gefügt sind – Geduldsspiele, die man irgendwie lösen muss. All das ist wild zusammengewürfelt und liegt auf dem Grund der Beutel mit den peinlichen roten Herzen.

Wir schenken ihm die Karten, die wir in der Schule gebastelt haben und für die ich versucht hatte, Umschläge zu machen, und die Mutter in ausgediente blaue Handtücher geschlungen hatte. Mittags rufen wir unsere Mutter an und ich versuche, so tapfer wie möglich zu sein, und sage ihr: »Klar, uns geht's super hier. Wir sind an einen Strand gefahren, und da gab's Krebse und Willy hat ein kleines Seepferdchen gefunden.« An jenem Morgen hatten wir die nördliche Küste von Long Island abgeklappert, auf der Suche nach Schätzen im Sand. Wir tru-gen Windjacken und der Strand war menschenleer, aber dafür fanden wir jede Menge Überraschungen und wickelten sie in Klopapier, das Vater in der Tasche seines blauen Parkas hatte.

Später saßen wir in einer Lkw-Raststätte voller alter Leute und aßen Pute mit salziger blauer Soße und Kartoffelbrei. Vater nannte mich einen Wildfang und ich wusste nicht, was das war, aber es gefiel mir ganz und gar nicht. Dann fragte er Willy: »Und, was hast du vor mit deinem Leben?« Willy sagte, dass er vielleicht Skateboardfahren lernen wolle, aber da wur-de Vater wütend und sagte: »Aber womit willst du verflucht nochmal deine Brötchen verdienen, du Schwachkopf?« Und dann rief er nach der Bedienung, damit sie ihm noch mal sein Glas auffüllte, und die Eiswürfel klimperten, während er vor sich hin schniefte.

Den Rest des Jahres trugen wir unsere Leinenbeutel zur Schule, und zwar so, dass die Herzen nicht nach außen zeigten, aber wir trugen sie mit eigentümlichem Stolz. Ich war stolz, weil es bedeutete, dass ich einen Vater hatte. Nur die ineinandergefügten Metallteile, die ich nie lösen konnte, hinterließen in mir ein Gefühl der Unruhe.

Mutter fing an, abends mit ihrer Kollegin Pam auszugehen.

Unseres Wissens hatte Mutter noch nie eine Freundin gehabt, und wir kannten niemanden wie Pam, und ganz bestimmt hatte sich unsere Mutter noch nie mit einer dicken Schicht silbergrauem Lidschatten geschminkt und silberne Riemchenpumps getragen und war Tanzen oder ins Theater gegangen. Sie »emanzipierte« sich, während Vater sich betrank und trübsinnig wurde, und mir schien das ein bisschen ungerecht, weil Vater auf seinen Geschäftsreisen ganz alleine war und Mutter immer hier bei uns.

»Ich bin fünfunddreißig Jahre alt, Herrgott nochmal!«, schrie sie mich an, während sie beim Auftragen von flüssigem Eyeliner einen Moment innehielt. »Noch bin ich nicht tot. Warum kann ich nicht auch mal was mit Freunden unternehmen, verflucht?«

Auch mal? Wer unternahm denn sonst noch was mit Freunden?

»Aber um wie viel Uhr kommst du nach Hause?«, fragte ich flehend, während sie und Pam gerade aus der Tür tanzten.

»Entspann dich, Schätzchen«, sagte Pam. »Deine Mutter hat genauso ein Recht sich zu amüsieren wie jeder andere«, und verpasste mir einen freundschaftlichen Kniff in die Wange.

Ich mochte Pam, auch wenn sie das war, was mein Vater als »nicht ganz sauber« bezeichnete. Sie war absolut hip, während meine Mutter noch einiges dazuzulernen hatte. Pam trug Jeans mit Schlag und indische Baumwollblusen und duftete nach Zimt. Bei jeder Bewegung schien sie zu klimpern. Sie hatte große, braune Brüste, die sie gern enthüllte, um mich in Verlegenheit zu bringen, wenn ich irgendetwas sagte, was ihr besonders verklemmt oder mittelalterlich vorkam. Damals sagte ich viel, weil mir die Veränderungen missfielen, die überall stattfanden. Mir missfiel dieses ganze Gerede über die sexuelle Revolution und den Kampf der Geschlechter und Nationen und Betten, denn alles, was ich daraus entnahm, war das Wort Sex. Mir blieb nichts anderes übrig, als mich zum Wächter der Moral aufzuschwingen. »Was ist denn mit deiner Thelma los, sag mal?«, fragte Pam meine Mutter. »Die scheint sich ja auf direktem Wege vom Kind zur Scheintoten zu entwickeln!«, lachte sie.

»Das ist ihre paranoide Fantasie«, seufzte meine Mutter. »Sie hatte schon immer eine verzerrte Wahrnehmung, und dann auch noch dieser Sinn fürs Melodramatische!«

Also nahm sich Pam vor, mich ein bisschen aufzumuntern und zu sehen, ob sie mir nicht ein Lächeln entlocken könne. An einem regnerischen Sonntagnachmittag im August saßen sie und meine Mutter und Rudy, den Pam als ihren wüsten Liebhaber bezeichnete, was mir endlos peinlich war, ausgelassen an unserem Küchentisch und tranken Whiskey.

Die Gartentür und alle Fenster standen offen und der Wind blies den Regen über den blauweißen Linoleumfußboden. Ich saß oben in meinem Zimmer und versuchte, meine Hausaufgaben zu machen, aber ich konnte mich nicht konzentrieren, weil Alkoholschwaden aus der Küche heraufwehten, und weil nicht einer von ihnen Anstalten gemacht hatte, die Wäsche von der Leine zu nehmen, als es anfing zu regnen.

Als ich in die Küche kam, war Pam gerade damit beschäftigt, Mutter die Haare zu flechten, Willy machte ein Puzzle und Rudy saß da, Füße auf dem Tisch, und rollte einen großen Joint.

»Was zum Teufel macht ihr hier eigentlich?«, rief ich und meinte alle und niemanden im Besonderen.

»Na, wir feiern ein bisschen«, sagte Pam. »Warum kommst du nicht rein und machst mit?«, sagte sie und wedelte majestätisch mit dem Arm in Richtung eines leeren Stuhls.

»Weil ich gerade versuche, mich auf meine Hausaufgaben zu konzentrieren!«, schrie ich. »Und bei dem Krach kann ich nicht arbeiten!«, sagte ich und verschränkte die Arme. »Und außerdem ist Sonntag der Tag des Herrn«, fügte ich hinzu.

»Gütiger Himmel – das Mädchen ist ja die reinste Heilige.« Mit gespieltem Entsetzen wandte sich Pam meiner Mutter zu.

»Was ist denn nur in dich gefahren, Thelma? Bis gestern warst du noch überzeugte Agnostikerin«, sagte meine Mutter verwirrt.

In Wahrheit hatte ich von Gott nicht die geringste Ahnung, aber ich brauchte nun mal jemanden, auf den ich mich berufen konnte. »Und außerdem«, fügte ich hinzu, »sind Drogen ungesund, und als Nächstes werden hier dann Orgien gefeiert, und dann kommen die Diskussionen über den weiblichen Organismus.«

»Das ist ja köstlich!«, lachte Pam. »Jetzt mach aber mal 'n Punkt. Gütiger Himmel! Wo kommst du eigentlich her?«

»Na ja, ich …«, wollte ich sagen, bis mir aufging, dass das eine rhetorische Frage war, weil sich Pam mit verdrehten Augen zu meiner Mutter wandte.

»Hier, guck mal«, sagte sie und setzte sich in Position, um wieder ihre Busenfrei-Nummer zum Besten zu geben, worauf ich garantiert wieder angeekelt das Zimmer verlassen und meiner Mutter und Pam einen schönen Lacher bescheren würde. Sie riss ihr lilafarbenes T-Shirt hoch, um zwei lächelnde Gesichter mit großen braunen Aureolen als Nasen zu enthüllen. Verblüfft starrte ich hin, und sie kreischte: »Ist das nicht zum Schießen!« und begann, mit ihren Brüsten auf und ab zu wippen, so dass sie genauso aussahen wie zwei hüpfende Clowns.
Ich schlug beide Hände über den Mund, und meine Mutter sagte: »Thelma? Ist dir schlecht?«, doch als mir dann die Tränen über die Wangen liefen, war es Pam, die sagte:
»Corinna, ich fass es nicht. Sie lacht. Verfluchte Scheiße, sie kann tatsächlich lachen.«
Meine Mutter starrte mich verblüfft an und sagte: »Thelma, ich bin ziemlich sicher, dass ich dich zum ersten Mal in meinem Leben lachen sehe.«
»Halleluja!«, fügte Rudy hinzu und reichte den Joint an meine Mutter weiter.

Am folgenden Sonntag saß noch ein anderer Mann mit ihnen am Tisch. Als ich nach unten kam, um sie zu bitten, die Musik leiser zu machen, und Pam sagte: »Ach Gott, Thelma. Das Thema hatten wir doch erst letzte Woche«, drehte sich meine Mutter ganz gefühlvoll zu mir und sagte:
»Schätzchen, ich möchte dir gern jemanden vorstellen. Das ist Suresh.«

Ich sah ihr an, dass es eine ernste Sache war, also sagte ich nur: »Am Tag des Herrn nimmt man im Haus seine Kopfbedeckung ab«, und stapfte aus dem Zimmer, weil ich wusste, dass sie sich darüber aufregen würde.

Ich war ja nicht blöd. An dem Turban auf seinem Kopf erkannte ich, dass Suresh Sikh war, und dass er ganz bestimmt nicht einfach so seinen Turban abnehmen konnte, schon gar nicht, um irgendeinem nicht-existenten christlichen Gott einen Dienst zu erweisen. Doch die ernste Miene meiner Mutter passte mir ganz und gar nicht. Genauso wenig passte mir ihr neuer Tonfall.

Wenn mein Vater Jahre später »Dein Scheiß-Pakistani!« oder »Dein dreckiger Hindu!« schrie, war ich natürlich diejenige, die ihn verteidigte, indem ich sagte: »Suresh war Sikh.« Aber das war viel später, und dies war jetzt, und ich hatte noch viel zu viel von meinem Vater in mir, um irgendetwas anderes zu glauben als: »Wir haben den Subkontinent kolonialisiert.«

Immerhin war mein Vater aus der Armee entlassen worden, weil er einen Gesandten des königlich-indischen Regiments auf ähnliche Weise beschimpft hatte. Sein Rassismus war auf keine bestimmte Kombination körperlicher Merkmale reduziert. Rote Haare, predigte er, seien ein Indiz für Inzucht (wodurch Legionen von Iren und Schotten von seiner Achtung ausgeschlossen waren). Sommersprossen und Locken (von denen auch ich ein paar besaß) deuteten darauf hin, dass da »mal ein Neger durchgerutscht war«, ein Sachverhalt übrigens, für den er meine blauäugige, schnittlauchhaarige, alabasterhäutige Mutter verantwortlich machte.

Als mein Bruder ein einziges Mal einen Schulfreund zum Spielen mit nach Hause brachte, stellte sich ihm mein Vater an der Haustür in den Weg und sagte: »Wo kommst du her,

Junge?« Worauf das eingeschüchterte kleine Wesen erwiderte: »Balliol Street Nummer 361.«

Und mein Vater schrie: »Nein, du Schwachkopf, ich meine genetisch!«

Nachdem seine Mutter meine Mutter angerufen hatte, um herauszufinden, was meinen Vater wohl geritten habe, zu einem so kleinen Jungen so böse zu sein, erwiderte mein Vater abfällig: »Seine Hautfarbe gefiel mir nun mal nicht.«

»Wie bitte?«, sagte meine Mutter. »Douglas, der Junge ist weiß!«

»Aber das ist so eine Art Weiß, die mir nicht gefällt. Teigig. Davon krieg ich das kalte Grausen.«

Kaum erwähnenswert, dass mein Bruder danach keine Freunde mehr hatte, und mein Vater auch nicht, und wenn ich genau darüber nachdenke, meine Mutter auch nicht, bis Pam auftauchte, und dann Suresh.

Corinnas Achselhöhle

Am nächsten Samstagmorgen war Corinnas Schlafzimmertür zu. Ihre Zimmertür war noch nie zu gewesen und mir war klar, dass das bedeutete, dass Suresh mit ihr da drin war. Meine erste Reaktion war müßiges Spekulieren – war er aus ethischen Gründen verpflichtet, seinen Turban auch beim Schlafen zu tragen? Meine nächste Reaktion war blankes Entsetzen – im Schlafzimmer meiner Mutter ist ein Mann! Im Schlafzimmer meiner Mutter war noch nie ein Mann. Nicht mal mein Vater schlief im selben Zimmer. Und was in aller Welt stellten sie da drin an, was das Schließen der Tür erforderte? Widerwärtig! Wahrscheinlich waren sie beim Ficken! Wahrscheinlich steckt er gerade seinen Penis in Mutters Vagina! Das ist doch Ficken! Das hat Anika Binbi und Vellaine und mir erklärt, und das ist der Grund, warum sie sich andauernd Willys Pimmel angeguckt und überlegt haben: wie soll das denn bitte schön gehen?

Panik überkam mich. Was tun? Wie diesem Frevel Einhalt gebieten? Ich rannte los, weckte Willy und rief: »Mama ist gerade am Ficken!« In seinem zehnjährigen Dusel sah er mich an, als wollte er sagen: »Und was zum Teufel soll ich jetzt dagegen tun?«, dabei hatte er in Wirklichkeit noch viel weniger Ahnung von diesem Ficken als ich. »Tu was!«, schrie ich ihn an. »Du bist der Mann! Tu was!« Und als er mich nur immer weiter anstarrte, stapfte ich aus dem Zimmer und sagte: »Ach, du bist doch zu nichts zu gebrauchen.«

Ich ging nach nebenan. Anika meditierte gerade auf dem Afghan und Claudio war beim Pfannkuchenbacken, als ich hereinplatzte und rief: »Mama ist am Ficken!«

»Corinna?«, sagte Claudio.

»Corinna?«, wiederholte Anika, mitten aus ihrer Mantra gerissen.

»Igitt«, höhnte Vellaine.

»Igittigitt«, wiederholte Binbecka.

»Könnt ihr nicht irgendwas tun?«, flehte ich sie an, während ich erst Claudio und dann Anika und dann wieder Claudio ansah.

»Ich kann ihr meine Glückwünsche aussprechen«, lachte Claudio. »Wer hätte das gedacht.«

»Aber es ist nicht richtig!«, wandte ich ein. »Sie ist verheiratet!«

»Na ja, eigentlich lebt sie in Trennung«, stellte Anika richtig. »Sie kann machen, was sie will. Und wenn es sie glücklich macht, dann ist es gut so.«

Was war nur mit den Leuten los? Alle waren gegen mich. Was sich hier abspielte, gefiel mir ganz und gar nicht. Vater würde fuchsteufelswild werden, wenn er nach Hause kam und feststellte, dass ein fremder Mann in Mutters Schlafzimmer lag. Oder noch schlimmer, Suresh könnte uns längst alle nach Indien verfrachtet haben, bis Vater nach Hause kam. Nein, diese Entwicklung gefiel mir ganz und gar nicht. Und vom Ficken wird man schwanger! Ich konnte nur hoffen, dass Anika das auch meiner Mutter klargemacht hatte.

»HEROIN!«, heulte ich so laut ich konnte, nachdem ich ins

Haus zurückgelaufen war. Wo steckte sie, wenn ich sie mal brauchte? Ich hatte sie für Mrs. Kelly aufgegeben, und als ich sie wieder zu mir rief und sagte: »Es ist alles wie gehabt, Heroin, ich geh doch nicht weg«, hatte sie gesagt: »Geh, liebes Kind, in diese dunkle Nacht. Ich werd dich nie verlassen und immer dich begleiten.« Sie hatte schon immer eine poetische Ader.

»Heroin?« Mit nachdenklicher Miene nahm Suresh seine Lippen von der Brustwarze meiner Mutter –

»Götzendienste«, sagte meine Mutter gedankenvoll. »Ihre Fantasiefreundin. Ich dachte, die hätte sie schon vor Jahren aufgegeben. Das verheißt nichts Gutes«, seufzte sie, fügte aber hinzu: »Mach weiter.«

Ich schritt vor der geschlossenen Schlafzimmertür auf und ab.

»Ich hoffe, du hast an Verhütungsmittel gedacht«, sagte ich.

»Ich hoffe, dir ist klar, dass du dich für eine Frau in deiner Stellung vollkommen unmöglich benimmst.«

»Und welche Stellung soll das sein«, kicherte Suresh, während er Corinnas Fußgelenk an ihr Ohr hob.

»Suresh«, unterbrach ihn meine Mutter. »Sie könnte jeden Moment hier reinplatzen auf ihrem hohen Moralapostelross. Wir sollten uns ein bisschen zurückhalten. Sie hat nämlich keine Ahnung, wovon sie redet, aber das Schlimme daran ist, dass ihr das überhaupt nicht so vorkommt.«

»Verhütungsmittel sind übrigens in jeder Apotheke erhältlich«, fuhr ich fort. »Aber nur, weil sie überall erhältlich sind, heißt das noch lange nicht, dass dieses Verhalten akzeptabel ist.«

»Woher hat sie diese Ausdrucksweise?«, lachte Suresh.

»Denkt sie sich aus. Von ihren kultivierten Nachbarn. Sie liest alles, was sie in die Finger kriegt. Verschlingt Sätze und spuckt sie wieder aus, als würden sie von ihr stammen …«

»Ich hoffe nur, dir ist klar, wo das hinführen kann …«

»Und sie verwechselt sich ständig mit anderen. Als wir sie früher mit Thelma angeredet haben, sagte sie manchmal, nein, das war gerade Janawee, oder Ginniger, oder …«

»HEROIN!«, schrie ich. »Da bist du ja wieder!« Im Augenblick größter Not erschien Heroin auf wunderbare Weise als mein edler Ritter, um uns alle aus diesem fürchterlichen Dilemma zu retten. »Tu was, Heroin«, flehte ich sie an. »Sie hören mir einfach nicht zu«, jammerte ich.

Doch Heroin thronte still und unbeirrt hoch auf dem Rücken ihres großen weißen Pferdes, das kaum in unseren schmalen Flur hinter dem Treppenabsatz passte. Ich griff nach den Zügeln, doch obwohl das Pferd unser winziges Haus fast ausfüllte, bekam ich die Zügel nicht richtig zu fassen. Aus lauter Verdrossenheit über ihr Schweigen plärrte ich: »Aber Mama … MAMA … was ist mit Papa?« Inzwischen liefen mir die Tränen über die Wangen. »Was ist mit Papa? Papa fehlt mir. Wann kommt er nach Hause?«, schluchzte ich.

»*Das* ist jetzt aber Thelma«, flüsterte meine Mutter einigermaßen erleichtert Suresh zu. »Schatz?«, rief sie durch die geschlossene Tür hindurch. »Thelma? Ist alles in Ordnung? Es ist alles gut. Deine Mama ist hier.« Aber ich fragte mich, ob es wirklich sie war, denn noch nie hatte ich so liebevolle Worte aus ihrem Mund gehört. Ich klappte zusammen, ein Häuflein Elend unter dem Gewicht dieser liebevollen Worte, zitterte dort am Fuß ihrer Tür wie ein gestürztes Lämmchen und heulte mir die Augen aus.

Da öffnete sie die Tür und musste ihre ganze Kraft aufwenden, um mich mit beiden Armen vom Boden hochzuheben. Dann trug sie mich wie eine kleine Kugel, weil ich unbedingt sämtliche Gliedmaßen inhalieren, winzig sein und nichts von mir überschwappen lassen wollte, und zog mich zu sich ins Bett. Wann hatte sie so etwas jemals getan? Sie hatte den Arm um mich gelegt und sagte: »Ist doch gut, Liebes«, und ich versuchte, mich in ihre warme Achselhöhle zu kuscheln, weil Janawee früher immer in meine Achselhöhle gekrochen ist, wenn sie unglücklich war.

Ich muss wohl für ein paar Minuten in ein Koma der Wohltat gefallen sein, weil ich mich an nichts anderes erinnern kann als an die Wärme, den Geruch ihres Baumwollnachthemds und den Duft ihres Deodorants, vermischt mit pfeffrigem Schweiß. An nichts, bis sie leise sagte: »Mein Freund Suresh war gerade dabei, mir eine Geschichte zu erzählen, damit meine Kopfschmerzen weggehen, Thelma«, und ich sah hoch, um Suresh dort sitzen zu sehen, im Korbsessel am Fenster in seiner beigen Leinenhose und dem kragenlosen weißen Hemd, seinem Turban und dem Bart. In den Sessel gerutscht, mit verträumtem Blick zum Fenster hinaus und einer überzeugenden Aura des Friedens umgeben.

»Stimmt es«, fragte er sanft, ohne den Blick vom Ahornbaum vor dem Fenster abzuwenden, »dass es in England keine schwarzen Eichhörnchen gibt?«

Ich spähte hervor aus dem sicheren Spalt zwischen Unterarm und Brust, wo ich mich hineingekuschelt hatte, betrachtete, während er sprach, sein Profil und dachte: Ein nettes Gesicht, ein liebes Gesicht, und kaum hörbar sagte ich: »Das stimmt.« Und langsam wandte er sich mit einem Lächeln zu uns, und das Licht traf auf seine Zähne und erzeugte ein goldenes Glitzern.

»Mama«, flüsterte ich. »Er hat goldene Zähne.«

»Er hat einen Goldzahn. Aber weißt du, sein ganzes Herz ist aus Gold.«

»Nein«, protestierte ich. »Das geht doch gar nicht.«

»Du hast doch so viel Fantasie, Thelma. Seit wann denkst du auf einmal so praktisch?«

»Ich erinnere mich an eine kleine Prinzessin, die einmal fast ihre Fantasie verloren hätte«, sagte Suresh. »Als sie ihre Fantasie verlor, stellte sie nämlich fest, dass sie gar keine Prinzessin war.«

»Was war sie denn?«, fragte ich leise. Meine Neugierde war geweckt. Mutter strich mir die Haare hinters Ohr, damit ich wieder sehen konnte.

»Sie war bloß ein Champignon auf einer Wiese mit lauter anderen Champignons, auf dem Landgut eines sehr wohlhabenden, aber bösen Königs«, fuhr er fort.

»Wo denn?«

»In Ceylon«, sagte er.

»Du meinst Sri Lanka«, berichtigte ich ihn.

»Ja, Sri Lanka. Aber lange, bevor es Sri Lanka hieß, wurde das Land von einem bösen König regiert, der immer seine Ritter losschickte, um Tote auszugraben und ihnen die Goldzähne rauszuziehen, damit er sie einschmelzen und Goldringe für seine fetten Finger daraus machen konnte. Seine Hände waren von dem Gold so schwer, dass er sie kaum heben konnte. Sein Körper war so dick, dass die Insel bei jedem seiner Schritte ein bisschen tiefer ins Meer sank. Und sein Gesicht war so hässlich, … dass …«

»… sich sogar die Sonne hinter einer Wolke versteckte, nur damit sie ihn nicht angucken musste«, fügte ich eifrig hinzu.

»Ganz genau«, sagte Suresh. »Du hast die Geschichte wohl schon mal gehört«, neckte er mich und sah meine Mutter lächelnd an.

»Nein, hab ich nicht«, protestierte ich. »Ich hab nur Fantasie.«
»Und genau davon handelt die Geschichte«, fuhr Suresh fort.
»Jedenfalls unterhielt der böse König sein Reich, indem er
Schiffe hinausschickte, um auf den nahe gelegenen Inseln Sklaven einzufangen. Die Sklaven wurden gezwungen, dem König-
reich zu dienen, und wenn sie ungehorsam waren, wurden sie
in Champignons verwandelt, die irgendwann in der Suppe des
Königs landeten. Weil er ein so unangenehmer Mensch war,
besaß der König nach einigen Jahren viel mehr Champignons,
als man in hundert Menschenleben hätte in der Suppe essen
können.

Nun hatte in den meisten dieser Champignons einmal ein
Mensch gesteckt, aber die meisten dieser Menschenleben waren in Vergessenheit geraten. Das hätte nicht geschehen müssen, aber ihr Leben in der feuchten Erde hatte die Menschen
in den Champignons dazu gebracht, sich selbst zu vergessen,
ihre Seele zu vergessen, ihr Innerstes, sie hatten alle ihre Fantasie verloren und die Fähigkeit, ihre gegenwärtige Lage zu
überwinden.

Alle, bis auf einen kleinen Champignon namens Nemeni. Auch
wenn es manchmal sehr schwierig war, konnte sie sich hin
und wieder an eine Vergangenheit erinnern, in der sie die ge-
liebte Tochter eines guten Königspaares auf der Insel Sumatra
gewesen war – bevor der böse König seine Ritter nach Sumatra schickte, um alle kleinen Kinder dort zu rauben und als
Sklaven zurück nach Ceylon zu bringen. Sie konnte sich noch
erinnern, dass sie glücklich gewesen war und Reis mit brau-
nem Zucker gegessen hatte. Sie konnte davon träumen, dort in
den feuchten, faulig riechenden Feldern voller identischer
Champignons, ein Mensch zu sein, wirklich und frei zu sein,
und von beispielloser Schönheit.

Nun hatte der König beschlossen, auf seinen Champignon-
feldern eine Plage zu verbreiten, weil er (obwohl er ein furcht-
barer Geizkragen war) übersättigt war von all den Suppen, die
er essen musste, um mit seinen vielen neuen Feinden mitzu-
halten. Doch Nemeni, die die Macht hatte, sich vorzustellen,
dass sie alles sein konnte, was sie wollte, fasste einen Plan. Sie
würde sich in einen giftigen Champignon verwandeln und
den König dazu bringen, sie in seine Suppe zu geben. Ihr war
klar, dass sie vom dicken König verspeist werden und ihr eigenes Leben verlieren würde, doch indem sie ihn tötete, würde
sie den hunderttausend anderen Menschen in diesen Cham-
pignonfeldern das Leben retten.«
»Sie war aber sehr mutig«, sagte ich staunend.
»Und auch sehr klug«, sagte Suresh. »Denn als der König am
Abend, bevor er die Plage zu verbreiten gedachte, seine Suppe
aß, dachte er mit Erleichterung: Dies ist die letzte Champig-
nonsuppe, die ich jemals wieder essen muss, dabei ahnte er
nicht, dass er überhaupt nie wieder etwas essen würde. Er
trank die Suppe wie Wasser, weil er zum Kauen zu gierig und
faul war. Also schwamm Nemeni seine Speiseröhre hinunter
und landete tief in seinem übelriechenden Magen, wo sie ringsum ihr Gift absonderte, wie die Ringe des Saturn.
Als der König das letzte bisschen Suppe hinuntergeschluckt
hatte, gab er ein tiefes Todesröcheln von sich, und aus seinem
After trat ein gewaltiger Windstoß« (an dieser Stelle brechen
sowohl Mutter als auch Tochter in helles Kichern aus) »und
Nemeni wurde jählings hinausbefördert. Und siehe da, sie
hatte sich unterwegs wieder in eine Prinzessin verwandelt.
Vor ihren Augen begannen sich sämtliche Champignons vom
Boden zu erheben, aufzuplatzen wie neue Grashalme und
sich beim Wachsen in kleine Menschen zu verwandeln, und

alle riefen: ›Nemeni, du bist unsere Retterin und unsere Königin.‹

Doch sie war betrübt beim Anblick, der sich ihr bot – hunderttausend identische Menschen, jeder in einer faden grauen Uniform, während sie selbst in Weiß und Gold gehüllt war und ihr Haar nach Jasmin duftete. ›Ihr sollt nicht meine Untertanen sein‹, rief sie der wartenden Menge zu. ›Ihr sollt sein wie eure Träume.‹ Und während sie diese Worte sprach, begannen sich die Menschen in ihre Träume zu verwandeln: weiße Ritter und Kaiser und wunderschöne Königinnen und freundliche Drachen und glückliche Kinder, und Mütter mit Babys, und Liebespaare, die sich in den Armen hielten.«

Die Luft vibrierte von Sureshs Geschichte.

»Ist das das Ende?«, fragte ich zögernd.

»Das ist das Ende«, nickte Suresh.

»Aber willst du mir nicht noch erzählen: Und die Moral von der Geschicht' …?«

»Aber du kennst die Moral«, sagte Suresh.

»Na gut. Aber da fehlt doch bestimmt noch so was wie: ›Und bis zum heutigen Tage hat das Volk von Sri Lanka nie wieder Pilze gegessen.‹«

»Nein, denn sie essen Pilze. Und sie wissen ganz genau, welche davon giftig sind.«

»Vielleicht wirst du ja auch eines Tages eine Prinzessin«, sagte meine Mutter und strich mir übers Haar. »Natürlich müsstest du dazu einen Prinzen heiraten, denn die Chance, in eine Königsfamilie hineingeboren zu werden, hast du leider schon verpasst«, sagte sie und lachte.

»Aber was ist, wenn ich lieber lesbisch werden will, wenn ich groß bin?«, sagte ich und machte mit einem Schlag unser Schwelgen zunichte.

»Thelma!«, stieß meine Mutter hervor, sichtlich schockiert und beschämt. Sie schob mich ein Stück von sich, um einen Blick auf mein Gesicht werfen zu können. »Wo in aller Welt hast du das her?«

»Aus meiner Fantasie, Mama«, sagte ich. »Die Kraft des Geistes.«

In Wirklichkeit hatten Binbi, Vellaine und ich eines Abends auf dem Treppenabsatz rumgelungert, als ich hörte, wie Anika zu Claudio sagte, ihrer Meinung nach sei Pam eine Lesbe. Als Binbi tags darauf fragte: »Was ist eine Lesbe?«, sagte Anika:

»Eine Frau, die eine andere Frau liebt.«

»Kann ich auch eine Lesbe werden, wenn ich groß bin?«, fragte Binbecka.

»Natürlich kannst du das, Schätzchen.«

»Eine Frau, die eine andere Frau liebt, so wie du und Tante Irena?«, fragte Vellaine verwirrt.

»Na ja, nicht so ganz. Das ist eine andere Art von Liebe, als man für eine Schwester oder eine Freundin empfindet. Die Liebe ist eher wie die, die man für jemanden empfindet, mit dem man verheiratet ist.«

»Kann ich dich heiraten, wenn ich groß bin?«, fragte Binbecka.

»Natürlich nicht, Binbi«, sagte Vellaine spöttisch. »Mannomann.«

»Aber warum denn nicht? Ich will aber Mama heiraten.«

»Das ist lieb von dir, Mäuschen. Aber ich bin doch schon mit Claudio verheiratet. Und ich bin deine Mutter. Und ganz bestimmt willst du später, wenn du groß bist, jemand anders heiraten. Und außerdem … (allmählich begann sie den Faden zu verlieren) bin ich keine Lesbe.«

»Kapier ich nicht«, sagte Binbecka entnervt.

»Was bist du dann?«, fragte Vellaine.

»Tja. Das ist eine gute Frage. Ich weiß es ehrlich gesagt nicht genau«, sagte sie und hielt inne.

»Jetzt bin ich aber total durcheinander«, sagte Vellaine.

»Das macht nichts, Schätzchen«, sagte Anika tröstend. »Das sind wir doch alle.«

So geschah es also, dass Suresh bei uns einzog. Mit Hilfe einer Geschichte, mit Hilfe der Fantasie, mit Hilfe der warmen Achselhöhle meiner Mutter. Mir leuchtete noch immer nicht ein, wie Vater mit dieser neuen Situation klarkommen sollte. Suresh war ja sogar so weit gegangen, Mutters Einzelbett rauszuschmeißen und den beiden im Keller ein neues Bett aus Kiefernholz zu zimmern. Ein großes Doppelbett, in dem wir Samstagmorgens alle Platz hatten.

Darin saßen wir dann, jeder mit einem Stück Zeitung, und Suresh erklärte mir Dinge wie den Nahost-Konflikt und wie man Eileiter durchtrennt. Er studierte Medizin und schien einfach alles zu wissen. Er erklärte mir Begriffe wie »Blutbad« und »Völkermord«, und ich sagte, der Rest der Welt müsse ja ganz ganz schrecklich sein, und er sagte, dass es zu Hause manchmal am allerschrecklichsten sein könne, und ich wusste, dass er Recht hatte. Ich wusste, dass sich Krankheitsherde zu Hause im Innern entwickelten und dann ausbreiteten, und dass sich Kriege anhörten wie zuknallende Türen, und dass die Albträume, die man in seinem eigenen Bett hatte, oft die schlimmsten Reiseziele der Welt darstellten.

Doch wir schienen jetzt glücklich zu sein – wenn Willy und ich die Cartoons lasen und Mutter und Suresh zusammen das Kreuzworträtsel lösten, wenn wir alle stundenlang das weiße Bettzeug zerwühlten, das nach Bleiche und Bananen duftete. Und wenn Suresh in seinem kragenlosen weißen Hemd und dem Turban und den Sandalen in der Küche stand und kochte. Wenn ich den Chapati-Teig ausrollte, dazu der wunderbare Duft von Linsencurry und Kreuzkümmel auf Spinat und Kartoffeln, und einmal durfte ich sogar einen Schluck braunes Bier probieren, und ich sagte: »Wie könnt ihr dieses Zeug nur trinken – das schmeckt ja wie Pisse«, worauf meine Mutter sagte:

»Thelma! Für ein Mädchen mit einer so gewählten Redeweise sind das aber ganz schöne Kraftausdrücke!«

»Tut mir Leid, Mama«, entschuldigte ich mich. »Ich hab mich versprochen. Ich meinte natürlich Urin«, und sie und Suresh lachten.

Es gab viel zu lachen damals. Und viel Gartenarbeit – nicht mehr Mutters kostbare Rosen, sondern Sonnenblumen und Tomaten und grüne Ranken, die sich über den Boden breiteten und irgendwann in Form von langem grünem und dickem orangefarbenem Gemüse aufplatzten. Und einen Kräutergarten, für den ich verantwortlich war. Am meisten Spaß machte mir die Schneckenjagd – nachts mit der Taschenlampe rausgehen und die schleimigen grauen Nacktschnecken mit dem grellen Lichtkegel erschrecken und immer wieder sagen: »Hab ich dich, du hinterhältiges Miststück«, um sie mit dem Messer von den Pflanzen zu kratzen und in eine Tüte Öl zu stecken.

Es fühlte sich an wie ewig, wie ein ganzes Leben, aber rückblickend waren es kaum mehr als ein paar Monate – ein Sommer, der in einen Herbst überging, der von einem dunklen und deprimierenden Winter verschluckt wurde, in dem Mutter viel weinte und Willy aufhörte zu sprechen und ich überall im Haus nach Suresh suchte, ihn aber nirgends finden konnte. Ich weiß noch, wie er eines Abends in mein Zimmer kam, und es war seltsam, weil er die ganze Zeit immer nur in der Ecke hockte und mir schweigend dabei zusah, wie ich für eine Collage, die ich gerade bastelte, Fotos aus einer Zeitschrift ausschnitt.

»Meditierst du?«, fragte ich ihn, weil er mich an Anika erinnerte, die auch manchmal so still dahockte, und er antwortete kryptisch:

»Wenn mir nur solcher Frieden vergönnt wäre.«

»Willst du mir bei meiner Collage helfen?«, fragte ich ihn in der Hoffnung, dass das vielleicht Abhilfe schaffen würde.

»Ich bin nicht so künstlerisch begabt wie du«, sagte er traurig. »Ich bin bloß eine Marionette«, fuhr er fort. »Kein freier Mann.«

Ich wusste nicht, was er meinte, und sah ihm neugierig ins Gesicht, um festzustellen, dass er weinte. Ich war ratlos, also schnitt ich einfach weiter meine Bildchen aus und klebte sie auf einen Bogen Zeichenkarton, und er hockte weiter dort in der Ecke und starrte auf den Teppich.

Er sagte: »Hier, das möchte ich dir schenken«, und er reichte mir einen kleinen goldenen Ring in Form einer zusammengerollten Schlange, genauso einen, wie er meiner Mutter geschenkt hatte.

»Warum?«, fragte ich ein wenig beunruhigt.

»Als Geschenk«, sagte er.

»So wie ein Weihnachtsgeschenk?«, fragte ich.

»Einfach so ein Geschenk, weil du so bist, wie du bist«, sagte er mit traurigem Lächeln.

»Dann will ich dir auch was schenken«, sagte ich lächelnd, stand auf und wühlte in meiner Spielzeugschublade. Trevor, der Lkw – nein, den hatte ich ganz vergessen, der taugte nichts. Teddy? Nein, von Teddy würde ich mich wohl niemals trennen können. Blondie? Damit kann ein erwachsener Mann bestimmt nichts anfangen, dachte ich.

»Am allermeisten würde ich mich freuen, Thelma, wenn du mir was von deiner Fantasie abgeben könntest«, sagte er.

Daran hatte ich nicht gedacht. Was für ein kluger Mann er doch war.

»Gut, dann möchte ich gern Heroin mit dir teilen. Sie ist eine tapfere Amazone, still und edel, und sie wird dich vor allem Bösen beschützen«, sagte ich stolz.

»Nun, das ist wirklich ein Geschenk, das von Herzen kommt«, sagte er.

Es sollte noch Jahre dauern, bis ich dahinter kam, was wirklich passiert war. Suresh hatte sein Studium beendet und musste nach Indien zurück, um dort zu arbeiten. Seine Heirat mit einem Sikh-Mädchen war schon viele Jahre im Voraus arrangiert worden. »Aber warum?«, war alles, was mir einfiel, und alles, was meine Mutter als Erklärung anzubieten hatte, war:

»Weil es manchmal Dinge im Leben gibt, die man sich nicht aussuchen kann.«

»Aber erinnerst du dich denn gar nicht mehr an Nemeni?«, fragte ich sie.

»Weiß ich nicht. Vage«, sagte sie und zuckte mit den Achseln.

»Sie konnte alles tun, wozu sie Lust hatte, konnte alles sein, was sie wollte, weißt du nicht mehr? Ein Champignon oder eine Prinzessin.«

»Na ja, vielleicht macht Suresh ja, was er will, auf seine Art«, sagte meine Mutter.

»Wenn ich groß bin, heirate ich Suresh«, sagte ich bestimmt.

»Ich dachte, du wolltest lesbisch werden«, seufzte meine Mutter.

»Na, dann hab ich's mir eben anders überlegt.«

Ein Stein bricht entzwei

Mrs. Rodrigues hatte an unserer Schule als Musiklehrerin angefangen und leitete den Chor und das Schulorchester. Ich fand sie wunderschön – winzig und vollkommen, mit Fingernägeln wie Stein, die auf den Klaviertasten klackerten und von denen nie der beige Nagellack absplitterte. Sie bestand aus aufgebauschten blonden Haaren über einem Meer von wirbelndem Beige. Ihr gehörte der weiße Trans Am auf dem Parkplatz, und sie sprach mit tiefer sanfter Stimme. »Ich wünsche mir zu Weihnachten das Parfüm Charlie«, sagte ich zu meiner Mutter, als sie mich fragte. »Das trägt nämlich Mrs. Rodrigues auch.«

»Du bist wohl 'n bisschen in sie verknallt, was?«, fragte meine Mutter, und ich wollte schon sagen: Wenn ich groß bin, heirate ich sie, aber ich wusste, dass meine Mutter sagen würde: Du bist aber wankelmütig. Letztes Jahr wolltest du doch noch Suresh heiraten. Sie wollte absolut nicht verstehen, dass ich nun mal alle Erwachsenen heiraten wollte, die bestimmte Gefühle in mir wachriefen, eine Kategorie, zu denen meine Eltern nie gehört hatten, abgesehen von einem kurzen Zwischenspiel mit meiner Mutter, als sie damals mit Suresh zusammen war.

Durch Suresh war sie plötzlich zu einer liebenswerten und

schönen Frau aufgeblüht. Jetzt betrachte ich die Fotos aus jener Zeit, und sie ist wie von einer anderen Welt, braungebrannt und kurvig steht sie im Garten zwischen dem Löwenzahn, schaukelt auf der Holzschaukel, lächelt mit vollen, verträumten Lippen und fegt sich das lange schwarze Haar aus den Augen. Ohne Suresh war sie wieder ganz die Alte, die alles und jeden verfluchte und verdammte und mir ständig erzählte, »Das Leben ist hart« und »Wir sind ganz allein auf dieser Welt«, und zerstreut durchs Haus lief und immer dünner wurde. Ohne Suresh aßen wir wieder Baked Beans und Fischstäbchen. Ohne Suresh blieben die Fenster zu, und es gab nichts mehr zu lachen. Es gab keine Pam mehr und keinen Rudy, und nicht mal die streunenden Katzen ließen sich noch blicken.

Ich stellte mir ein Leben mit Mrs. Rodrigues vor, in dem ich ihre einzige Tochter wäre und eine Stimme hätte, so golden wie der Sonnenschein, eine Stimme, die sie zu Tränen rühren würde. Mrs. Rodrigues war oft zu Tränen gerührt. Mit dem Chor übte sie Lieder ein, deren Texte mir abgrundtief peinlich waren, weil sie, wie meine Mutter gesagt hätte, »auf Tuchfühlung« gingen, unverfroren sentimental waren und beschämend, weil sie mich anrührten und weil es bestimmt niemandem entging, wie mich das Tuchfühlige auf sonderbare, sexuell-spirituelle Weise langsam überkam.

Kurz vor ganz bestimmten Liedstellen hatte ich das deutliche Gefühl, dass ich zur Statue erstarren und mitten entzwei gespalten würde. Es gab Zeilen wie: »If you touch me soft and gentle/I'll show you who I really am and I will grow«, für die ich mich in Grund und Boden schämte. Ich konnte mich einfach nicht dazu bringen, diese Zeilen zu singen. Ich wehrte mich dagegen, indem ich sie als widerwärtigen, ekligen, tuchfühligen Mist abtat und mir damit natürlich die Verachtung sämtlicher Mädchen einhandelte, die sich nach dem Unterricht um Mrs. Rodrigues scharten und ihr Blumen und selbstgeschriebene Gedichte brachten und unbedingt von ihr gedrückt werden wollten.

So ein Bild des Jammers würde ich niemals abgeben. Niemals. Stattdessen malte ich mir aus, wie meine Mutter bei einem furchtbaren Häuserbrand ums Leben kam, oder auf dem Highway 401 tödlich verunglückte, und ich würde ohne Zuhause dastehen (Willy wäre irgendwo in dem Chaos verschütt gegangen) und ohne Eltern (es kam mir nie in den Sinn, dass ich ja in einem solchen Fall wahrscheinlich zu meinem Vater müsste), und dann würde Mrs. Rodrigues auf mich zukommen (da ich ja niemals zu ihr hingehen würde) und zu mir sagen: »Schon immer wollte ich dich als mein Kind haben. Du warst immer meine allerliebste Schülerin, aber ich konnte es dir nie sagen, weil du immer so tapfer und stolz bist, dass ich Angst hatte, du würdest mich abweisen.« Und ich würde sagen: »Schon gut, du darfst meine Mutter sein« (als ob ich ihr einen Riesengefallen damit täte und ihrem Leben endlich einen Sinn geben würde) und mit ihr nach Hause fahren in ihre schöne Eigentumswohnung in South York und mit ihr zusammen auf der Couch liegen und kuscheln und Pizza essen und Fernsehen gucken.

In Wirklichkeit war ich keine Kuschlerin, das war ich nie gewesen. Abgesehen von dem einen Samstagmorgen, damals zu Sureshs Zeiten, an dem ich mich kurz in die Achselhöhle meiner Mutter geschmiegt hatte, war ich immer jemand von der »Rühr mich nicht an«-Sorte gewesen, derjenigen Sorte, der sensible Lehrer, Sozialarbeiter und Psychiater zu verstehen geben, dass irgendetwas im Argen ist.

Früher dachte ich immer, es läge daran, dass wir Engländer sind, und dass man als Engländer kein Bedürfnis hätte, sich zu solch perversen und primitiven Kommunikationsformen herabzulassen wie dem Austausch von Berührungen. Ich reagierte nur unzureichend auf taktile Annäherungsversuche. Ich weiß noch, wie ich eines Nachts bei Binbecka und Vellaine übernachtete und aus dem Schlaf schreckte, weil mir Anika wegen einer Erkältung im Schlaf mit Balsam die Brust einschmierte. Mir wäre fast das Herz stehen geblieben. Ich verschluckte alle meine Gliedmaßen, bis ich mich in einen Backstein verwandelt hatte.

Langsam wurde ich richtig gut – beinahe mühelos konnte ich zu Stein werden. Manchmal hörte ich ein Wort, atmete einen Geruch ein oder sah die Sonne im Winter untergehen, oder es passierte überhaupt nichts, und ich wurde hart, kalt, ohne zu wissen, ohne zu fühlen.

Hundstage und Eis

Vater ist nach Hause gekommen. Ich bin fast vierzehn. Vater ist wieder da! Er ist wieder da? O Gott, ich weiß noch genau, wie es ist, wenn er da ist. Corinna wird noch wütender, Willy hat noch mehr Angst und ich bin nicht mehr vierzehn, ich bin wieder ein Baby, manchmal ein Insekt und, als neueste Inkarnation, ein Eiszapfen.

Warum ist er wieder da? Vielleicht denkt Mutter, dass es besser sei, pausenlos wütend zu sein als pausenlos zu weinen, so wie sie es tut, seitdem Suresh weg ist, und das ist schon ziemlich lange her. »Dein Bruder entgleitet mir«, erklärt meine Mutter. »Er braucht einen Vater, ein männliches Vorbild. Ich schaff das nicht allein. Ich schaff es einfach nicht«, wiederholt sie.

Es stimmt, dass er ein paar Mal mit dem Gesetz in Konflikt geraten ist, bei Radio Shack hat er ein Tapedeck, bei Eddie Bauer ein Hockeyshirt mitgehen lassen. Der einzige Unterschied zwischen uns beiden war, dass man Willy erwischt hatte und mich nie. Ich hielt mich weder für kriminell, noch fürchtete ich, dass mich das bisschen Klauen auf die schiefe Bahn bringen würde: Ich sagte mir einfach nur, dass bis zu meinem sechzehnten Geburtstag damit Schluss sein müsste, weil ich dann nicht mehr unter das Jugendstrafrecht fallen würde. Somit galt also Willy auf Grund irgendeiner Gesetzlichkeit als Verbrecher und ich nicht. Er brauchte einen Vater und ich nicht. Wie immer in meiner Familie wurde erst dann etwas zum Problem, das besondere Maßnahmen erforderte, wenn sich eine öffentliche Instanz einschaltete, so dass sich eine ganze Menge zwischen unseren vier Wänden abspielte, was nie auf diese Weise zum Problem wurde.

Ich bin vierzehn und habe mich anscheinend zu einem »verstockten und unkommunikativen Teenager« entwickelt, über den meine Mutter sagte: »Kein Wunder. Das hab ich kommen sehen. Scheint, als wärst du wieder ganz in deinem Element. Ich rede erst dann wieder mit dir, wenn du aufhörst zu pubertieren und endlich ein Mensch wirst.« Was sie aber nicht weiß, ist, dass ich mir vorgenommen habe, niemals aufzuhören, niemals diese neu entdeckte Isolation aufzugeben, niemals ein Mensch zu werden.

In der Schule können wir uns vor dem Schwimmunterricht drücken, indem wir neben unseren Namen auf der Anwesenheitsliste ein M schreiben. Es ist ganz einfach. Man schreibt einfach ein großes M neben seinen Namen und darf zusammen mit den anderen Ms auf der Bank sitzen. Ich finde es schrecklich, alle meine Sachen ausziehen und einen Badeanzug anziehen zu müssen, also schreibe ich über die ganzen sechs Wochen des Schwimmunterrichts hinweg ein M neben meinen Namen. Die Sportlehrerin, Mrs. Bunni Lambert, mit dem feuerroten Haar und den schwarzen Lederröcken, versenkte ihre langen, festen Fingernägel in meine Schulter und sagte: »Wenn du wirklich schon seit sechs Wochen menstruierst, würde ich dir raten, mal zum Arzt zu gehen, meine Liebe.«

Menstruieren. Ich ging nach Hause und fragte meine Mutter, was das heißt. Mit einer gewissen perversen Schadenfreude sagte meine Mutter: »Ach, Thelma. Das heißt, dass du jetzt eine Frau bist!« Eine Frau? denke ich. Wie konnte das nur passieren? Ich wollte nie eine Frau sein. Ich bin mir ziemlich sicher, dass ich immer noch ein kleines Mädchen bin, ein ganz kleines Mädchen.

»Du kannst dich glücklich schätzen, mich als Mutter zu haben«, zwitscherte Corinna. »Meine Mutter hat mir damals erzählt, dass sei ein schmutziges kleines Geheimnis, das man unbedingt für sich behalten müsse. Ich weiß noch, wie sie mir erzählte, das Blut sei ein Zeichen dafür, dass mein Körper mit der Eierproduktion angefangen hätte. Natürlich hab ich ihr nicht geglaubt. Was für eine lächerliche Idee, dachte ich mir. Ich stellte mir vor, im Schlaf ein Ei zu legen wie ein Huhn. Also nahm ich meinen ganzen Mut zusammen und fragte Jackie«, sagte meine Mutter ruhig. (Es gab eine ganze Reihe von Jackie-Geschichten – Jackie war in der Schule Mutters beste Freundin gewesen, gerühmt für ihre Schläue und Weltläufigkeit und ihr Chanel-Parfüm aus dem Duty-free-Shop in Johannesburg.) »Jackie hat mir dann gesagt, meine Mutter hätte Recht, nur, dass die Eier unsichtbar seien. Das Ganze kam mir vor wie eine Verschwörung.

Es dauerte noch ein ganzes Jahr, bis ich dahinter kam, was es mit alldem auf sich hatte«, fuhr meine Mutter fort. »Mit dem Buch, das mir meine Mutter gegeben hatte, *Wo die kleinen Kinder herkommen*, und den Eiern, die ich bald im Schlaf ausbrüten würde.«

»Meine Güte, Mama«, erwiderte ich darauf. »Ist das bescheuert. Du hattest doch nur deine Tage.«

Vielleicht war mir die Pointe entgangen oder ich hatte ihren einzigen Versuch unterlaufen, sich mit mir als Frau zu verbünden, jedenfalls kramte sie im Badezimmerschrank herum und drückte mir eine Schachtel Tampons in die Hand.

»Danke, Mama«, sagte ich. »Aber die werd ich nicht brauchen.« Ihr ist nicht klar, dass ich soeben beschlossen habe, niemals meine Tage zu bekommen. Vielen Dank, aber das ist nichts für mich. Meinetwegen kannst du dir die Dinger an den Hut stecken.

»Was zum Teufel sollte dann überhaupt die Frage?«, schrie meine Mutter.

»Weiß nicht«, sagte ich achselzuckend.

»Thelma, du bist wirklich ein komischer Vogel«, sagte sie kopfschüttelnd.

Ich habe beschlossen, niemals eine Frau zu werden. Ich werde dünn und klein und starr wie ein Zweig sein und mich an Plätzen verstecken, wo mich kein Mensch finden kann. Ich will nicht attraktiv sein und Push-ups tragen wie Binbecka. Ich will keine Krallen haben und schwarzes Leder tragen und kleine Kinder erschrecken wie Mrs. Bunni Lambert. Ich will keinen Bauch haben und Essen kochen und mich zurücklegen und »Ach, Douglas« sagen, während mich mein Vater besteigt und dabei hechelt wie ein Hund.

Oft träume ich davon, ein Eiszapfen zu sein: Ich hänge von der Dachrinne und beobachte, was um mich herum geschieht, tröpfele im Frühling vor mich hin und verwandle mich in wässriges Nichts. Ich will kommen und gehen wie der Winter, unsagbar kalt und unberührbar sein, klar wie Kristall. Kein Blut, keine Eier, kein Bauch, kein Busen, keine Krallen, kein Gestöhne, keine hechelnden Hunde auf mir.

»Du solltest mal was mit deinen Haaren machen«, sagt Binbecka jetzt öfter zu mir. »Das steht dir nicht. Guck doch mal, wie bei mir. Und mach dir mal die Nägel sauber. Was ist denn mit dir los, Thelma? Willst du nicht, dass dich die Jungs gut finden?«, fragt sie mich.

Nein. Ich will mir nicht die Lippen in Metallic Pink bemalen, meinen Faltenrock hochziehen und den Bund umklappen, oder mein Gesicht gegen den Maschendrahtzaun drücken und zur anderen Seite rüberkichern. Ich verstehe diese neue Sprache nicht, und warum ich über meine Freundinnen lästern und Sachen sagen soll wie: »Echt, das ist doch voll die Schlampe«, nur um mich dann am selben Abend drei Stunden lang mit ihr am Telefon über Jungs zu unterhalten. Ich verstehe das nicht.

Binbecka sagt, ich solle mich langsam nach ein paar anderen Freunden umsehen, weil sie mich bei den Sachen, die sie macht, nicht gebrauchen könne. Es wird also keine gemeinsamen Nachmittage mehr geben, drüben, nach der Schule, kein Popcorn und »The Partridge Family« gucken, und ich werde nicht mehr Klavier spielen, während sie Diana Ross imitiert.

Dies ist jetzt mein einziges Zuhause. Nichts als mein Zuhause, und dort will ich nicht sein. Meine Mutter ist dort, läuft in der Küche hin und her, reibt sich den Bauch. Sie sieht mich an, als wäre sie angewidert. »Thelma, was ist los mit dir?«, sagt sie zu mir. »Schmink dich doch ruhig mal ein bisschen. In deinem Alter hatte ich schon den zweiten BH. Du siehst krank aus. Herrgott nochmal, du könntest dir wenigstens die Haare waschen. Dein Vater kann fettige Haare nicht ausstehen.«

Mein Vater kann einiges nicht ausstehen. Neuerdings kann er nur noch am Tisch sitzen oder sich hinlegen. Nach dem Abendessen, das ich in meiner Tasche verstecke und dann im Klo runterspüle, geht Mutter in den Keller und näht, während ich mich hinter meiner Zimmertür verschanze und Gedichte schreibe. Dann verwandelt sich mein Vater in einen Hund und ich träume davon, ein Eiszapfen zu sein. Hund inzwischen seltener und Eiszapfen öfter. Jeden Tag seltener und öfter.

Er folgt mir durchs Haus, und ich spüre seinen Atem im Nacken und er stellt mir Fragen. Er will mir Fallen stellen. Er will wissen, ob wir in der Schule englische Geschichte durchnehmen, und widerwillig antworte ich: »Nein, nur kanadische.«

»Das gibt's doch nicht. Das ist doch kein Geschichtsunterricht, verflucht nochmal. Ohne die Briten gäb's in diesem Land doch gar keine Zivilisation. Ich kann dir Geschichte beibringen.«

Väter bringen einem etwas bei. Bringen einem bei, wie das damals war mit dem weißen Mann und dem Kolonialismus. Bringen einem alles bei, und zwar im Liegen.

»Wo ist denn Papas kleines Mädchen hin?«, gurrt er an meiner Bettkante. »Mein kleines Mädchen fehlt mir so«, sagt er und reibt sich über den Schritt. Er hechelt. »Fehl ich dir denn gar nicht? Was ist denn los? Hast du einen Freund? Bist du eine kleine Schlampe?«

Ich bin von einer anderen Welt. Ich bin da, wo du nicht an mich rankannst. Ich hänge vom Dach, zwölf Meter über der Welt.

Aus dem Hecheln wird ein Zischen; das Gurren gleitet über in Wut. »Weißt du was, Thelma? Du siehst krank aus. Du siehst ungewaschen aus. Du siehst aus wie ein kranker kleiner Hund«, zischt er. »Du kannst von Glück reden, dass dir dein

Papa so viel Beachtung schenkt. Das würde nämlich sonst niemand tun. Auch wenn du noch so sehr bettelst, du Schlampe. Na komm schon, Thelma, sei brav. Tu's für mich. Sei doch nicht so zugeknöpft.«

Tropf tropf. Ich bin ein Tropfen, an einem sonnigen Wintertag.

»Weißt du was, als ich deine Mutter kennen lernte, war sie so alt wie du heute. Und sie war eine Frau. Sie sah aus wie eine Frau, sie trug kurze Röcke, und sie hatte tolle lange Beine und dicke schwarze Haare. Du hast noch nicht mal einen Busen. Du bist eine Schlampe ohne Zubehör. Eine Schlampe, die das hier im Mund haben will. Los jetzt, Thelma.«

Klar, dieser Himmel ist blau und ich scheine, kristallklar, und habe alles im Blick. Kinder strecken die Arme aus und greifen nach mir. Zu hoch. Ich tropfe ihnen auf die Stirn, sie strecken ihre Zungen raus, um mich aufzufangen, aber sie schaffen es nicht.

»Na, komm schon, mach deinen Papa glücklich. Außer mir wird dich nie jemand lieb haben.«

Ich bin aus starrem Kristall, ich leuchte, regne flüssiges Silber. Wasser, das über eifrige Gesichter rinnt.

»Du willst doch nicht, dass ich aufhöre, dich lieb zu haben, oder, Thelma?«, fleht er mich an. Hechel hechel, ein Dobermann liebt einen Pekinesen. Ein Stoß, ein Donnern, die Flut. Er sagt, ich sei schmutzig und möglicherweise ansteckend. »Dir fallen ja schon die Haare aus«, sagt er höhnisch. »Du bist Ekel erregend.«

Er weiß nichts davon. Ich wachse, verwandle mich, werde fest wie Eis und so glänzend und wunderschön und klar wie frisches Wasser. Von allen bewundert und unberührbar. Funkelnd und sauber. Vollkommen wie Kristall und von allen geliebt. Ich singe ohne Ton. Ich bin hier sicher, in der Isolation, der Ferne. Nichts ist zwischen mir und dem Himmel. Alles liegt darunter. Alles stirbt dort unten.

Brennen

So wie es aussieht, ist mein Vater wieder weg. Und ich habe den Verdacht, dass es diesmal für immer ist, weil man ihn in Handschellen abgeführt hat. Was diese Sache betrifft, habe ich beschlossen, nichts zu fühlen, nicht das Allergeringste überhaupt, ich will nicht mal ein schlechtes Gewissen haben, auch wenn meine Mutter das gern hätte, denn wer sollte sonst Schuld an allem sein, wenn nicht ich. Meistens stimmt es natürlich auch, und ich habe inzwischen gelernt, diese Tatsache huldvoll zu akzeptieren. Indem ich nichts sage. Nicht laut werde, nicht wütend, mich nicht verteidige, sondern mich einfach nur füge. Wie sich herausgestellt hat, ist das viel einfacher, als sich in fruchtlose Debatten zu stürzen. Bei einer Diskussion ziehe ich jedes Mal den Kürzeren und fühle mich danach nur noch schlechter. Indem ich mich fürs Schweigen entscheide, gelingt es mir hin und wieder, zu vergessen, dass überhaupt etwas passiert ist. Vielleicht bin ich eben doch sehr englisch.

Mein Bruder, der mir immer fremder wird, weil ich nicht nur sonstwie gestört, sondern auch vollauf mit Pubertieren beschäftigt bin, musste zu meinem Vater ziehen. Mein Vater lebt jetzt in einem Farmhaus irgendwo im Nordosten von

Brockville, und auf ihre typische fehlgeleitete Art scheinen meine Eltern zu glauben, eine ordentliche Prise Landluft wäre für Willy genau das Richtige, um ihm seine großstädtischen Unsitten auszutreiben. Überflüssig wie ein Kropf, hätte ich gesagt, hätten sie mich nach meiner Meinung gefragt.

Ich weiß sehr wenig über Willys Leben dort, weil ich an meinen Wochenendbesuchen so viel wie möglich auszublenden versuche. Es ist mir unbegreiflich, dass ich da überhaupt hin muss, aber »Er ist immer noch dein Vater« scheint für meine Mutter ein ausreichendes Argument zu sein.

In diesem Paralleluniversum gibt es jede Menge Feuersbrünste. Mein Vater hat eine Art Pyromanentick entwickelt und baut sich flammende Infernos, die eigentlich verhängnisvolle Folgen haben müssten. Aber hier draußen auf dem Land scheinen Großbrände und giftige Dämpfe und solcherlei Dinge egal zu sein, weil die Nachbarn bloß muhende Kühe mit knochigen Hinterteilen sind.

Mein Vater hat sich offenbar vorgenommen, nach und nach alle alten Scheunen abzubrennen, die brüchigen Bretter zu nehmen und unter seinem Stiefel zu zertreten. Das Heu knistert und schwelt und wimmelt von Käfern, die in der Hitze zerplatzen, was meinen Bruder total begeistert.

Überall hier in der Gegend gibt es Kiesgruben, von denen die meisten mit stehenden grünen Tümpeln gefüllt sind, die in der Dämmerung von Fröschen wimmeln und meinem Bruder als unerschöpfliche Quelle der Belustigung dienen, nachdem ihm ein dritter Arm gewachsen zu sein scheint – und zwar einer, der mit Schrot gefüllt ist. Es ist Mai, und Vater veranstaltet flammende Infernos und Willy schießt auf Frösche, trifft sie mitten auf der Stirn und lacht sich darüber krank, wie sie sich auf den Rücken drehen. Im Januar, als er hier ankam, war das Wasser im Brunnen gefroren und Willy hatte jeden Morgen für Vaters Kaffeewasser mit der Axt das Eis aufhacken müssen.

Jetzt fährt er mit einem gelben Schulbus, begleitet von hämischen Rufen wie »He, Arschgesicht« und »Was hast du denn für 'ne Scheiß Hippiefrisur, und was für 'ne Scheiß-Jeans« und »Blödes Arschgesicht aus Toronto, dein Vater ist 'n Asi«.

Er hat wirklich eine blöde Frisur. Das seh ja sogar ich. Die falsche Frisur, die falsche Jeans, die falschen Wörter und einen Vater, der angefangen hat, die Wände seines Hauses abzureißen, um damit ein Feuer zu schüren. Die anderen Jungs jagen ihn um den Schulhof bis hinten zur Kiefernplantage, und er schreit sie an: »Na und, dafür hab ich früher viel mehr Scheiße gebaut als ihr, als ich noch in Toronto war, und ich bin sogar mal verhaftet worden«, und sie verspotten ihn und sagen: »Ist ja echt der Hammer. Klar haben sie dich verhaftet, Arschgesicht. Nämlich deswegen, weil du 'n Asi bist!«

Nach diesen Qualen kommt er nachmittags im gelben Bus aus der Schule nach Hause, um Zeuge des fortschreitenden Verfalls zu werden. Vater bringt seine Tage damit zu, abwechselnd Gräben auszuheben und Teile seines Hauses abzureißen. Vor allem so hat mein Bruder unseren Vater in Erinnerung – mit einer Ginflasche zwischen den Oberschenkeln auf einem Trecker. Offenbar glücklich.

»Guck's dir an!«, schreit er, als Willy die Auffahrt raufkommt, und zeigt auf sein Tagwerk der Verwüstung. Dann knallt Willy eine Stunde lang Frösche ab, bis es für ihn Zeit ist, Kartoffeln zu schrubben. Immerzu Fleisch und Kartoffeln. In Alufolie gewickelt, ins lodernde Feuer geworfen und mit einem Zollstock wieder rausgefischt. In der warmen Brise sitzen, durch die verkohlte Haut eines Hühnchens beißen bis hindurch zum weichen roten Fleisch über dem Knochen. Erst Jahre später lernte Willy, dass Hühnchenfleisch gar nicht rot ist. Jahre und eine Salmonellenvergiftung später meide ich die meisten Dinge, indem ich behaupte, ich sei Veganerin.

Betrunken lallend, wie immer nach Einbruch der Dunkelheit, fängt Vater an, uns Moralpredigten zu halten. Bläut uns Dinge ein, für die Willy und ich den Rest unseres Lebens brauchen, um sie halbwegs wieder zu vergessen – über Frauen, über das Leben, über Geld, über Frauen. Dann ist es Zeit, schlafen zu gehen. Kein Abwasch und kein Licht, bei dem man vielleicht hätte Hausaufgaben machen können. Nur durch die Dunkelheit stolpern, während Vater seine Hand auf Willys Kopf legt, damit der ihn zum nächsten klaffenden Loch in der Hauswand führt.

Willy und Vater überlebten den Winter mit einem Holzofen und einem verwundeten Haus unter Segeltuchplanen. In den kalten Monaten gab es vor allem Moralpredigten und betrunkenes Lallen, ohne dass zwischendurch mal mit dem Trecker gewütet werden konnte. Willy konnte nur zuhören und so tun, als würde er auch rauchen, während er sah, wie sich sein warmer Atem mit der Luft vermischte. Er weinte viel, vor allem, nachdem der Hund erfroren war, und Mutter fehlte ihm, und bei meinen Wochenendbesuchen sagte er: »Kannst du nicht auch hier wohnen?«, doch da lachte ich nur hämisch und sagte: »Kommt gar nicht in Frage.«

Alle zwei Wochen fuhren sie zur Tankstelle, um zu duschen. Es gab so heftige Schneestürme, dass Willy die eine Meile bis zum Ende des Schotterwegs mit Schneeschuhen zurücklegen musste, wo sie ihn beim Einsteigen in den Schulbus mit »He, blöde Sau« begrüßten.

Und dann kam der Frühling. Der Schnee schmolz und die

Gruben füllten sich, und es war wieder April und Willy lebte schon seit über einem Jahr bei meinem Vater. Als es wärmer wurde, ging es Vater ein bisschen besser, weil er sich wieder mit seinen Plänen befassen konnte. Den ganzen Winter hatte er von dem Wassergraben geredet, den er ums Haus herum anlegen wollte, um die Männer von der Behörde, vom Gesundheitsamt sowie Elmer Dixon, den Besitzer der Nachbarfarm, vom Betreten des Geländes abzuhalten. Es sollte eine mechanisch betriebene Zugbrücke geben, für die er allein den einzigen Schlüssel besitzen würde, und Willy bekäme ein Losungswort, woraufhin die Zugbrücke heruntergelassen würde, wenn er aus der Schule kam. Im Sommer würde Willy ihm helfen, inmitten der öffentlichen Kiefernplantage eine Insel zu bauen. Mit der Kettensäge würden sie ein paar Bäume abholzen und einen großen Graben um die Lichtung herum bauen. »Da werden sich die Behörden noch umgucken«, sagte Dad.

Doch irgendwann in jenem Frühling änderten sich die Pläne, ohne dass irgendjemand so recht wusste, weshalb. Willy stieg in einen Greyhound-Bus nach Westen und Vater fuhr ohne Ziel nach Osten. »Keine Ahnung, Mama«, sagte mein Bruder aus einer Telefonzelle am Busbahnhof von Toronto. »Er hat nur gesagt: ›Will, für uns gibt's hier nichts mehr zu tun‹, und dann brachte er mich zur Bushaltestelle. Natürlich erst, nachdem er das ganze verdammte Haus abgefackelt hatte.« Ich stelle es mir vor, alles im Kriegszustand. Die Flammen und den Regen und Vater und die ganze Welt.

Jahre später erzählte Willy noch etwas. Er sagte: »Weißt du was, ich hätte dieses verfluchte Arschloch einfach abknallen sollen, als ich noch ein Gewehr hatte.«

Die Farbe Lila

Ich bin achtzehn und immer noch nicht adoptiert worden. Wie viele Leute habe ich gefragt? Langsam wird es peinlich. Anika und Claudio, und Mrs. Kelly, und Mrs. Rodrigues, und dann meine Sportlehrerin, Mrs. Lennox, und Mrs. Abbey, meine Mathelehrerin, und dann Mr. Foster, meinen Biolehrer, der das als Aufforderung betrachtete, mir seine Zunge in den Mund zu stecken – und danach, na ja, das war ja erst vor kurzem, jedenfalls habe ich mich entschlossen, die ganze Idee an den Nagel zu hängen.

Vielleicht muss stattdessen ich irgendwas annehmen. Ein Kind wird es wohl kaum sein, so viel Vernunft werde ich gerade noch haben. Aber ich könnte eine Religion annehmen – nur dass da ein grundlegender Schritt getan werden muss, den ich offenbar zu tun nicht imstande bin, um an eine höhere Macht glauben zu können. Ich habe mir alle Mühe gegeben. Ich habe versucht, mit Anika zu meditieren, ich habe sogar die Ferien im März mit Anika und Vellaine in einem Sufi-Center in Florida verbracht, wo ich die Chants vor mich hin gemurmelt und mit ihnen im Kreis getanzt habe, doch für mich blieb leider jegliches spirituelle Erweckungserlebnis aus.

Meine Mutter lässt sich die Brust vergrößern. Ich finde es unfassbar, dass sie sich so was antut. Sich freiwillig weibliche Geschlechtsmerkmale aufhalsen. Allein schon beim Gedanken daran wird mir schlecht, doch sie strahlt auf eine gewisse absonderlich blöde Weise, was darauf hindeuten könnte, dass sie gerade ihr eigenes Erweckungserlebnis hat. Meine Religion wird aus meiner Seele heraus wachsen, nicht aus meinen Brustdrüsen. Schon immer habe ich den Verdacht gehabt, dass sie oberflächlich und geistlos ist, aber anscheinend muss sie sich jetzt plastischer Chirurgie unterziehen und endlose Summen hinblättern, um sich genau das bestätigen zu lassen und ihrem neuen Gott zu huldigen. Sein Name ist Warren und er ist Betriebszahnarzt, was auch immer das sein soll.

Im Grunde ist er harmlos, er hat bloß ein paar Annäherungsversuche unternommen wie: »He, ich könnte dir so was wie ein Vater sein, du müsstest dich nur ein bisschen öffnen«, worauf ich ihn aufs Heftigste abweisen musste, so dass er in letzter Zeit in Remission getreten ist. Wie eine Krebserkrankung. Folglich bin ich dann wohl so was wie Bestrahlung, eine Vorstellung, die mir gar nicht schlecht gefällt.

Was meinen Busen anbelangt, ist es mir bisher gelungen, jedes Anzeichen davon zu unterdrücken, und ich tue alles, was in meiner Macht steht, damit keine Regel jemals mein Leben befleckt. Ich wiege zweiundfünfzig Kilo und bin eins achtundsiebzig groß. Meine Mutter ist mit mir zum Arzt gegangen, und der sagte: »Sie besitzt einfach nicht genug Körperfett, um die Produktion von …« Von was? Blut? Davon habe ich reichlich, das sehe ich immer daran, wie viel ich aus meinen Fingerspitzen quetschen kann. Noch fehlt mir der Mut, um einen größeren Schnitt vorzunehmen, aber das kommt schon noch.

Immerhin wiege ich zehn Pfund mehr als letztes Jahr, was für mich zwar endlose Qualen bedeutet, aber wenigstens lässt mich meine Mutter in Frieden, ich kann zu Hause wohnen anstatt im Krankenhaus und bin wieder imstande, einen klaren Gedanken zu fassen. Diese Krankenhaussache ist nämlich nichts für mich. Letzten Sommer habe ich ein paar Wochen mit einer IV-Kanüle im Arm verbracht und musste den lieben langen Tag lang einen Haufen anderer Frauen mit IV-Kanülen anstarren und denken, was mache ich hier eigentlich, und wurde jeden Tag auf eine Waage gehoben.

»Großer Gott, das ist ja wie ein Leichenhaus voll wandelnder Kadaver«, sagte meine Mutter schaudernd.

»Du hast mich hier aber reingesteckt!«, schrie ich sie an. »Du wolltest mich auf diesem Friedhof krepieren lassen.«

Woraufhin (genau wie jedes Mal, wenn ich meine Mutter anschrie) eine Krankenschwester ihre Hand auf meine Schulter legte und sagte: »Bitte, Thelma, bei deinem Geschrei regen sich die anderen Patienten auf.«

»Und sie regt mich auf«, brüllte ich. Die Krankenschwester führte meine Mutter weg und die beiden hatten ein leises Tête-à-tête, doch ich war viel zu erschöpft, um mir Verschwörungstheorien auszudenken. Schreien musste ich hauptsächlich in meinem Kopf – die Luft anhalten und die Fäuste ballen und gucken, ob ich mich dazu bringen könnte, so lange zu drücken, bis mir der Kopf platzt. Ich wollte ihn platzen lassen – mir die Augen aus dem Kopf schießen und die weißen Wände mit ihrem blutroten Inhalt vollspritzen.

Witzigerweise sagte ich mir bei meinen Sitzungen mit Dr. Walker alle zwei Tage, wenn er mich explizit zum Schreien aufforderte: Den Gefallen werd ich dir nicht tun, du arrogantes Schwein, und blieb stumm. Ich starrte ihn an, ich schloss die Augen, ich weigerte mich, seine herablassenden Fragen zu beantworten, und er sagte: »So kommen wir nicht weiter,

Thelma. Wenn ich dich besser verstehen würde, könnte ich dir helfen, wieder gesund zu werden, damit du hier rauskommst.« Also besaß er die Patentlösung und ich müsste nach seiner Pfeife tanzen, um an den Schein zur Freiheit zu kommen. Das nahm ich ihm wirklich verdammt übel, aber ich dachte: Gut, dann beantworte ich dir eben deine beschissenen Fragen, ich bin eine gute Schülerin, ich werde deine Prüfung bestehen und du kannst dich in deiner Eitelkeit sonnen und dir vorgaukeln, du hättest mich geheilt, aber in Wirklichkeit wirst du nicht das Geringste über mich erfahren haben. Nur schreien werde ich nicht für dich.

Es gab eine Frau, die ich mochte. Molly, mit den grauen Teichen als Augen und den langen, strähnigen, schwarzen Haaren. Ich mochte sie, weil sie immer vor mir bei Dr. Walker drin war, und wenn sie sich in ihrem Rollstuhl aus seinem Büro schob, sah sie noch viel genervter aus als ich. Wenn sie an mir vorbeikam, rollte sie mir jedes Mal fast über die Füße, und sie murmelte immerzu Dinge wie »Arschgesicht« und »Essen? Geh du lieber Scheiße fressen!«. Ein bisschen ehrfürchtig und fasziniert starrte ich ihr hinterher. Eines Tages sah sie, wie ich sie beobachtete, und murmelte: »Blas ihm einen und dann lässt er dich garantiert raus«, und fuhr weiter, ohne meine Reaktion abzuwarten. Großer Gott, dachte ich.

Später am selben Tag fuhr sie an meinem Zimmer vorbei und sagte: »He, Freundin. Sollen wir uns nicht 'ne Pizza bestellen?« Erst konnte ich damit nichts anfangen. Meinte sie das ernst? Aber dann lachte sie und sagte: »Das wär jetzt genau das Richtige – triefend vor Käse und mit schleimigen Salamischeiben voller Fettstücke.«

»Und nur dreihundert Kalorien pro Bissen«, gab ich zurück.

»Dreihundertfünfzehn, um genau zu sein«, sagte sie.

»Und vielleicht noch zwei Dosen Cola, um das Ganze runter-
zuspülen.«

»Und einen Eimer zum Reinkotzen.«

»Ich bin eigentlich nicht so fürs Kotzen«, sagte ich.

»Glaub mir, Süße, das ist der Knaller.«

»Hat Dr. Walker das wirklich gesagt?«, fragte ich Molly
später, ungläubig.

»Was gesagt?«

»Dass du rauskämst, wenn du ihm einen bläst?«

»Hast du 'ne Meise?«, fragte sie, besann sich dann und sagte:
»Oh, tut mir Leid. Nein, so 'n Spruch und der wär doch sofort
seinen Job los. Ich würd's ihm allerdings schon anbieten, wenn
ich den Eindruck hätte, dass es was nützen würde. Außerdem hat er dafür ja schon sein süßes kleines Frauchen, das zu
Hause auf ihn wartet.«

»Das hat er dir erzählt?«

»Quatsch. Aber die sind doch alle gleich.«

»Was für ein Haufen Drecksäue«, sagte ich.

»Du sagst es, Schwester. Eine rauchen?«

»Was, hier drin?«

»Im Treppenhaus.«

»Im Ernst?«

»Ach komm, wenn ich hier schon nicht meiner Lieblingsbe-
schäftigung nachgehen und kotzen darf, können sie wenigstens hier mal 'n Auge zudrücken.«

»Wie hindern sie dich denn daran, dich zu übergeben?«

»Sobald man wieder feste Nahrung kriegt, haben sie einen
fiesen kleinen Trick. Da wird Farbe ins Essen gespritzt, die
dann von der Magensäure aktiviert wird, das heißt, wenn man

kotzt, kotzt man Lila. Alles ist verfärbt, Zähne und Zahnfleisch und Lippen und alles. Du solltest mal meine Kloschüssel sehen.«

»Wahnsinn«, sagte ich.

Tags darauf kam sie in mein Zimmer gerollt und sagte: »He, wie wär's heute mal mit 'ner Runde Shoppen?«

»Und uns so 'n Paillettenmini holen, in denen unsere Zahnstocher dann richtig genial zur Geltung kommen?«, fragte ich.

»Und dann vielleicht noch so 'n spitzes Madonna-Teil, um die Aufmerksamkeit der Herren auf unser üppiges Dekolleté zu lenken«, witzelte sie.

»Stimmt, nur schade, dass man die nicht in Minus 70 A bekommt.« Wir lachten, und zum ersten Mal sah ich ihre Zähne – gelb, grau und spitz ragten sie aus ihrem weißen Zahnfleisch.

»Lass uns doch danach in irgend 'ne Bar gehen und ein paar Typen aufreißen.«

»Und was machen wir dann mit denen?«, fragte ich ein bisschen beunruhigt.

»Wir lassen sie unsere falschen Titten begrabbeln, und dann stehen sie da mit ihrem Ständer und sind gearscht.«

»Stimmt«, sagte ich. »Aber was ist mit unseren Kerlen?«

»Ach so. Du meinst Muskelhemd und Schweißsocke. Ach, die haben heute Abend 'n Hockeyspiel, aber vielleicht können sie uns ja später in ihrem Camaro abholen.«

»Ein echt ekliges Auto«, sagte ich.

»Find ich auch, super peinlich. Kann man nicht mal richtig drin ficken.«

»Dann fällt das Ficken wohl heute aus.«

»Stimmt. Pech gehabt, Jungs. Ach, macht nichts«, sagte sie. »Die holen sich gegenseitig einen runter.«

»Gut so«, sagte ich.

»Dann bleibt uns wohl auch nichts anderes übrig, wenn wir noch zum Zuge kommen wollen«, sagte sie. Ich war perplex. Dazu fiel mir auf die Schnelle nichts ein. »Sorry«, sagte sie verlegen. »Hab ich nicht so gemeint. War nur 'n Witz.«

Beim nächsten Termin mit Dr. Walker erzählte ich ihm, ich hätte unwahrscheinliche Lust auf einen Texicana-Burger von Toby's. Einen Riesenplotzer Rinderhack auf einem weichen Brötchen und eine volle Ladung Chili obendrauf. Ich erzählte ihm, Molly und ich hätten schon beide eine Verabredung für den Tag, an dem wir rauskämen – wir beide und unsere Freunde würden uns in der Stadt einen Film angucken und anschließend bei Toby's Hamburger und Pommes essen gehen. Keine Cola Light mit Zitronenscheibe oder grünen Salat mit Dressing dazu. Nichts als astreines superfeistes Mörder-Essen. Er sagte, ich würde enorme Fortschritte machen. Ich hatte zehn Pfund zugenommen und hätte normale, gesunde Essensfantasien. Ich sagte zu Molly, ich hätte die Lösung. »Erzähl ihm, dass du alles tun würdest für einen Hamburger«, ermutigte ich sie.

Aber irgendwie ließ er sich von Molly nicht so überzeugen wie von mir. Er glaubte, dass ihre Version eine Fantasie sei, in der es um Freundschaft und ein »normales« Leben ginge, erzählte sie mir, und dass das Essen meine Fantasie sei und nicht ihre. »Wie kommt der Typ dazu, mir erzählen zu wollen, dass ich gar keinen Hamburger will!«, rief sie frustriert. »Ich will einen Hamburger! Ich will einen fetttriefenden Hamburger! Und dazu will ich Zwiebelringe und einen Erdbeerdaiquiri! Dieser blöde Wichser!«

In Wirklichkeit nahm sie einfach überhaupt nicht zu. Jedes Mal, wenn sich ihr Mund lila färbte, steckten sie ihr wieder eine IV-Kanüle in den Arm. Was ich damals nicht wusste, war, dass Dr. Walker ihr erzählt hatte, sie wolle sich über ihre Essensfantasie an mich ranmachen, durch die Aneignung meiner Fantasie mein Herz erobern. Ihre Fantasie hielt Dr. Walker für eine lesbische Fantasie, während er meine anscheinend als unkomplizierten Wunsch nach Rinderhack deutete.

Ich durfte nach Hause, aber sie nicht. Mit ihren krallenartigen Fingern umklammerte sie meine Hand und sagte: »Komm bloß nicht auf die Idee, diesen verfluchten Hamburger ohne mich zu essen.« Ich versprach es ihr. Dass ich so lange wie nötig warten würde. Sie blickte starr geradeaus, umklammerte meine Hand und quetschte sich ein paar Tränen aus den Augenwinkeln.

»Du weinst ja«, sagte ich verblüfft.

»Gar nicht wahr, verdammter Mist«, sagte sie. »Guck mich nicht an.« Sie wandte ihr Gesicht ab und sagte: »Sieht ganz so aus, als müsste ich dem alten Arsch jetzt doch noch einen blasen.«

»Das find ich nicht lustig«, sagte ich gereizt.

»Wieso, hast du doch genauso gemacht«, stichelte sie.

»Hör auf damit, Molly …«

»Wieso lassen sie dich denn sonst hier raus aus diesem Scheißladen?«

»Zehn Pfund, Molly. Das ist der einzige Unterschied«, sagte ich.

»Du hörst dich an wie alle anderen«, sagte sie verächtlich.

»Molly, ich bin aber nicht wie alle anderen.«

»Doch, bist du wohl. Du gibst dich geschlagen, du machst das Spiel mit. Du bist so spießig.«

»Ich muss jetzt gehen«, sagte ich, als ich Corinna den Korridor hinunterkommen sah.

»Mach doch was du willst«, murmelte sie, das Gesicht noch immer von mir abgewandt.

»Molly, kannst du mich nicht wenigstens angucken, damit wir uns verabschieden können«, flehte ich sie an. »Das muss doch alles nicht sein.«

»Muss es wohl«, sagte sie. »Keine Sau bleibt jemals da. Die Leute lügen sich doch nur gegenseitig an.«

»Ich kann dich doch besuchen kommen«, sagte ich hoffnungsvoll.

»Klar, den Spruch kenn ich. Pass auf, vergiss es einfach, ja? Das war's«, sagte sie wegwerfend.

»Wie kannst du so was sagen?«, sagte ich gekränkt. »Ich will aber nicht, dass es das war.«

»Klar doch«, höhnte sie. »Wir sind hier nicht im Kino. Vergiss es einfach.«

Ich seufzte. »Mach's gut, Molly«, sagte ich und zögerte noch einen Augenblick. Aber sie machte noch immer keine Anstalten, sich zu mir umzudrehen.

Meine Mutter sagte: »Ein sonderbares Mädchen. Die ist wohl ein bisschen gestört, was?«, sobald wir draußen auf dem Parkplatz standen.

»Sie ist nicht gestört!«, schrie ich sie an. »Sie ist einfach nur total verkorkst, Mama. Wer wäre das nicht nach so langer Zeit in dem Laden da?«

»Na, ich bin ja nur froh, dass du nicht so bist«, sagte sie.

»Ich bin ja auch so normal. Scheiße.«

Noch immer liege ich jede Nacht wach, knete angewidert mein Fett und nehme mir vor, nie wieder einen Bissen zu essen, aber solange ich nicht meine Tage bekomme, ist wohl alles in Ordnung. Molly antwortet nicht auf meine Briefe, also nehme ich an, dass sie wusste, wovon sie sprach, als sie sagte: Keine Sau bleibt da.

Ich werde wohl irgendetwas annehmen müssen, wenn mich niemand adoptieren will. Ich bin zu alt, um jetzt noch von irgendjemandem adoptiert zu werden – auch wenn ich eine sehr gute Imitation eines engelsgleichen, vor sich hin brabbelnden Babys hinlegen könnte, falls ein ernst gemeintes Angebot käme. Selbst Vellaine scheint die Vorstellung von mir als kleiner Schwester endgültig über den Haufen geworfen zu haben. Mit Walzerschritten ist sie auf eine Art und Weise ins Reich der jungen Erwachsenen hinübergewechselt, die mir absolut rätselhaft ist: nämlich freiwillig. Offenbar verbringt sie endlose Stunden in schierer Ekstase mit Charles, ihrem neuen Freund, was unmöglich gut für sie sein kann.

Ich finde Charles abartig. Letztes Jahr, als meine Mutter »jeden stinkenden Zentimeter, der jemals mit Douglas in Berührung gekommen ist« aus dem Haus entfernte, lag dort draußen auf dem Haufen zu meinem großen Entsetzen (und zu Charles' und Vellaines Entzücken) ein Stapel Pornos. Ich wollte sie gerade mit Brennspiritus übergießen, als Charles danach griff und sagte: »Warte mal, die könnten doch noch Sammlerwert haben.« Klar, du Wichser, dachte ich und zog ernsthaft in Erwägung, auch ihn mit Brennspiritus zu übergießen. Und dann natürlich ein Streichholz drauf.

Es ist mir egal, ob Vellaine ihn liebt oder nicht. Der Typ ist abartig, und so, wie die beiden dastehen und diese Heftchen durchblättern, während sie so was sagt wie: »Oh, darauf wär ich gar nicht gekommen«, und er dann »He« sagt und die beiden zusammen kichern und sagen: »Das ist ja mal 'ne Idee«, hätte ich sie gleich mit in Brand stecken können.

Zum Glück war meine Mutter so schlau, aus dem Fenster zu brüllen: »An eurer Stelle würde ich die Dinger nicht anfassen, man weiß nie, was damit war. Da wimmelt's wahrscheinlich vor Gonokokken.« Vellaine und Charles haben beide vor, Arzt zu werden, und fassen fast alles nur mit Latexhandschuhen an (einschließlich einander, vermute ich). Corinnas Gebrüll brachte sie wieder zur Vernunft, und sie warfen die Heftchen zurück auf den Haufen.

»Puh, ich wusste ja gar nicht, dass dein Vater so pervers war, Thelma«, sagte Vellaine verblüfft.

»Das sagt ja die Richtige«, spottete ich.

»Gar nicht drauf eingehen«, sagte Charles zu Vellaine und legte ihr seine knochige Hand aufs Handgelenk. »Du weißt doch, ihr geht's nicht so gut.«

»Könntet ihr beiden mal aufhören, so verdammt selbstgefällig und herablassend zu sein!«, schrie ich.

Vellaine lächelte mich bloß höflich an und wandte sich Charles zu, der Psychiater werden wollte, und sagte: »Ach, Charles, du bist so gut.«

Mittlerweile hatte ich genügend Psychiater kennen gelernt, um beurteilen zu können, dass der abartige Charles auf diesem Sektor bestens aufgehoben sein würde. Vellaine und Charles zogen tatsächlich irgendwann nach Moose Jaw, um ganz nach Plan A in der dortigen Indianergemeinde zu arbeiten. Vellaine und ich waren im Grunde erst dann wieder imstande, an unsere frühere Freundschaft anzuknüpfen, nachdem sie Charles beim »Rammeln« (man hätte meinen können, dass sie sich als Medizinerin gewählter ausdrücken würde) mit einer indianischen Hebamme erwischt hatte, die natürlich prompt von ihm schwanger wurde (wie viele Safer-sex-Kursleiter braucht man, um schwanger zu werden?), was wiederum zu seiner »Versetzung« und letztlich zur Auflösung ihrer Ehe führte.

Es wäre verlockend gewesen, zu sagen: »Das hätte ich dir gleich sagen können«, aber als Vellaine und ich endlich wieder zusammenfanden, hatte ich meine vorlaute Tour längst aufgegeben. Damals fragte sie mich, ob ich jemals Sex mit einem Mann gehabt hätte. Mir war eigentlich nicht ganz klar, worauf sie hinauswollte.

»Weißt du noch, wie wir früher immer zum Spaß gesagt haben, dass wir lesbisch werden wollen, wenn wir mal groß sind?«

»Klar«, sagte ich und nickte verlegen.

»Also, ich glaube, ich bin jetzt groß«, sagte sie zaghaft.

Das war es also. Vellaine hatte gerade ihr Coming-out. Dreiunddreißig Jahre alt und inzwischen Psychiaterin mit eigener Praxis in Toronto, und jetzt hatte sie ihr Coming-out als Lesbe.

»Weshalb so zaghaft?« fragte ich sie. »Deine Eltern haben dir doch immer alle Freiheiten gelassen. Ich weiß sogar noch, wie dir Anika ganz explizit die Erlaubnis erteilte, lesbisch zu werden.«

»Na ja, meine Eltern waren nicht die Welt«, sagte sie betrübt.

»Komisch, ich dachte immer, meine Eltern *wären* die Welt gewesen«, sagte ich.

»Ich hab mich immer für meine Eltern geschämt. Sie waren Hippies. Sie waren eben, na ja, Körnerfresser. Das war doch total peinlich.«

»Also ich fand sie grandios. Ich meine, wenn ich jetzt an sie denke, sehe ich sie völlig verklärt – diese Offenheit, diese

Freundlichkeit«, sagte ich, verwundert über das, was Vellaine gesagt hatte.

»Na ja, weißt du, manchmal waren sie auch zu offen«, sagte sie.

»Das heißt?«

»Dass sie eine offene Beziehung hatten.«

»Dass sie auch mit anderen geschlafen haben?«

»Theoretisch. Praktisch galt das allerdings nur für meine Mutter. Mein Vater war immer absolut treu und monogam, bis zum Ende.«

»Puh«, war alles, was mir dazu einfiel, und dann schwiegen wir beide kurz.

»Aber was ist mit dir?«, fragte sie.

»Was soll denn mit mir sein?«

»Bist du's?«

»Lesbisch?«

»Ja.«

»Nein«, sagte ich zögernd, und es klang beinahe wie eine Entschuldigung.

»Ich dachte«, sagte sie und klang ein bisschen verblüfft.

»Nein«, sagte ich kopfschüttelnd.

»Aber hast du denn schon mal mit einem Mann geschlafen?«

»Nur mit meinem Vater«, sagte ich achselzuckend.

»O Gott, Thelma.« Sie legte den Arm um meinen Hals und zog mich zu sich heran, bis meine Stirn ihre berührte. Und so verharrten wir eine Weile, damit der Heilungsprozess in Gang kommen konnte.

Aber das alles war später. Etwa zwölf Jahre und jede Menge Therapiestunden später, um genau zu sein. Im Moment aber befinden sich Vellaine und Charles im ersten Glücksrausch ihrer Beziehung und mir ist schlecht.

Selbst Binbi scheint desertiert zu sein. Wenn sie auch nie ein geistiger Überflieger war, halte ich ihre Entscheidung, exotische Tänzerin zu werden, doch für etwas bedenklich. Na ja, eigentlich ist es mehr eine Übergangslösung, während sie andauernd irgendwo ein Vortanzen hat und auf ein Engagement als richtige Tänzerin wartet. So wie alle Leute »bloß nebenbei als Bedienung jobben«, so jobben alle im Zanzibar bloß nebenbei als exotische Tänzerinnen. »Nein, ernsthaft«, sagt Binbi beharrlich, »die Mädchen da sind wirklich alle ganz toll. So-und-so ist eigentlich Model, und So-und-so ist in Wirklichkeit Schauspielerin, und So-und-so braucht Geld, um Tiermedizin zu studieren, und So-und-so ist allein stehende Mutter mit zwei Kindern, und So-und-so ist tagsüber an der Uni und will später Rektoskopien vornehmen.« Rektoskopien? Das sind ja schöne Aussichten.

Und was, frage ich mich, soll überhaupt so exotisch daran sein, sich bis auf die Haut auszuziehen? Das machen doch alle andauernd – wenn auch üblicherweise in ihren eigenen vier Wänden. Ehrlich gesagt, finde ich das widerwärtig – moralisch verwerflich, aber man hält mich ja ohnehin für prüde. Ich erinnere nur daran, wie Pam, die Freundin meiner Mutter, sagte: »Hier, guck doch mal!« Selbst da galt ich schon als prüde. Aber schließlich bin ich Engländerin – ich kann also nichts dafür.

Als meine Mutter dann anfängt, ihren operativ vergrößerten Busen stolz geschwellt im Haus spazieren zu tragen, ist das Erste, was ich ihr an den Kopf werfe: »Mutter! Denk dran, du bist Engländerin!«

»Dies ist die Neue Welt, Schätzchen«, quietscht sie vergnügt und umfasst mit sichtlicher Freude ihre Brüste.

Ich bin völlig entsetzt. »Aber Mama, noch vor einem Jahr hast du gesagt, Schönheitsoperationen seien das Letzte, schrecklich nordamerikanisch ...«, sage ich. »Und ordinär«, füge ich hinzu und treffe einen Nerv.

»Das war jetzt aber unter der Gürtellinie«, sagt sie stirnrunzelnd.

»Und genau da werden die Dinger auch sein, wenn du nicht irgendwas anziehst, um sie zu stützen.«

Huch! Dicker Fehler! Hätte ich nicht sagen sollen, denn plötzlich befinden wir uns auf wilder BH-Jagd durch Eaton's, Simpson's, The Bay. (Lieber Gott, wird es denn niemals ein Ende nehmen?) Ich muss sie auf diese Mission begleiten, da ich auf ärztliche Anweisung nicht allein gelassen werden darf, denn ich könnte mir ja etwas antun (auch wenn ich überzeugt bin, dass ich mir selbst niemals so viel Schaden zufügen könnte wie sie).

Meine Mutter sagt zu der Verkäuferin so peinliche Dinge wie: »Damals, bevor ich Körbchengröße C hatte«, und noch Schlimmeres wie: »Hätten Sie nicht vielleicht einen Sport-BH für meine Tochter? Jaja, sie ist groß für ihr Alter, dabei ist sie erst dreizehn.«

»Genau genommen bin ich fünfundzwanzig«, sage ich laut genug, damit es meine Mutter auch bestimmt mitbekommt. Sie ist entsetzt und wendet schnell den Blick ab, als hätte sie sich getäuscht und wir würden uns gar nicht kennen, aber ich fahre fort: »Das heißt also, dass meine Mutter ungefähr *fünfzig* ist und, wenn Sie mich fragen, mitten in der Midlifecrisis steckt, also seien Sie nachsichtig mit ihr und richten Sie ihr bitte aus, dass ich in der Schuhabteilung auf sie warte.«

Sie ist wütend, obwohl es ihr trotz ihres unermesslichen Zorns gelungen ist, drei neue BHs zu erstehen. Oje, jetzt kommt die »Ein Mal«-Litanei.

»Ein Mal in ihrem Leben schafft es deine Mutter, einen kurzen Augenblick lang glücklich zu sein – und dann kommst du und machst alles kaputt!« Ich weise sie auf die Schwachstelle in ihrer Argumentation hin – wenn man all die »Ein Mals« zusammenzählen würde, käme man nämlich gut und gerne auf zehntausend Stück.

»Du solltest Rechtsanwältin werden, verflucht nochmal«, sagt sie verächtlich. »Das fehlende Feingefühl hättest du jedenfalls dafür.«

»Das werde ich auch«, sage ich mit gespielter Lässigkeit, obwohl ich in dieser Sekunde einen ECHTEN DURCHBRUCH erlebe.

»Wie bitte?«, fragt sie, unsicher, ob sie sich nicht vielleicht verhört hat.

»Ich werde Anwältin. Ich werde mich für den Tierschutz einsetzen, damit die Pharmakonzerne bestraft werden, die Tierversuche mit Kaninchen machen, um dieses Scheißzeug zu produzieren, das du dir ins Gesicht schmierst, oder so was wie deine lächerlichen Silikonimplantate, auf die du so stolz bist. Oder ich spezialisiere mich auf Menschenrechte, um Kinder vor Eltern zu schützen, die sie vernachlässigen und missbrauchen.« Erst mal bekomme ich von Corinna eine geknallt. Dann stellt sie sich eine Armlänge von mir weg und sieht mich an, als sähe sie mich zum ersten Mal. Sie ist eindeutig erleichtert, dass ich mich für einen Beruf entschieden habe.

Damit war die Sache für mich erledigt. Da ich selbst nicht adoptiert werden konnte; da ich keinen Glauben annehmen oder mir einen Liebhaber suchen konnte, weil das etwas Abscheuliches beinhalten würde, zu dem ich mich außer Stande sah; da ich kein Kind adoptieren oder mich einer Sache oder einer Nation verschreiben konnte, wurde ich Rechtsanwältin, oder vielmehr freundete ich mich mit dieser Idee an. Es würde noch furchtbar viele Jahre dauern, bis ich tatsächlich Rechtsanwältin wäre. Immerhin musste ich ja erst noch meine ganze Verrücktheit überwinden, doch die Ankündigung dessen war immerhin schon mal ein Anfang. Während sich also die anderen mit ihrem Körper beschäftigten – mit ihrem Busen, ihren exotischen Tänzen, ihrem »Gerammel« –, würde ich mich logischen Argumentationsketten und faustischen Pakten widmen. Natürlich wäre mir damals nicht im Traum eingefallen, dass ich als Magersüchtige wahrscheinlich diejenige war, die sich am allermeisten mit ihrem Körper beschäftigte. Ich dachte, ich hätte meinen Körper überwunden, indem ich seine Grundbedürfnisse ignorierte. Als Rechtsanwältin würde ich es kaum zu etwas bringen, bevor ich mich nicht mit der Tatsache anfreundete, dass ich einen Geist *und* einen Körper besaß. Wenn ich mich auf eine Sache konzentrierte, wäre ich, zumindest was den Geist betraf, schon mal einen Schritt weiter.

Ich nahm mein Jurastudium sehr ernst. Im ersten Jahr war ich eine geradezu fanatische Studentin und ganz bestimmt ein Dorn im Auge meiner Kommilitonen, die mich wahrscheinlich als Streberin und Schleimerin abtaten. Ich lernte, ging in die Vorlesungen und lernte weiter. Ich lebte von schwarzem Tee und Carr's Kräckern und Marmite und schlief mit geöffneten Vorhängen und selbst im tiefsten Winter bei offenem Fenster, um nur ja nicht mehr als ein Minimum an Schlaf zu bekommen. Mit einer paranoiden Geschäftigkeit rannte ich Treppenhäuser hoch und runter und lernte dann weiter. Im Grunde nahm ich an, dass das so üblich war. Was hätte man denn auch sonst machen sollen?

Den Verstand verlieren war eine Möglichkeit. Und das tat ich auch mit großem Geschick, auch wenn ich es gar nicht richtig mitbekam. Ich dachte bloß, ich sei zu besorgt, um zu schlafen, zu besorgt, dass ich durchfallen würde, zu besorgt um meine Lernerei, um das Haus zu verlassen, ans Telefon zu gehen oder zu essen. Die gesamte Außenwelt schien mich vereinnahmen und von meinem neuen Lebenszweck ablenken zu wollen. Aber was war dieser Zweck? Ich weiß es eigentlich nicht. Ich wusste nur, dass mich die Außenwelt verschlingen wollte. Mich vereinnahmen und in ihrer gewaltigen Strömung mit sich reißen wollte.

Ich fuhr mit dem Taxi zur Uni. Im Taxi konnte ich allein auf dem Rücksitz sitzen und meinen Sicherheitsgurt anlegen und die Türen abschließen. Ich zitterte den ganzen Weg dorthin, sah mich hektisch um, sobald ich ankam, um bloß nicht mit irgendjemandem Konversation machen zu müssen. Ich konnte meine Kommilitonen reden hören. Ich sah, wie sie redeten, ohne die Lippen zu bewegen.

»Die ist bestimmt geistig zurückgeblieben.«

»Kann gut sein. Bestimmt hat ihre Schwester für sie die Aufnahmeprüfung gemacht.«

»Kann gut sein. Auf jeden Fall hat sie 'n Knall.«

»Wahrscheinlich muss sie nur mal durchgefickt werden.«

»Aber ohne mich!«

»Ich kann's nicht fassen, dass sie die überhaupt hier zugelassen haben.«

»Stottert sie eigentlich?«

»Keine Ahnung, sie hat ja noch nie was gesagt.«

»Stimmt, die macht nur so komische Geräusche.«

»Wie 'n Hund.«

»Oder 'ne läufige Katze.«

»Und sie stinkt nach Pisse.«

»Ungewaschen.«

»Ekelhaft.«

»Wer würde mit der schon ins Bett?«

»Nein danke.«

»Lieber würde ich's mit meinem Bruder treiben.«

»Machst du doch sowieso!«

»Haha.«

»Wir sollten sie abfüllen.«

»Ihr die Kleider vom Leib reißen.«

»Mal gucken, wie viele von uns sie ficken können.«

»Bis sie nicht mehr kann.«

Lieber Gott, sie kommen. Sie kommen, um mich zu holen. Ich hörte sie kommen, rauschend wie eine Welle, hörte ihr Flüstern im Flur vor meinem Wohnheimzimmer, immer lauter und lauter, und ich war überzeugt, dass ich vergessen hatte, die Tür abzuschließen, aber ich fürchtete mich zu sehr, um aus dem Bett zu klettern und nachzusehen. Ich zog mir die Decke über den Kopf, und ich spürte ihren Atem über mir – sämtliche Männer aus der Vorlesung drängten sich in meiner Tür, und gleich dahinter kamen die Frauen und schrien:

»Da ist sie.«

»Die kleine Hexe.«

»Du ahnst ja gar nicht, was dich erwartet.«

»Nicht mal in deinen wildesten Träumen.«

Und sie rissen mir die Decke vom Gesicht und entblößten meinen skeletthaften Körper, der in seinem Nachthemd zitterte, und sagten: »Sieh an, welch ein zartes Blättchen, das im Winde bebt / komm zu deinem Stammvater / sieh dir den

Baum an, von dem du stammst / sieh dir diesen großen Baum an / jetzt lutsch ihn, kleines Mädchen / nimm den Baum in deinen Mund und lutsch ihn«, und mein Mund ist voll mit dem Harten und Stinkenden und ich würge, erbreche mich, und es stößt hinein, stößt durch mein Erbrochenes, und dann kommt der Nächste, der meine Beine spreizt und sie festhält und sich in mich reinstößt, der Schmerz, das Brennen, das Reißen. »Mein Gott, die hat aber eine enge kleine Möse, hier ist wohl noch nie einer drin gewesen«, und mein ganzer Körper windet sich, zuckt, brennt, läuft über, fliegt, schrumpft, inhaliert, verschwindet, hinauf, hinauf, schwebt, segelt, klein, schrumpelig, stockhaft, hat alles im Blick. Wenn nur meine Augen …, wäre ich nur blind, doch die Bilder sind da, sogar, wenn ich meine Augen nach innen gedreht habe, die Leute sind immer noch da. Die Leute wälzen sich in meinem Hirn, als würden sie sich auf einem Bett in der Hölle winden, sie schwimmen im Blut in meinem Kopf.

Hier in meinem Kopf ist es noch schlimmer. Man braucht weder Augen noch Ohren, um hier zu sein.

Thelma mit Auszeichnung

Es ist die Woche nach unserem Examen. Ich bin sicher, dass ich durchgefallen bin. Ich bin davon überzeugt, dass ich dumm bin, nicht die leiseste Ahnung habe, schleppe mich nichtsdestotrotz an dem Tag, an dem unsere Namen mit den Ergebnissen bekannt gegeben werden, zum juristischen Seminar.

Ein Meer umtost das schwarze Brett vor dem Büro des Dekans. Ein Meer von Vergewaltigern und Anstiftern. Aber ich bin aus einem bestimmten Grund hier. Ich bin hier, um meinen Namen auf der Durchgefallenen-Liste zu lesen, und dann kann ich mich in Ruhe umbringen.

Ich spüre, wie sich das Meer teilt. Ein sonderbares Raunen ist zu hören, als ich hindurchgehe. Die Gesichter von Vergewaltigern und Anstiftern starren mich an und flüstern miteinander, während ich mich auf das schwarze Brett zu bewege. Dort sehe ich meinen Namen. Allein, exponiert. Ich bin durchgefallen. Als Einzige durchgefallen. Doch über meinem Namen steht: »Mit Auszeichnung«. Mein Name ist der Erste, und ich bin fassungslos. Wie erstarrt fahre ich mit einer Fingerspitze über meinen Namen. Thelma Ann Barley. Das bin ja ich, denke ich. Ich bin Thelma.

Ich spüre, wie jemand einen Arm um meine Schulter legt. »Du

hast es verdient, Thelma«, sagt eine Männerstimme. »Stimmt, keiner von uns konnte mit dir mithalten«, sagt eine andere. »Dein Engagement ist wirklich beispielhaft.« Ich höre die Stimme des Dekans. Aber ich bin verwirrt. Das bin ich. Ich bin Thelma mit Auszeichnung. Jetzt weine ich, ratlos, und die Tränen fluten mir die Wangen hinunter, aber was ist das, sie brennen so sehr, dass ich zurückschrecke und die Augen nicht mehr öffnen kann. Ich höre eine Frauenstimme: »Stimmt, das muss einen ganz schön mitnehmen«, aber ich kann nur schreien:

»Meine Augen!«

Es ist ein Krankenhaus. Das sieht man. Dazu muss man keine Juristin sein. Ich bin es, die in einem Bett zu sich kommt, aber ich kann meine Hände nicht bewegen, weil sie mit weißem Segeltuch am Metallrahmen des Bettes festgeschnallt sind. Da ist ein Arzt, nein, es sind zwei, und eine Schwester, und der Dekan der juristischen Fakultät, und, um Gottes willen, meine Mutter, und noch ein paar andere, offiziell aussehende Leute.

»Und wie heißen Sie?«, fragt eine Stimme.

»Das ist ja wie im Kino«, murmele ich, und ich höre, wie meine Mutter mit ziemlich beschämter Stimme sagt:

»Mein Gott. Das ist Thelma.«

»Mama«, stöhne ich, »krieg dich wieder ein. Die Sache ist doch wohl inzwischen zu weit gediehen, als dass wir uns noch schämen bräuchten.«

»Sie ist ziemlich klar«, sagt eine andere Stimme.

»Sieht ganz so aus«, sage ich. »Stellt sich also nur noch die Frage, was ich hier eigentlich verloren habe. Mir geht's prima.«

»Du siehst aber nicht prima aus, Liebling«, sagt meine Mutter.

»Na ja, die Augen tun mir ein bisschen weh.«

»Wir haben Ihnen Augentropfen gegeben und die Kratzwunden in Ihrem Gesicht mit einer antiseptischen Salbe behandelt. Ihre Hände sind festgeschnallt, damit Sie sich nicht die Augen reiben oder sich noch mehr im Gesicht verletzen.«

»Was ist denn mit meinem Gesicht?«, frage ich. Auf einmal habe ich Angst.

Vielleicht hat es ja fürchterlich gebrannt, oder ich hatte einen Autounfall und bin für den Rest meines Lebens entstellt. Vielleicht hat mich meine Mutter ohne mein Einverständnis für die plastische Chirurgie freigegeben.

»Sie haben es sich ganz schön zerkratzt«, sagt eine Stimme.

»Ach Quatsch«, sage ich. »Wer hat mir das angetan?«

»Nun, es sieht alles danach aus, als hätten Sie sich diese Verletzungen selbst zugefügt.«

»Wie? Wann?«, frage ich, noch immer nicht überzeugt.

»Ihr Gesicht war voller Kratzspuren, als Sie heute Morgen reingekommen sind, um sich die Prüfungsergebnisse anzusehen«, höre ich den Dekan sagen. »Ihre Augen waren stark geschwollen.«

»Und sie haben gebrannt«, erinnere ich mich. »Ich konnte es kaum fassen, dass mein Name dort stand. War das wirklich mein Name?«

»Ganz allein Ihrer.«

»So wie es aussieht, stehen Sie unter übermäßigem Stress, aber wir möchten erst noch ein psychologisches Gutachten erstellen«, meldet sich einer der Ärzte zu Wort.

»Bekomme ich auch dann mein Diplom, wenn ich verrückt bin? Bin ich verrückt?«

Der Dekan sagt: »Vorausgesetzt, dass es Ihre Arbeit war, erhalten Sie selbstverständlich Ihr Diplom. Und zwar als Beste Ihres Jahrgangs.«

»Aber was ist, wenn es gar nicht meine Arbeit ist?«

»Haben Sie irgendwelche Bedenken in diese Richtung?«, fragt er.

»Na ja, ich meine, was ist, wenn ich verrückt bin und es war der Teufel oder so was? Oder was ist, wenn ich eine multiple Persönlichkeit habe und es jemand anders war als Thelma?«

»Nun, das klingt ja eher unwahrscheinlich«, sagt der Arzt.

»Aber wie verhält sich das, ich meine, rechtlich gesprochen?«, frage ich, ernsthaft besorgt, den Dekan. »Rechtlich gesprochen, wenn es jetzt nicht Thelma gewesen wäre, sondern ein Alter ego von mir, das die Prüfung mitgeschrieben hat, würden Sie dann wirklich Thelma bestehen lassen?«

»Thelma«, fährt meine Mutter dazwischen. »Bist du noch bei Trost?«

»Halt dich da raus, Corinna«, tadele ich. »Ich meine das durchaus ernst. Ich meine, in Fällen von grober Fahrlässigkeit, bei denen ein Alter ego als Straftäter in Frage kommt, wird der Körper, in welchem besagtes Alter ego haust, nicht notwendigerweise verurteilt. Auf Grund dessen würde ich, falls sich meine Arbeit als das Werk eines Alter ego herausstellte, nicht notwendigerweise die Prüfung bestehen.«

»Ihre Überlegungen in allen Ehren, aber meinetwegen kann es der Teufel in Ihnen gewesen sein, der diese vorzügliche Arbeit vorgelegt hat. Ihre Prüfung haben Sie auf jeden Fall mit Auszeichnung bestanden«, sagt der Dekan.

»Aber rechtlich gesprochen?«, insistiere ich.

»Das weiß ich nicht genau«, behauptet der Dekan, der allmählich die Geduld verliert.

»Aber Sie sind der Dekan!«

»Sobald es Ihnen besser geht, können Sie der Sache ja mal nachgehen und mir dann Bescheid geben.«

Dieses Gutachten scheint einigen Aufwand zu erfordern. Viele Rücksprachen mit vielen Leuten, und langes Warten, und viel Zeitverschwendung. Ich habe mich nicht getraut, in den Spiegel zu sehen – und das ist auch gut so, denn die Spiegel sind an die Wand geschraubte, polierte Aluminiumplatten, also wäre ich selbst unter günstigsten Umständen kein schöner Anblick.

Dies ist keine psychiatrische Klinik, wie ich festgestellt habe, sondern die Notfallabteilung eines größeren Krankenhauses. Notfall scheint wohl einen Code darzustellen und bezeichnet Leute, die innerhalb der letzten vierundzwanzig Stunden versucht haben, sich umzubringen, die aber erst noch aus dem Koma erwachen oder begutachtet werden müssen, bevor sie wieder nach Hause geschickt oder in psychiatrische Kliniken überwiesen werden. Das hier ist also eine Art Vorhölle für Irre. Zumindest habe ich mir das so zusammengereimt, denn sonderlich viel erfahre ich hier nicht. Ich bin mir ziemlich sicher, dass ich keinen Selbstmordversuch unternommen habe, andererseits behauptet das auch die Frau im Bett gegenüber, die mir zuruft: »Ich wollte nur mal sehen, ob ich fliegen kann.« Klar doch, das tu ich auch manchmal, aber immer nur in meinem Bett und nicht aus einem zehnstöckigen Hochhaus. Manchmal bin ich froh um meine Fantasie.

Es gibt hier jede Menge kranke Menschen. Die meisten davon sind junge Frauen. Manche fahren im Rollstuhl mit ihren IV-Kanülen den Korridor runter und in den Fahrstuhl und raus auf die Straße, um mit ihrer Kanüle und einer Schwester eine

Zigarette zu rauchen, während ihre Nachthemden im Wind flattern und ein Stück von ihrem Rücken entblößen. Andere sehen aus, als hätten sie vor, nie mehr ihr Bett zu verlassen, die einen, weil sie festgeschnallt sind, die anderen, weil ihre Beine gebrochen sind, wiederum andere, weil sie im künstlichen Koma liegen oder weil sie schlichtweg keinen Grund sehen, sich überhaupt zu bewegen.

Ich werde über meine Ess- und Schlafgewohnheiten ausgefragt, und anscheinend gebe ich ihnen die Antworten, die sie hören wollen, denn sie lächeln mich an und schreiben alles auf. Sie entwickeln ein psychologisches Profil von mir, heißt es. Ob ich Stimmen höre? Na logisch, aber meistens kommen sie aus einem Mund, der sich in einem Gesicht befindet. Und ob ich glaube, andere hätten es auf mich abgesehen? Na ja, hin und wieder schon – weil ich ein gutes Gespür und meistens Recht habe. Und immer so weiter, und erleichtert erfahre ich, dass sie mich nicht für restlos irre halten, sondern nur der Meinung sind, ich stünde unter Stress und wäre eine Woche lang zur Observation in einer Klinik besser aufgehoben.

Es ist wirklich ganz in Ordnung hier. Es ist ruhiger als zu Hause und nicht so wie in der letzten Klinik, wo alle krank aussahen und lila Ränder um den Mund hatten. Ich schlafe die meiste Zeit und werde mit einem Rezept für Antidepressiva und dem Namen einer Therapeutin entlassen sowie dem Rat, mir die Sommermonate frei zu nehmen und mich richtig zu erholen. Ich bin bereit, die Antidepressiva auszuprobieren, aber ich habe keinen Bedarf, orangefarbene Baseballschläger zu schwingen oder zu irgendeiner Therapeutin zu rennen, die nicht auseinander halten kann, wessen Vater nun gerade zur Debatte steht, also verlasse ich das Krankenhaus und lasse den Zettel in den nächstbesten Mülleimer fallen.

»Hältst du das für eine gute Idee?«, fragt Corinna und greift in den Mülleimer.

»He, das brauch ich nicht«, behaupte ich. »Mir geht's bestens. Ich will einfach nur mit meinem Leben weitermachen«, sage ich und stürze auf das Auto zu.

Der zwinkernde Jesus

Ich habe ein Stipendium bekommen, für ein Graduiertenstudium in Oxford. Willy nennt mich Superhirn und meine Mutter sagt: »Dass dir das mal nicht zu Kopf steigt«, aber im Grunde weiß ich, dass sie stolz auf mich sind, wenn nicht sogar regelrecht verblüfft. Ich bin schon ganz aufgeregt, wenn ich mir vorstelle, wieder nach England zu fahren, denn dort sind Heroin, Ginniger und Janawee, die vor einigen Jahren beschlossen haben, zurückzukehren. Ich weiß noch, was mir Heroin eines Morgens hinter der Gartenmauer anhand von Gesten klarmachte: Wir verlassen dich nicht, jeder von uns wird dort einfach nur dein Leben führen. Ich bin mir ziemlich sicher, dass alle drei tatsächlich das Leben geführt haben, das ich eigentlich hätte führen sollen, wenn ich nicht weggegangen wäre. Sicher habe ich mein Leben dort mitten im Satz abgebrochen, als ich nach Kanada fortgerissen wurde. Vielleicht kann ich ja bei meiner Rückkehr weitermachen, wo ich aufgehört habe, und das Leben jener klaren und selbstsicheren Engländerin führen, die ich hätte sein sollen.

Schon immer haben mich solche Überlegungen getröstet, diese vielen kindlichen Gedanken, die man sich macht, um sich seinen Platz in der Welt zu erobern. Der Gedanke, dass das wahre Ich irgendwo schläft, während man sich in Wirklichkeit sein

Leben zusammenträumt. Der Gedanke, dass man irgendwo auf dem Planeten einen Zwilling hat. Der Gedanke, dass man in Wahrheit adoptiert wurde und die richtigen, perfekten Eltern irgendwo da draußen sind, immer auf der Suche nach dem verlorenen Kind. Ich bin immer auf der Suche gewesen. Ich gehe nach England, um das Leben wiederzufinden, das eigentlich meins hätte sein sollen. Ich werde wieder mit Janawee, Ginniger und Heroin vereint sein. Ich werde Dinnerpartys für diese drei vortrefflichen Frauen geben: Janawee, die mit ihrer richtigen Familie vereint ist, Klavier studiert und reitet und auf der Familienfarm in den Cotswolds lebt; Ginniger, die Neurologin, die Versuche mit Tierkadavern an der Universität von Leeds macht; und Heroin, die, ein wildes Mädchen auf den Rücken geschnallt, durch den Sherwood Forest galoppiert und Schneeglöckchen zertrampelt, auf der Suche nach Wahrheit und Gerechtigkeit.

Jetzt wohne ich in einem alten Pfarrhaus in der Canterbury Road in North Oxford, in jenem Abschnitt zwischen Woodstock Road und Walton Street, wo der Boden auf deprimierende Weise zur Themse hin abfällt. Mir ist nicht so ganz klar, wie ich hierher gekommen bin. Sicher war es nach meinem Auszug aus dem Magdalen College-Wohnheim, wo sich mein erstes Zimmer befand. Ich weiß noch, dass es mir anfangs ganz gut ging und dass ich erleichtert war, in der ersten Woche jede Menge Leute zu treffen, die ebenfalls das Gefühl hatten, auf Grund eines administrativen Irrtums hier gelandet zu sein. Ich kam mir vor wie Jude, den sanften Blick auf die fernen Türme gerichtet, ein Außenseiter, der ins Innere sieht. Aber Jude hat es nie bis hierher geschafft. Er war umgeben von

Frauen, die seine Gesellschaftsschicht und seine Kultur verkörperten und zu seinem Mühlstein wurden. Ich brachte einfach die Frauen schon mit. Das ist der grundlegende Unterschied. Und ich kam mit dem Auto.

Womöglich war ich mir nicht ganz sicher, wer ich war, jedenfalls reichte mir der freundliche Hauswart den Schlüssel zu einem Zimmer in einem Innenhof. Über der Zimmertür befand sich ein Name – »Miss T. A. Barley«. Was für ein wunderbarer Zufall, dachte ich, ich werde das Zimmer mit Thelma teilen. Miss T. A. Barley hatte auch im Pförtnerhaus ein kleines Postfach, das vollgestopft war mit Einladungen zu Treffen mit anderen älteren Semestern im Aufenthaltsraum, mit Aufforderungen, sich für einen Platz in der Rudermannschaft zu bewerben, und einem Spendenaufruf zur Unterstützung des diesjährigen Dritte-Welt-Stipendiaten. Das fand ich sehr beeindruckend.

Meine Nachbarin hieß Miss N. A. Shepherd, und genauso stellte sie sich mir auch vor. Sie sagte: »Es freut mich außerordentlich, deine Bekanntschaft zu machen, Miss T. A. Barley«, und alles, was mir dazu einfiel, war, »Wieso?« zu stammeln.

»Weil du anscheinend außer mir die einzige Frau hier in diesem Laden bist«, sagte sie. Gerade wollte ich den Mund aufmachen und sagen: »Eigentlich bin ich gar keine Frau«, aber da fuhr sie schon fort: »Und was das heißt, wird dir ja wohl klar sein« (was natürlich nicht stimmte), »das heißt nämlich, dass man hier nicht mal eben in Socken zum Klo huschen kann«, verkündete sie.

Nichtsdestotrotz war ich erleichtert, Miss N. A. Shepherds Bekanntschaft zu machen. Ich war etwas entmutigt gewesen, als ich feststellte, auf einem Flur voller American Rhodes-Stipendiaten untergebracht worden zu sein, die sich alle einbildeten, der nächste Bill Clinton zu sein. Mit gedehntem amerikanischem Akzent rief mir jemand im Flur ein »He, du« entgegen, während ich mich mit meinem Gepäck abmühte, »Bist du auch eine von den Rhodis?« Einen Augenblick lang zögerte ich, liebäugelte mit dem Gedanken eines schlichten, unkomplizierten, klüngelhaften Ja, wodurch ich eine gewisse, unmittelbare Akzeptanz erlangt hätte. Aber stattdessen sagte ich: »Äh, nein. Eigentlich nicht.« Offenbar gab es keine höfliche Frage, die auf diese Antwort hätte folgen können. Er hätte sagen können: Und was bist du dann?, aber stattdessen sagte er nichts weiter als »Ach so« und verschwand in seinem Zimmer, ohne mich je wieder anzusprechen.

Während dieser ersten paar Tage in Oxford sah ich mich um, spazierte durch die schmalen Gässchen und atmete die Dieseldämpfe ein, und mir fiel auf, dass die Engländer die Anwesenheit anderer Menschen auf der Straße gar nicht wahrzunehmen scheinen. Sie laufen einfach geradeaus, distanziert und verschlossen, außer es entsteht ein peinliches Gerangel, wenn sie auf einem zu schmalen Bürgersteig durch den beinahen Zusammenstoß mit einem anderen Passanten behindert werden. Sie entschuldigen sich nicht. Nicht dass sie unhöflich wären, vielmehr bleiben sie in ihrer Defensivhaltung konserviert, halten sich geschlossen. Ich sehe mich selbst in ihrer Art, zu gehen, und in der konzentrierten Selbstvergessenheit ihrer Mienen. Ich sehe mich selbst und denke, vielleicht komme ich wirklich von hier. Vielleicht bewegen sich Menschen so, wenn es irgendwo klein und eng ist. Vielleicht bin ich gar nicht gesellschaftsunfähig, sondern einfach nur genau wie die Engländer. Vielleicht habe ich dieses Gefühl von Raum verinnerlicht, obwohl ich in den endlosen offenen Weiten Kanadas aufgewachsen bin. Vielleicht bin ich nicht verrückt. Vielleicht bin ich am Ende einfach nur Engländerin.

Unter den Papieren in Miss Barleys Postfach befand sich eine kleine weiße Einladung, auf der stand: »Dr. Crispin Stuck ist zu Ihrem persönlichen Tutor ernannt worden und würde sich freuen, Sie am ersten Sonntag nach Trimesterbeginn, dem Michaelistag, um 18 Uhr zu einem Umtrunk in seinen Räumlichkeiten begrüßen zu dürfen. Um Antwort wird gebeten.« Ich war erleichtert, dass jemand dazu ernannt worden war, mir persönlich beizustehen. Seine (denn das persönliche Beistandleisten schien hier eine undurchdringbare Männerdomäne zu sein) vorrangige Aufgabe schien jedoch darin zu bestehen, Einverständniserklärungen zu unterzeichnen, die die Studenten als fähig und in der Lage (im Wortlaut »in der erforderlichen seelischen Verfassung«) auswiesen, den Universitätsturm zu erklimmen.

Im Jahr zuvor waren zwei Studenten gesprungen. Sich selbst abzumurksen schien hier der letzte Schrei zu sein. Die Medien freuten sich natürlich wie die Schneekönige: *Die Oxbridge-Tragödie: Englands Elitestudenten kapitulieren vor gnadenlosem Leistungsdruck.*

»Er war so ein kontaktfreudiger Junge und so beliebt bei seinen Kommilitonen«, klagte Mrs. Bosomworth aus Tingley Gate, Worcestershire, die Mutter des Erstsemesters Timothy, der sich in seinem Zimmer im Corpus-Christi-College erhängt hatte.

Von offizieller Seite in Oxford hieß es nur dazu, dass die Zahl der Selbstmordfälle unter Universitätsstudenten statistisch gesehen mit der gesamtgesellschaftlichen Suizidrate innerhalb dieser Altersgruppe durchaus übereinstimme. Im Einzelfall betrachtet waren sie natürlich viel paranoider – daher auch die Einverständniserklärungen, die jetzt erforderlich waren, um den Turm in Angriff zu nehmen, und daher auch die Anweisungen an die »Scouts« – das Reinigungspersonal –, jeden Verdacht auf Drogenmissbrauch, exzessives Schlafen oder die Vernachlässigung der Körperpflege zu melden. Wobei sie so gesehen eigentlich jeden hätten aus dem Verkehr ziehen müssen, einschließlich der Tutoren.

Mein persönlicher Tutor, Crispin Stuck, hielt meine Depressionen zweifellos für irgendeine einfallslose Form der Selbstverliebtheit – nichts, was nicht durch ein paar Brandys aus der Welt geschaffen werden könne. Er war ausnehmend extravagant, ein selbst ernannter Star auf der Bühne des Lebens. Als ich mich kurz nach meiner Ankunft zu besagtem Umtrunk einfand, begrüßte er mich mit einer Art Knicks an seiner Tür und reichte mir gleichzeitig mit ausgestrecktem Arm einen Sherry. Vermutlich erwartete er auch von mir einen Knicks. Leider hatte man uns an meiner Highschool in der Innenstadt von Toronto keine Benimmregeln beigebracht – außer man rechnet das Suspendiertwerden vom Unterricht wegen Beschmieren der Klotüren dazu (Willys Spezialität).

Bei Crispin Stuck waren noch zwei weitere neue Graduierte, David und Hugh, beides junge Briten, bleich, frisch rasiert und linkisch. David war ebenfalls Jurist und Hugh war Mathematiker. Ich fühlte mich vollkommen fehl am Platz, doch zum Glück war Crispin da, um uns zu unterhalten, wobei er nichts weiter verlangte als unsere ungeteilte und verzückte Aufmerksamkeit, während er uns sein »Sammelsurium« zeigte. Er hatte über fünfzehn Cembalos und Tafelklaviere in seine großzügigen zwei Zimmer gequetscht, etwa ein Dutzend goldgerahmte Spiegel, zwei riesige Kronleuchter und ein ausgestopftes Reh. Es war wirklich ziemlich beeindruckend. Fast wie die Gemächer eines Wiener Aristokraten aus dem achtzehnten Jahrhundert.

Das Reh, erzählte er uns, sei die Nemesis des Dr. Pratt, des jüngst verstorbenen Prüfungsbeaufsichtigten der Universität. Magdalen-College verfüge inmitten seines ausgedehnten Grundstücks über ein Rehgehege, welches, so Dr. Stuck, mindestens ein Reh pro Dozent beherberge. Beim Ableben eines Dozenten werde stets ein Reh geschlachtet und am Professorentisch verspeist. In diesem Fall hatte Crispin Stuck höchstselbst das Reh geschlachtet und präpariert, und zwar nachdem bekannt geworden war, dass Dr. Pratt einen Herzinfarkt erlitten hatte. Sehr zu Crispins Entsetzen hatte sich Dr. Pratt jedoch in der Radcliffe-Klinik rasch erholt und noch ein Jahr gelebt. Schließlich wurde das weiße Reh, das nach Crispin benannt worden war, auf mysteriöse Weise vergiftet. »Konnte man aber doch nicht verkommen lassen. Hat als Sonntagsbraten ganz vorzüglich geschmeckt, das alte Biest«, sagte Crispin nachdenklich.

Einige Zeit nach dem Umtrunk bei Crispin zog ich ins Pfarrhaus. Wir waren zu sechst, und mittlerweile bin ich mir nicht mehr ganz sicher, wer wer war. Ich bin manchmal unsicher, ob ich ich bin, oder Heroin, oder die Thelma, die sich gleichzeitig auf dieser Seite des Atlantiks weiter entwickelt, oder ob ich nicht sogar, hin und wieder, meine Mutter bin. Ich weiß nicht, ob dies ihr Leben mit fünfundzwanzig war, und immer wieder nehme ich mir vor, ihr zu schreiben und sie zu fragen. Ich will sie fragen, ob sie jemals in einem möblierten Zimmer mit Kochplatte gewohnt hat. Fragen, ob sie Madrasi oder Vindalu bevorzugt hat. Fragen, ob sie Sherry mag, oder ob sich ihre Schuhe morgens auch immer feucht angefühlt haben, oder ob sie weiß, was ein Sloane Ranger ist.

Wir sind sechs Frauen hier, sechs Frauen, die sich hinter den verschlossenen Türen ihrer möblierten Zimmer verschanzen und im Dunkeln schwarzen Kaffee kochen. Es ist dunkel, weil wir in fünfzig Pence-Blöcken unseren Strom erwerben, und ein Mädchen kann nur begrenzte Mengen fünfzig Pence-Stücke anhäufen. Wir sitzen im Dunkeln, weil es hier sicherer ist. Ich zahle vierzig Pfund die Woche, um mich hinter meiner eigenen Tür zu verschanzen. Vierzig Pfund die Woche, um im Dunkeln sicher zu sein.

Diejenige, die mir als Erstes die Tür öffnete, war Lucia. Sie schreibt qualvolle Gedichte über Liebespaare, die sich im Regen versöhnen. Die Art Gesülze, auf die Corinna total abfährt. Lucia wohnt hinter der verschlossenen Tür des möblierten Zimmers zwei Etagen unter mir. Sie öffnete mir die Tür und sah mich von oben bis unten an, ehe sie sich selbst von oben bis unten ansah und feststellte, dass sie splitternackt war.

»Du liebe Zeit«, sagte sie. »Ich hab ja nicht mal Schuhe an.«
Sie hatte winzige Füße. Sie war winzig, rot und voller Schwielen, blaugeädert von Kopf bis Fuß. Sie versprach mir, dass wir demnächst mal zusammen eine Flasche Wein trinken würden. »Ich hab eine Flasche Wein, weißt du«, sagte sie listig. »Schon seit Weihnachten hab ich die.« Aber die Flasche Wein steht noch immer aus. Das war vor Monaten, am Tag meiner Ankunft, und ich habe Lucia seitdem nur ein paar Mal flüchtig gesehen. Ihr Taxi klingelt jeden Morgen um acht Uhr. Ich weiß nicht, wo sie hinfährt, aber wenn sie geht, drückt sie eine Handtasche an sich, aus der lauter kleine Zettelchen quellen, und abends kommt sie immer spät nach Hause. Ich höre sie,

wie sie in den frühen Morgenstunden durch den Flur schlurft und leise vor sich hin murmelt.

Hier gibt es jede Menge Geräusche, die ungewohnten Geräusche eines ungewohnten Ortes, die erst vertraut werden müssen, ehe man darauf hoffen kann, jemals wieder schlafen zu können. Clare macht am meisten Krach: Sie heult im Schlaf und leidet so fürchterlich, dass meine Wände davon vibrieren. Man hat ihr Metallschienen in die Beine geschraubt, und sie schluckt Lithium und riecht ständig nach klebrigsüßer Kotze. Sie hat Angst, sich die Haare zu waschen, und bringt den ganzen Tag damit zu, vor dem Fernseher zu sitzen, zu stricken und das Gestrickte wieder aufzuribbeln. Hin und wieder biete ich ihr eine Tasse Kaffee an, aber sie hat noch nie eine angenommen. Anstatt zu sprechen legt sie mir jeden Tag Geschenke hin, kleine Päckchen, die in altes Zeitungspapier gewickelt sind – Münzen, Mohrrüben, Kaugummistreifen oder Backpflaumen.

Wir sind alle mehr oder weniger auf uns gestellt unter diesem gemeinsamen Dach, jede von uns beherrscht von ihren jeweiligen Gespenstern. Dies ist ein Haus für Frauen, die irgendwo zwischen dem Leben und woanders stehen, und ich bin mir sicher, dass genau wie ich auch keine der anderen wirklich weiß, wie sie hierher gekommen ist. Vera erzählt, wie sie eines Tages zufällig vorbeikam und stehen blieb, um einer dicken gelben Katze im Vorgarten des Pfarrhauses den Bauch zu kraulen. Sie spürte eine Hand auf ihrer Schulter, drehte sich um und blickte in das eigenartig sanfte und doch strenge Gesicht einer verwitterten alten Frau, die von ihr wissen wollte, ob sie nicht vielleicht eine Wohnung suche.

Mona sagt, Gott habe sie hierher geführt. Sie behauptet, dass sie und ihr Mann in einem früheren Leben Missionare auf den Philippinen gewesen seien. Sie malt Bilder von tropischer Vegetation in knalligen Primärfarben, fotografiert sie und klebt sie auf Postkarten. »Nur ein Pfund pro Stück«, sagt sie, während sie mir einen fünfziger Stapel in die unwillige Hand drückt.

Die alte Frau heißt Mrs. Morin. Mit achtzig schiebt sie ihr Fahrrad überallhin und transportiert die gelbe Katze in ihrem Fahrradkorb. »O nein, *fahren* tu ich damit nie, meine Liebe«, sagt sie zu mir.

Mrs. Morin und ihre Anbefohlenen: die fünf Frauen, die sie beschützen muss. Wir versuchen, einander zu beschützen. Wir urteilen nicht übereinander, wir ringen alle darum, uns einen winzigen Platz in einer fremden und feindlichen Welt zu erobern. Mrs. Morin, die Matriarchin, schreibt in ihrer zittrigen Handschrift langatmige Zettel und nennt uns »Liebchen«.

Dies ist ein christliches Haus. Auf dem schwarzen Brett der Kirche steht es angeschlagen, und noch immer höre ich Pam, die Freundin meiner Mutter, sagen: »Mein Gott, das Mädchen ist ja die reinste Heilige.« Das bin ich bestimmt nicht. Aber hin und wieder höre ich jetzt Stimmen. Mein männerverseuchtes Wohnheim schien voller Stimmen zu sein. Ich hatte angefangen, die Nächte in der Bibliothek zu verbringen, bloß um nicht nach Hause gehen zu müssen. Ich schlief nicht mehr, weil ich ständig davon träumte, auf dem Wasser zu treiben, und auch von den Rudermannschaften. Eines frühen Morgens auf dem Heimweg ließ ich mich erschöpft in einem Kirchhof neben einer großen blutigen Jesusfigur auf eine Bank fallen, und da bemerkte ich ein kleines Pappschild, das mit Reißzwecken an dem schwarzen Brett der Kirche befestigt war und auf dem zu lesen stand: »Zimmer frei für nette junge Dame. Vierzig Pfund pro Woche. Stromkosten nicht inbegriffen.«

Ich muss wohl eine Weile auf der Bank eingeschlafen sein. Bei Sonnenaufgang erwachte ich auf einmal, als jemand auf der anderen Straßenseite das hölzerne Gatter zur Auffahrt aufstieß. Eine alte Frau mit einem großen Dutt auf dem Kopf, der eher wie ein hartes Stück Baiser wirkte, war gerade dabei, mit grimmiger Miene ihr Fahrrad durchs Tor zu schieben. Sie führte Selbstgespräche und murmelte der räudigen, gelb gescheckten Katze gut zu, die in dem Korb an der Lenkstange ihres Fahrrades auf einem Handtuch saß.

»Herrgott, Kindchen, was gibt's denn da zu gucken?«, schrie sie mich aus der Entfernung an.

»Ich hab … ich hab nur … gewartet«, sagte ich perplex.

Ich starrte die Katze an, und die Frau kam auf mich zu.

»Pretty«, erklärte sie, »ist siebzehn Jahre alt. Wir fahren gerade in die Bibliothek. Wir fahren immer in die Bibliothek.« Und dann sah sie mich fragend an und sagte: »Kindchen, worauf wartest du denn eigentlich? Ich weiß, dass du schon die halbe Nacht hier sitzt. Ich hab dich von meinem Fenster aus gesehen.« Sie deutete auf das offene Erkerfenster des alten Pfarrhauses.

Ich sah hinauf und stellte mir lauter Katzen in den Fenstern vor, die hinter durchscheinenden Vorhängen in die Nacht hinaussehen. Tiere, die ihr stilles Nachtgebet an den Gott der kleinen Geschöpfe richteten, während Jesus mir Splitter in den Rücken jagte. »Es geht um das Zimmer«, sagte ich kleinlaut.

»Himmel Herrgott«, sagte sie, »hättest du doch einfach nur an der Tür geklingelt, anstatt hier draußen zu kampieren wie ein obdachloses Straßenkind!« Doch dann fragte sie etwas sachlicher: »Oder *bist* du etwa ein obdachloses Straßenkind?«

Verlegen schüttelte ich den Kopf.

»Na, selbstverständlich kannst du das Zimmer haben«, sagte sie. »Hier, nimm meinen Schlüssel. Ich muss jetzt los, tut mir Leid, dass ich es dir nicht selbst zeigen kann, aber das Treppensteigen ist nichts mehr für mich. Schließ dir auf und sieh dich ruhig um. Ich nehme später den Schlüssel aus dem Blumenbeet.«

Ich besaß einen Schlüssel. Ich sah hoch und betrachtete dieses riesige, heruntergekommene Haus, das unter dem Gestrüpp ringsum zu versinken schien. Wistarien schlängelten sich hinauf bis zu den oberen Stockwerken und Klematis klammerte sich ans Gemäuer. Ich öffnete das Tor und schloss es vorsichtig hinter mir. Es war Lucia, die die Tür öffnete. Lucia, die ihre ädrige, fleischige Nacktheit betrachtete, hastig meine Hand nahm und mich in die Halle zog, die eine Art Schuttabladestelle für alles Mögliche war: Schuhe, ausgeleierte Pullover, Zeitungen und Plastiktüten unbekannten Inhalts. Rechts neben der Tür befanden sich vom Fußboden bis zur Decke über die ganze Wand hinweg Postfächer für jeden, der hier jemals innerhalb der letzten dreihundert Jahre gewohnt hatte. Einige Fächer enthielten Briefumschläge, andere Fahrradlampen, Pantoffeln und Tulpenzwiebeln.

Ich folgte Lucia durch einen schmalen dunklen Gang und über einen fadenscheinigen persischen Läufer, der mit Katzenhaaren übersät war. Am Ende des Ganges streute ein riesiges Buntglasfenster blaurote Dreiecke über staubige Bücherstapel am Boden. Lucia zeigte wegwerfend auf ihre Tür zu unserer Rechten, ehe wir die erste Treppenflucht erklommen. Die uns umgebenden Wände waren mit tintenfleckigen Plakaten voller Sprichwörter und Psalmen bedeckt.

Im ersten Stockwerk hatten Mrs. Morin, Mona und Vera ihre jeweiligen Zimmer. Das Bad, ein winziger renovierter Besenschrank mit rotem Linoleumfußboden und Regalbrettern, auf denen lauter Schildchen mit Frauennamen klebten, verriet einiges über die Frauen, die ich noch kennen lernen sollte. Clares Regal mit der Hamamelis, dem Peroxyd und dem Läuseshampoo, Veras Regal mit den reichhaltigen Cremes, Monas Regal mit einem Bimsstein von der Größe eines Fußballs. Und Lucias bedrohlich voll gestelltes Regal mit den vielen geheimnisvollen Glasbehältern mit den rostigen Deckeln, wie in einer mittelalterlichen Apotheke. Ich war erleichtert beim Gedanken an mein Sortiment alter Zahnbürsten und die Familienpackung Backpulver, die bald auf dem roten Regal stehen und mich auffordern würde, meinen Mund zu schrubben und Blut in das schwere Porzellanwaschbecken zu spucken.

Eine Treppenflucht höher befand sich der zugestellte Flur mit einem Kühlschrank und einem Bücherregal voll Tellern, Besteck, Tassen, Untertassen und rostiger Pfannen. Es gab zwei Türen. Eine sei meine, sagte sie, und die andere gehöre Clare. Aber Clare sei gerade »nicht da«.

»Die kommt aber wieder«, sagte Lucia. »Die kommt immer wieder«, sagte sie, schenkte mir ein reizendes Lächeln und ließ mich allein, damit ich mir das, was hinter meiner neuen Tür lag, in Ruhe ansehen konnte.

Das Zimmer war winzig, schmutzig und staubig, aber der Staub erwachte zum Leben und tanzte im hereinflutenden Sonnenschein, als ich durch die Tür trat. Aus dem großen Erkerfenster über einem kleinen Balkon sah ich Jesus, der genauso trübsinnig und bemitleidenswert aussah, wie ich mich fühlte. Ich ließ mich auf das braune Bett fallen, das nach feuchter Bettwäsche roch, und schlief ein. Im Schlaf verscheuchte ich die betrunkenen Rudermannschaften, die Partys, die in Massenvergewaltigungen endeten, und die lüsternen Professoren, in Sherrysoße getunkt, in Posen eingelegt, gebraten wie ihr hässliches Frühstück aus Toastbrot und Ei.

Mrs. Morin leiht mir einen Roman von einer Frau, deren Name mir entfallen ist. Die Autorin beschreibt dieses Haus, dieses Pfarrhaus in den dreißiger und vierziger Jahren als Zufluchtsort für Frauen, die misshandelt wurden. Ich weiß, dass die Handlung auf wahren Begebenheiten beruht. Ich frage mich, ob es vielleicht Mrs. Morins eigene Geschichte ist. Ich frage mich, ob sie die Verfasserin ist. Ich frage mich, ob ich die Verfasserin bin.

Wir verletzen uns selbst, weil wir verletzt wurden. Die Schienen an Clares Beinen. In ihrer Gegenwart bin ich vorsichtig, ich tue so, als würde ich ihr qualvolles Treppensteigen nicht bemerken, als würde ich ihre Schreie nicht bemerken, und wie sie Gott um Hilfe anfleht. Doch Mrs. Morin will, dass wir das alles bemerken. Wir sollen wissen, dass sich Clare von einer Brücke gestürzt hat, von einer zu niedrigen Brücke. Und Clare soll durch ihre Schienen jeden Tag daran erinnert werden.

Ich werde daran erinnert. Clare heult Nacht für Nacht auf der anderen Seite meiner Wand, und ich träume unruhig und flüstere im Dunkeln vor mich hin. Ich flüstere:

bitte nicht. bitte nicht hecheln. ich hab mich übergeben. das war in mir drin, das ist aus mir raus gekommen. bitte nicht bestrafen. ich kann meinen Mund nicht zulassen und runterschlucken. bitte küss mich jetzt nicht, als ob du mich liebst. bitte lieb mich nicht im Augenblick, in dem du mich tötest. ich bin ein Loch, wo das Böse reinkommt. ich kann mich umbringen. küss mich einfach nur auf die Stirn und ich erspar dir den Ärger. geh einfach weg und ich verspreche, ich verspreche dir, brav zu sein.

Aber nein, ich schlafe nicht, ich träume wieder von dem großen, weit geöffneten Mund, der sich anhört wie ein Donnern und die Welt inhalieren will. Dort schwebe ich, das Zimmer lang und schmal unter mir, mein Körper auf die Größe eines Zweiges, einer Stabheuschrecke geschrumpft, ein starres Insekt, das über meinem Kopfkissen an der Wand klebt.

Manchmal frage ich mich, ob das alles nur ein Spiel ist. Manchmal frage ich mich, ob mich alle Wege hierher geführt haben, in dieses Haus, damit ich mich selbst spielen kann. In den frühen Abendstunden hocke ich mich auf den Balkon und rauche eine Zigarette und spähe über die Brüstung, dorthin, wo der gekreuzigte Jesus hängt. Ich stelle mir vor, wie er plötzlich hochsieht und sagt: »Ha, reingefallen!« Ich traue mich nicht, den Blick abzuwenden, damit ich bloß nicht verpasse, wie er mir zuzwinkert. Wenn ich spätnachts am Schreibtisch sitze, sehe ich aus dem Fenster und erblicke ihn, von Flutlichtern erhellt. In meinem Leben, in diesem Haus, in dem wir alles tun, um unsichtbar zu bleiben, bin ich so wachsam, dass er, würde er nur ein kleines Stück raufschauen, mich hier sähe, Nacht für Nacht, wie ich tippe und vor mich hin zucke, an einem Ort ohne Nachsendeadresse, in einer Welt ohne Männer, in einer Welt voller Frauen und Gespenster. Aber was, wenn seine Augen die aller Männer sind? Wenn alle Männer durch seine Augen sehen? Wenn mich mein Vater sieht? Der Anblick von Jesus macht mir jetzt Angst, und ich bete, dass er ordentlich festgenagelt ist. Ich lasse die Jalousien runter, und das Einzige, was mich an die Welt erinnert, ist der anhaltende Duft der Gegenwart anderer Frauen. Wir haben hier keine Worte, doch ich weiß, dass die anderen um mich herum und unter mir sind und ihre eigenen, erbitterten Kämpfe ausfechten.

Ich spüre, dass Heroin dicht bei mir ist in diesem Land, und in letzter Zeit unterhalte ich mich oft mit ihr – rufe sie inmitten der Bäume des Waldes, lausche dem Donnern der Hufe, auf denen sie mich umkreist. Sie ist eine Umlaufbahn und sie ist wütend, zu wütend, um anzuhalten und zu sprechen. Ich bin gekränkt, aber irgendwie weiß ich, dass sie sich gerade auf einer sehr wichtigen Mission befindet, und dass sie nicht das Tempo drosseln und sanft und vertraulich sein kann. Sie besteht nur noch aus Hufen, die über Friedhöfe donnern, garstige Knochen zermalmen und Menschenschädel zertrampeln, die wie sture Champignons aus ihrem ausgetretenen Pfad hervorlugen. Ich gebe mir alle Mühe, es nicht persönlich zu nehmen, mich nicht abgewiesen zu fühlen, aber ich kann es nicht ändern und rufe nach ihr, hier aus dem Staub, den sie im Vorbeigaloppieren aufwirbelt.

Aubrietia

Miss N. A. Shepherd sagt: »Auf jeden Fall schon mal besser als diese stinkende Umkleidekabine.« An einem kalten und nassen Samstagnachmittag im Oktober habe ich sie zum Tee eingeladen. Sie hat sich gerade von Luke, der Leberwurst aus Cambridge, getrennt, und sie ist gar nicht gut drauf.

»Ich hasse diese verfluchte Autofahrt«, sagt Naomi. »Zumindest bleibt mir *die* jetzt erspart. Beim Autofahren vertreibe ich mir nämlich immer die Zeit, indem ich mir ausdenke, was die anderen Leute in den Autos wohl für ein tolles Leben führen. Unerträglich! In den meisten Autos sitzen diese völlig unterirdischen Bürohengste, die Art von Leuten, die mein Männerbild auf den absoluten Tiefstand getrieben haben. Die fahren alle dasselbe Auto und machen sich auf der Straße breit, als hätten sie auf Grund ihrer schrumpligen undichten drei Zentimeter zwischen den Oberschenkeln das Recht, sämtliche anderen Verkehrsteilnehmer als unwertes Leben zu betrachten. Ich stelle mir dann ihre vollkommene geistige Leere vor und könnte mich stundenlang amüsieren.« Sie hält inne. »Verstehst du, was ich meine?«

Dasselbe Gespräch hatten wir schon mal. Das Gespräch, in dem ich Naomi frage: »Wenn du sie alle für solche Schweine hältst, wieso gehst du dann mit ihnen ins Bett?«

Meistens verweist sie auf irgendeine Ehrfurcht gebietende Macht, der sie ausgeliefert ist. »Irgend so ein Ur-Instinkt. Eine Art chemische Reaktion«, Erklärungen, die ich zumindest besser verdauen kann als »Weil es so toll sein kann« oder »Weil ich ihn liebe«.

Sie ist wild entschlossen, mir die Tür zu dieser Ehrfurcht gebietenden Macht zu öffnen. Einmal waren wir im Nachtklub in der Oxpens Road, wo wir dunkles Bier tranken, uns gegen eine Säule lehnten und Naomi nach einer Gruppe amerikanischer Soldaten schielte. Sie hat mir bei Marks and Spencer ein Paar schwarze Leggings gekauft, hat mir gnadenlos die Augenbrauen gezupft und mich mit Moschusduft aus dem Body Shop überschüttet. In meinem Zimmer zündeten wir aromatische Öle an, von denen man angeblich »in Stimmung« kommen soll.

»Was für 'ne Stimmung?«, frage ich sie immer wieder.

»Du wirst's schon mitkriegen, wenn's soweit ist«, versicherte sie. »Es fängt in deiner Möse an und arbeitet sich langsam hoch.«

»Naomi!«, rufe ich entsetzt.

Ich habe versucht, mich gegen diese Mode/Lifestyle-Sanierung zur Wehr zu setzen, indem ich mehr als einmal sagte: »Aber das sieht doch total billig aus«, gab aber dann doch ihrem Drängen nach, wenigstens frisurentechnisch ein bisschen umzudenken. Ich habe mir zwar schonungslos die Beinhaare mit Wachs entfernen lassen, doch die chemische Reaktion lässt noch immer auf sich warten. Ich bin ein nasses Stück Treibholz, das sich weigert, Feuer zu fangen.

Dann passiert es. Naomi holt mich eines Abends in der Bodleian Library ab und wir gehen zum Essen zu Rajiv Ali's in der Cowley Road. Sie bestellt ein Biryani und ich ein Vindalu-Gericht, und wir teilen uns ein paar Papadams und Mixed Pickles und eine Portion Saag aloo und ich sage:

»Hab ich dir schon mal erzählt …«

Und sie unterbricht mich mit »Suresh?«, ist aber wohlwollend und lacht und fügt rasch hinzu: »Nein, wer ist das?«

An irgendeinem anderen Punkt kommt sie noch mal darauf zu sprechen: »Und was du sagen wolltest, ist, dass Suresh ein fantastischer Koch war.«

»Was ich sagen wollte – ach – Naomi – verstehst du nicht, was ich meine?«

»Ich versteh schon, Thelma, er hat dein Weltbild auf den Kopf gestellt.«

»Das stimmt auch. Ich meine, es war fast, als hätte ihn der Himmel geschickt, um uns irgendwas zu zeigen.«

»Hmm, hmm.«

»Im Ernst, Naomi.«

»Schon klar«, sagt sie ermutigend. »Aber guck dir den Typen da mal an«, sagt sie, verdreht die Augen in Richtung des Mannes am angrenzenden Tisch zu unserer Linken.

Ich spähe hinüber und sage: »Ja und, was ist mit ihm?«

»Ich glaube, der fährt auf dich ab.«

»Ach, Quatsch«, sage ich spöttisch. »Männer fahren nicht auf mich ab.«

»Der hat dich mindestens zehn Mal von oben bis unten angeguckt«, nickt sie.

»Naomi, Männer gucken mich nicht an.«

»Natürlich tun sie das. Und der da allemal, und zwar ziemlich ungeniert.«

In solchen Situationen weiß ich nie, was ich machen soll. Wäre ich meine Mutter, würde ich wahrscheinlich meine neue Körbchengröße C zur Schau stellen. Wäre ich Naomi, würde ich wahrscheinlich am Ende des Abends quer über den Tisch brüllen: »Also was ist jetzt. Gehen wir zu mir oder zu dir?« (Was sie tatsächlich einige Monate später in einer überfüllten Kneipe bei einem wildfremden Mann fertig bringt, der irgendwann schließlich ihr Ehemann wird.) Aber abgesehen von diesen zweifelhaften Verhaltensmustern habe ich wenig, auf das ich zurückgreifen kann, also werfe ich ein paar verstohlene Blicke hinüber. Er ist blass und dünn und unterhält sich angeregt mit seinem Gegenüber. Er beugt sich nach vorn, die Arme über dem Tisch verschränkt, lehnt sich jetzt rüber, um sich eine Zigarette aus der Packung seines Begleiters zu angeln, während er mit dem Kopf nickt und in regelmäßigen Abständen sein Brillengestell hochschiebt.

»Pass auf«, sagt Naomi, zieht einen Stift aus ihrer Tasche und klappt die Serviette um. »Wir schreiben ihm einen Zettel.«

»Das tun wir nicht«, flüstere ich entsetzt.

»Aber sicher tun wir das!«

»Hast du so was schon mal gemacht?«, frage ich argwöhnisch.

»'türlich«, sagt sie. »Schon tausend Mal.«

»Und hat es jemals funktioniert?«

»Kommt drauf an, was du unter funktionieren verstehst. Vielleicht antwortet er, vielleicht aber auch nicht – aber das Schöne daran ist, er nimmt den Zettel, er ist unweigerlich geschmeichelt und dann macht er damit, was er will. Man kriegt es nicht mal mit, ob er einen abgewiesen hat. Man braucht den Typen nie wiederzusehen, und wenn er nicht anruft, kann man sich immer noch sagen, sein Liebhaber hätte den Zettel beim Wäschewaschen in seiner Jeanstasche gefunden und sofort verbrannt. Da gibt's keinerlei Risiko, Thelma.«

»Nein, dieser Typ hat keinen Liebhaber«, sage ich.

»Intuition?«, fragt Naomi.

»An seiner Stelle würde ich mir so was nicht entgehen lassen«, sage ich.

»Also los«, sagt sie und funkelt mich an.

Ich habe eine Verabredung. Hilfe. Großer Gott, bin ich denn wahnsinnig? Viel lieber würde ich jetzt lernen, in der Bodleian Library sitzen oder sonstwo sein, nur nicht hier in der Little Clarendon Street und in quietschneuen schwarzen Schuhen auf das Café Tryst zusteuern. Naomi beobachtet mich von der anderen Straßenseite aus und ruft: »Wenn du kneifst, bring ich dich um, Thelma.« Einen kurzen Augenblick lang denke ich: Soll mir recht sein, ich wär ohnehin lieber tot.

Da ist er an der Bar aus Mahagoniholz und klopft nervös auf seiner Zigarettenpackung herum. Er hat seine Beine mehrfach um die Beine des Hockers gewickelt. Sein Daumen ruht auf seiner Unterlippe. Ich bin Patrick, er ist Thelma … ich meine, er ist Patrick, ich bin Thelma.

»Ich bin Thelma. Freut mich, dich kennen zu lernen. Ich nehm einen Orangensaft. Vielen Dank.«

»Ich trink auch keinen Alkohol«, sagt er. »Zumindest versuch ich's. Alkohol ist ein Depressivum. Zigarette?«, bietet er mir an. »Ich bin ja selber gerade dabei, aufzuhören«, sagt er kopfschüttelnd.

»Danke«, sage ich, ein bisschen verstört beim Anblick meiner Nägel, die an einer Zigarette ziehen, ungewohnt, aber gar nicht so verkehrt nach Naomis Zwangsmaniküre.

»Ich wollte eigentlich nicht anrufen«, sagt er. »Aber ich hab deine Nummer in meiner Tasche mit mir rumgeschleppt, und irgendwann fühlte sie sich plötzlich schwer an. Ich hab im Regen gearbeitet, auf dem Dach meines Hauses, und da war diese Serviette in meiner Tasche. Ich war vollkommen durchnässt, und ich hab den Zettel rausgezogen, aber er war ganz nass und die Zahlen waren zum Teil schon verschwommen.« Patrick klopft gegen seine Jackentasche, als hätte er dort einen Glücksbringer. »Noch mehr Regen, und die Zahlen wären ganz abhanden gekommen.«

Ich stelle mir einen blauen Fluss aus Zahlen vor. Ich stelle mir ein Meer aus verpassten Gelegenheiten und verblichenen Versprechungen vor. Ich stelle mir vor, wie Patrick im Regen ein Dach deckt.

»Du solltest dir besser eine Arche bauen«, sage ich. Wir reden eine Spur zu lange übers Wetter und verfallen dann in Schweigen.

»Hättest du nicht doch Lust, mit mir ein Glas Wein zu trinken?«

»Danke«, sage ich.

»Ich versuch's auch zu vermeiden. Wie gesagt, es ist ein Depressivum.«

»Bist du denn oft depressiv?«, erkundige ich mich höflich auf seine Vorlage hin.

»Ich bin die letzten siebzehn Jahre depressiv gewesen«, sagt er. »Ich geh chronisch auf dem Zahnfleisch. Immer ein bisschen neben der Spur. Alles ist einen Tick graustichig.«

»Das ist ja schön«, rufe ich begeistert.

»Schön?«

»Na ja, nicht schön, dass es dir schlecht geht, aber erfrischend zu hören, dass du weißt, wie sich so was anfühlt«, erkläre ich.

»Ich hatte mir schon gedacht, dass es dir ähnlich geht«, sagt er.

»Wie kommst du darauf?«

Er ist nett genug, nicht das Offensichtliche zu nennen – eintausend nicht zu übersehende Neurosen –, und sagt: »Ich

146

dachte, das wäre es gewesen, was du in mir gesehen hast. Der Grund für den Zettel.«

»Ich weiß nicht, warum ich den Zettel geschrieben hab«, sage ich, laut denkend. »So was hab ich noch nie gemacht.«

»Ich bin jedenfalls froh, dass du's gemacht hast«, sagt er lächelnd.

Wir bewegen uns jeweils im Schatten des anderen, machen vorsichtige Schritte, spähen gelegentlich hinaus, um die Sonne im Haar des anderen funkeln zu sehen. Dazu gehört, bis in die frühen Morgenstunden vor einer längst geschlossenen Kneipe auf einer Bank zu sitzen. Händchen zu halten und leise miteinander zu reden und einander Geheimnisse anzuvertrauen, die bislang in voll gepfropften Ordnern gelagert haben. Es ist wunderbar und ich werde allmählich mutiger. Ich glaube, dieser Mann ist mein Freund. Ich glaube, ich habe so etwas wie eine Beziehung. Ich kann nicht genau sagen, ob das stimmt, weil ich nicht weiß, wie sich eine Beziehung anfühlt. Mir ist schon klar, dass es das wohl sein muss, aber vielleicht gibt es in der englischen Sprache einfach nicht genug Wörter für diese Art und Weise, sich zu arrangieren. Arrangieren. Als gäbe es auf einmal eine Ordnung, eine Struktur.
Ich rufe ihn an und fahre an sonnigen Frühlingsnachmittagen auf dem Fahrrad zu ihm nach Ost-Oxford. Während wir in seinem Garten sitzen, erzählt er mir, er habe Aubrietia gepflanzt, weil sie ihn an mich erinnern würden – dicht am Boden und wunderschön. Ich war noch nie wunderschön. Er bereitet Tee und Toastbrost und weich gekochte Eier zu, und er bittet mich, zu ihm zu ziehen. Er ist einundvierzig Jahre alt und will nicht mehr allein leben. Er will dieses Haus mit je-

mandem teilen. Er will mich lieben. Er nimmt meine Hand in seine, und seine Hände fühlen sich schön an. Ich starre sie die ganze Zeit an, verblüfft, dass es sie wirklich gibt, dass sie Häuser gebaut haben und mein Gesicht umfassen wollen. Ich lehne gern meine Stirn gegen seine Brust – die Härte seines Brustbeins und sein Herz, das nah an der Oberfläche schlägt. Mir gefällt sein Geruch, durchs Hemd hindurch. Ich fühle mich zerbrechlich und zögernd, aber ich habe keine Angst. Ich fühle mich klein und langsam, aber ich bleibe nicht stehen. Er will, dass wir uns lieben, aber er hat Angst davor. Er fürchtet sich davor, jemandem Schmerzen zuzufügen, aber auch, Schmerzen zu erleiden. Sex tue ihm sehr weh, sagt er zu mir. Und weil er weiß, was Schmerzen bedeuten, und weil er sich genauso fürchtet wie ich, macht mir dieses Thema keine Angst. Er weiß, dass Sex tödlich sein kann. Auf dem Weg zum Arzt muss er ununterbrochen meine Hand halten. Auf dem Heimweg auch. Und muss sich dort mit mir im Dunkeln und Stillen verstecken, nach seiner Beschneidung, wo er verlegen und beschämt ist und Schmerzen hat, und ich liebevoll bin und voller Zuwendung.

Ich sitze friedlich mit Patrick auf dem grauen Teppich. Im Fernsehen läuft ein Spiel der ersten Fußball-Liga. Er versucht, nicht so viel zu trinken.
Wir schlafen inzwischen nebeneinander, meinen Kopf in seiner Achselhöhle, und ich lausche den Geräuschen, die ein Mann beim Schlafen macht. Die Geräusche sind ungewohnt, doch ich fühle mich dazu bereit, sie zu hören, ihnen zuzuhören.
Es geht ihm schon besser, jetzt zieht er sich die Jeans über und lächelt. Zieht sich an, um zum Fußballtraining zu gehen. Sagt:

Lass uns doch nachher eine richtig gute Flasche Wein kaufen und runter zum Fluss gehen. Vielleicht hat mir das friedliche Rumhängen besser gefallen, weil ich merke, dass mich mein Lächeln Mühe kostet. Es ist kein natürliches Lächeln wie noch vor zwei Wochen. Was jetzt auf mich zukommt, ist eine wohl bekannte Angst, die mich von den Füßen aufwärts beschleicht. Er sagt, er könne es kaum erwarten, mit mir zu schlafen, und ich denke, *Könnte ich doch nur auch operiert werden.* Könnte ich doch nur eine Weile mit sanften Schmerzen daliegen und dann aufwachen und wie neu geboren und zu allem bereit sein. Er freut sich darauf und ich ziehe mich zurück. Er denkt an Wasser, ans Schwimmen und an die Freiheit, während ich an Zweige und Steine und faulende, hohle Baumkadaver denke.

Ich erwache aus einem schrecklichen Traum, in dem ich zwischen den Fängen eines gesichtslosen, sterbenden Ungeheuers zerquetscht werde, eines Drachen, der Menschen verschlingt, um selbst weiterleben zu können. Ich kann mich nicht bewegen und meine Lungen brechen ein. Patrick liegt auf mir und ich habe aufgehört zu atmen. Meine Rippen sind zerquetscht und in meinen Lungen ist keine Luft mehr, doch das Blut zirkuliert durch mich hindurch, wirbelt durch meinen Kopf. Jeder Zentimeter meines Körpers ist ein einziges sichtbares Herzklopfen. »Ich glaube, ich muss sterben«, ist alles, was ich herausbringe.

»Aber ich hab dich nur umarmt, Süße«, sagt Patrick sanft. »Es ist schön, dir so nahe zu sein.«

Aber ich weiß, dass irgendwas nicht stimmt. Ich spüre ihn, fest und begierig, und ich bin verwirrt. *Lügst du mich an, Patrick? Mich so zu lieben heißt, mich zu töten. So fühlt sich Liebe an.*

Ich rufe Heroin zur Unterstützung herbei. In Gedanken rufe

ich sie als ganzes Heer, und sie galoppiert auf ihrem weißen Pferd durch die Gärten von Ost-Oxford, pflügt sich einen Weg durch Gemüsebeete und Blumenbeete, springt über Zäune und wirbelt eine ungeheure Wolke dunkler Erde auf. Die Wolke hängt tief über dem Garten, und Patrick sagt: »Können wir nicht irgendwas dagegen tun? Es wirkt so unheilvoll. Können wir nicht irgendetwas tun, damit es weggeht?« Doch mir ist klar, dass er nicht das Richtige sagen kann, um es zu verjagen, er kann nur das Falsche sagen und es näher heranholen. Und es kommt immer näher.

Begrenzte Möglichkeiten im späten
zwanzigsten Jahrhundert

Schlafen ist keine Möglichkeit mehr. Überhaupt gibt es
immer weniger Möglichkeiten. Crispin Stuck will mir nicht
erlauben, auf den Turm zu klettern, und keine der Brücken in
Oxford ist wirklich hoch genug. Es gibt die Port Meadow, wo
ich mich wie Lewis Carroll ins Gras legen und von Alice träumen und beten könnte, dass die Pferde und Kühe meinen ver-
borgenen, ausgestreckten Körper tottrampeln. Hätten wir ein
Jahrhundert früher, könnte ich ein grausames Verbrechen be-
gehen und nach Australien verschifft werden und hoffen, dass
mich ein Sturm in die mörderische See wirft. Da war noch die
Schrotflinte, die mein Vater immer im Haus hatte, das eigentlich nie richtig ein Haus war und schon gar kein Haus auf
dem Lande.
Ich habe Sorge, dass er mich sieht. Ich habe Sorge, dass er in
den Augen anderer Männer lebt und dass er durch die Augen
der Jesusfigur in der Canterbury Road blickt und mich ver-
folgt. Manchmal sehe ich ihn, ein winziger Fleck in Patricks
Iris, und ich bekomme schreckliche Angst. Obwohl Patrick
viel größer ist, ahnt er nicht, dass ein fremder Mann in seinem
Augapfel lauert und nur auf den richtigen Moment wartet,
um zuzuschlagen. Ich bin wachsam. Ich schlafe nicht mehr.

Ich beobachte Patricks Gesicht, während er träumt, und ich habe das Gefühl, in größter Gefahr zu schweben. Ich denke darüber nach, dass ich Jesus mit zusätzlichen Nägeln am Kreuz werde befestigen müssen. Ich werde es nachts tun, ich werde dicke Schrauben nehmen und ihm die Augen herausmeißeln.

Es gibt noch das Medizinschränkchen. Mir geht auf, dass es im Hier und Jetzt wohl die einzige Möglichkeit ist, weil ich keine Brücke finde, und auch kein Schiff auf stürmischer See, und keine Herde, die mich tottrampeln will, und keine Schrotflinte, und ich kann kein Auto kurzschließen oder ein lohnendes Mordopfer werden, und Jesus kann auferstehen. Aber ich weiß wohl, wie man etwas runterschluckt. Ich hatte ja jahrelange Übung.

Zweites Buch

Körperlose Privilegien

Ich habe mein Bett rausgeworfen. Es ist uneben und bewegt sich auf Rädern, während ich im Schlaf Münzen werfe. Ich habe jetzt nur noch die Matratze, eine Seite in die wenigen Zentimeter zwischen Heizkörper und Fußboden gezwängt. Hier bin ich – festgenagelt in der hintersten Ecke einer psychiatrischen Klinik, wo ich jeden Tag lese, esse, rauche, Tee trinke, bis tief in die Nacht hinein schreibe und vor mich hin zucke. Aber ich schlafe nicht. Hier schlafe ich nicht. Ich habe schon seit Wochen nicht geschlafen. Ich habe aufgehört, mich hinzulegen. Ich habe Angst vor dem Träumen. Stattdessen sitze ich da und röste mir den Rücken am Heizkörper. Harte braune Streifen verlaufen parallel zu meiner Wirbelsäule, und meine Oberschenkel sind übersät mit blauen Flecken von den unsanften Händen der Männer in den Träumen.

Es ist kein richtiges Träumen, weil ich ja nicht schlafe. Ich bin wach, halb bei Bewusstsein, ich schwebe, träume von einem lauten und blutigen Mund, der siedet und die Fäden aufreißt, die ihn nicht länger zubinden können. Ich erhebe mich darüber hinweg, ich bin hier an die Wand getackert wie ein kleiner Blutegel, der auf die Welt hinuntersieht, auf die Welt über einem riesigen Bett, das immer breiter und breiter und immer länger wird und am Türrahmen anstößt.

Dies sind verschiedene Zimmer, die aus dieser Perspektive fast identisch aussehen können. Es gibt unterschiedliche Nächte und unterschiedliche Jahre – und obwohl die Bilder immer gleich sind, machen sie mir Angst, es sind Wesen, die niemals bezähmt werden können. Kontinuierlich träume ich diesen Traum, und wach und lebendig sein lenkt mich bloß ab von seinem Brummen und Summen und Schwingen.

Ich werde davon weggerissen, schwitze, weil die Geisterstunde geschlagen hat und Poppy auf dem alten Klavier einen Walzer hämmert. Poppys Lieder töten die Träume. Töten meine Träume, doch Clare wird davon in die offenen Arme des Teufels geschleudert. Clare ist hier und gibt massive Schreie von sich, die durchs Blut blubbern. So deutlich konnte ich sie damals nicht hören, als sie noch im Pfarrhaus in der Canterbury Road auf demselben Stockwerk wohnte. Doch kaum war ich hier, sagte sie mir Bescheid. Sie hinkte auf mich zu, blauhaarig und mit wildem Blick, und sagte: »Ich bin schuld.«

»Mit dir hat das nichts zu tun«, sagte ich zu ihr.

Doch sie wiederholte: »Ich bin schuld. Immer und immer wieder hab ich dich FOTZE genannt, als du im Flur an mir vorbeigelaufen bist. FOTZE, hab ich dir ins Gesicht geschrien.«

»Clare«, widersprach ich. »Das hast du nie zu mir gesagt.«

Dann ging sie mit ausdrucksloser Miene an mir vorbei, durch den Garten und auf die Erde im toten Blumenbeet des Februars zu.

Ich sage mir, sie hat nichts damit zu tun, dass ich hier bin, aber sicher bin ich mir nicht. Vielleicht spricht sie eine andere Sprache, einen Dialekt, den ich nicht bewusst verstehe, den ich aber dennoch anders wahrnehme als mit meinen Ohren. Jetzt höre ich andauernd Fotze. Ich sehe eine Fotze, ich spüre eine Fotze, ich rieche eine Fotze, ich bin eine Fotze.

Meine Tür steht einem fortwährenden Verkehrsfluss offen. Die Ficker kommen. Sie kommen, um zu ficken, und sie ficken, um zu kommen. Namen, die mit D beginnen. Damian und Dave und Drohung und Dauererektion. Es ist ein einziger, halb wacher Traum vom Ficken – ein Mund wird gefickt, der die ganze Welt inhalieren will, und er saugt und saugt.

Jetzt gibt's Smarties. So sagt Sasha dazu, die in der Schlange vor mir steht. Temazepam und Haloperidol. Sehr gut find ich das, auf die Luft ringsum einzudreschen und alles zu tun, um nicht umzukippen. Ich kann mich noch so sehr anstrengen, mein Kopf und mein Körper rasen, schlagen um sich, immer wilder, aber es bringt nichts – ein einziger Windhauch könnte mich umhauen. »Zeit zum Schlafengehen, Thelma«, sagt eine weiße Stimme von irgendwoher. Doch ich genieße es, meine eigene Stimme zu hören, ich genieße es, wie sich alles reimt, nur meine Lippen, meine Lippen bewegen sich nicht mehr, und meine Füße, sie schweben über dem Boden. Ich werde wie ein Stück Brennholz getragen, gleich werde ich in die Flammen geworfen, die von meiner Matratze aufsteigen. Ich werde mich nicht hinlegen. Ich bin überzeugt, dass ich hier verbrennen werde, sobald ich mich hinlege. Wenn das kalte Licht des Morgens heraufkommt, werde ich nichts als ein grauer Baumstumpf sein, der seine Form bewahrt hat, und wenn sie mich schütteln, werde ich zu Asche zerfallen.
Ich schlafe zugedröhnt, befallen, verstorben. Ich brenne und zerfalle und erhebe mich wieder wie ein Phönix. Mir geht es nicht gut, heißt es. Ist das schon immer so gewesen? Bin ich schon immer das, was sie mir sagen? Ich habe nur mein Tagebuch, auf das ich zurückgreifen kann, aber ich bin sicher, dass

auch andere dort ihre Einträge hinterlassen haben. Hier stehen Sätze von Leuten, die ich nicht kenne. Eine Menge davon ist in schlechtem Englisch. Ich weiß, dass ich nicht schon immer hier gelebt habe, aber die einzigen Orte, an die ich mich erinnern will, sind diejenigen, die zwölf Schritte entfernt sind oder weniger.

Es gibt Frauen hier, die sich weder an ihren Namen erinnern können, noch daran, in welchem Zimmer sie wohnen. Sie strahlen etwas Unheimliches, Leises und Dumpfes aus. Sie bekommen Elektroschocks. Ich möchte niemals Elektroschocks bekommen, weil man davon vergisst, wer man ist, und dann ist man wirklich verrückt. Ich erinnere mich nicht an die Vergangenheit, aber wohl an die winzigen Dinge, die genau vor meiner Nase sind. Es gibt einen Weg, die Landkarte von Kanada zu zeichnen, indem man die Risse in der Decke verbindet, es gibt einen Weg zur Toilette, es gibt einen Weg, Ovomaltine anzurühren, und es gibt einen Ausweg aus diesem Laden. Letztlich ist es aber egal, ob man seine Vergangenheit vergisst oder seine Gegenwart, denn es ist das Vergessen selbst, das einen am Leben erhält. Dies ist eine Welt der begrenzten Möglichkeiten, eine Welt ohne Messer und Gabeln. Immer ans Vergessen zu denken ist die einzige Möglichkeit, die einem bleibt.

Eines Morgens wache ich auf und schaue in das glänzende Stück Blech, das angeblich ein Spiegel sein soll. Ich schaue und schaue und versuche, dieses Gesicht auseinander zu zerren.

»Bist du das?«, flüstere ich.

»Wo zum Teufel hast du gesteckt?«, antwortet das Gesicht.

»Ich bin die ganze Zeit hier gewesen!«, zische ich zurück. »Wo zum Teufel hast *du* gesteckt?«

Das war der Moment, in dem wir wieder zusammenfanden – ich und mein Gesicht. Bis dahin hatte ich mich kaum getraut, in dieses Ding zu schauen, das angeblich ein Spiegel sein soll, weil da immer irgendeine Frau war, und ich nicht die geringste Ahnung hatte, was sie für ein Problem hatte. Ich putzte mir immer nur die Zähne, spuckte Blut und suchte schnell wieder das Weite.

Danach erkundigte ich mich, ob ich mal nach draußen gehen dürfe. Zuerst kam eine Krankenschwester mit, und wir saßen schweigend auf einer Bank, rauchten und starrten ins Nichts. Dann fing ich an, die Eichhörnchen zu füttern. Ich fütterte sie mit Puffreis, den ich mir beim Küchenpersonal holte. Ich fand ihn sehr hübsch, wie er so dalag, im Schnee verstreut, rosa und gelb und orange, wie aus Plastik. Eines Tages machte ich Schneeengel, wie früher im Vorgarten in der Merton Street, als ich noch klein war. Danach durfte ich allein nach draußen.

Ich versuchte gerade, mich zu konzentrieren. Es lief nämlich Mastermind, und ich wusste alle Antworten, aber die Leute machten so viel Lärm und liefen ständig vor dem Fernseher auf und ab, und allmählich wurde ich richtig wütend. Da war eine Neue, Leona, und die tickte richtig aus – fluchte ohne Punkt und Komma, und die Wörter kamen in tausend verschiedenen Sprachen aus ihr rausgeschossen wie aus einem Automatikgewehr. Sie warf sich auf den Boden und wand sich und schrie: »Fick mich, wichs mich, mach's mir, gib's mir« und schob dabei ihr Becken in Richtung Himmel.

Irgendwann hatte ich die Schnauze voll. Ich sprang von meinem Stuhl hoch und schrie sie an: »Halt's Maul, du Miststück, dich will keiner ficken!«

»He!«, sagte Weißkittel, packte mich am Arm und zog mich in eine Zimmerecke. »Ihr geht es nicht gut«, sagte er ernst.

»Verfickt noch mal!«, schrie ich ihn an. »Sie ist eine verfickte Nymphomanin!«

»Ihr geht es einfach nicht gut«, sagte er noch einmal.

»Ach ja! Wenn das ein Euphemismus dafür ist, dass jemand eine verfickte Nymphomanin ist, dann bitte sehr! Dann geht's ihr halt nicht gut! Die soll nur endlich ihr Maul halten!«

Natürlich glaubte ich das nicht, dass man Nymphomanin war, wenn es einem »nicht gut ging«. Ich war wütend, und das, was er sagte, machte mir Angst. Sieht so jemand aus, dem es »nicht gut geht«? Sehe ich auch so aus, wenn es mir »nicht gut geht«? Und wieso hat er das zu mir gesagt? Heißt das, dass ich jetzt den Unterschied kennen sollte – heißt das, dass es mir nicht mehr *nicht* gut geht?

Es stimmt, ich habe wieder angefangen, mir die Haare zu waschen. Ich habe sogar einen verrotteten Lippenstift voller Mullverband und Tabakkrümel am Grund meines Beutels gefunden, aber ich habe mir trotzdem damit die Lippen bemalt, gestern, bevor ich draußen spazieren gegangen bin. Die Schwester an der Tür schleimte mich an: »Na, Sie sehen aber hübsch aus. Lippenstift. Es scheint Ihnen besser zu gehen.« Ich hab ihr gesagt, sie soll sich ins Knie ficken. Das kommt davon, wenn man so ein arrogantes Miststück ist.

Danach tat es mir Leid. Es war mir richtig peinlich. Ich weiß nie, wie ich mich verhalten soll, wenn jemand nett zu mir ist. Als ich sie heute wieder an der Tür sitzen sah, schminkte ich mich wieder mit meinem Lippenstift, ehe ich nach draußen ging. Diesmal sagte sie gar nichts zu mir, und im Stillen war ich enttäuscht. Ich wartete einen Augenblick, dann machte ich in der Eingangshalle kehrt, ging zurück und sagte: »Marjorie, ich hol mir gerade eine Tasse Tee. Soll ich Ihnen eine mitbringen?«

»Nein danke, Thelma«, sagte sie, doch dann zögerte sie. »Oder, vielleicht doch«, sagte sie und hielt mir ihre Tasse hin. Ich nahm ihre Tasse in beide Hände. Ich hielt sie fest und war dankbar für das Gefühl dieser Tasse, für den fühlbaren Beweis, dass es außerhalb meines Körpers noch eine Welt gab.

Doch das Größte von allem ist die Liebe

Crispin Stuck, mein persönlicher Tutor, war erstaunlich nett zu mir. Er kam zwei Mal vorbei und brachte mir eine Tüte Pflaumen mit und erzählte, dass man zu seiner Zeit als junger Student diesen Laden als Warneford-College bezeichnet habe. Großzügig dehnte er die Peripherie der Universität, um die örtliche psychiatrische Klinik mit einzuschließen, und gab mir so das Gefühl, als würde ich einfach nur für die Dauer des restlichen Trimesters eine der anderen Fakultäten als Gaststudentin besuchen: das fünfundvierzigste College von Oxford, wo der beste Billardtisch von allen stand. Crispin spielte dort mit mir eine Runde, und nachdem ich gegen ihn gewonnen hatte, vertraute er mir an, dass er sich in einen Erstsemester verliebt habe, dem er im vergangenen Sommer auf der Parson's Pleasure eine Pflaume angeboten hatte, und dass er seitdem mit den Nerven am Ende sei. Beim nächsten Spiel ließ ich ihn gewinnen.

Naomi besuchte mich jeden Tag. Erst guckte sie besorgt, doch dann wurde sie zusehends so lustig und politisch inkorrekt wie eh und je. Erst hieß es: »Weißt du, du hättest ruhig ein Wort sagen können, dass du dich unter Druck gesetzt fühltest – von mir, von Patrick, von der Uni«, und dann schließlich:

»Jetzt ist sie nicht mehr zu retten, die gute Poppy.«

Patrick kam jeden Nachmittag vorbei, blieb aber nie lange. Er war ein bisschen von allem – traurig, enttäuscht, gekränkt, verärgert. Ich hatte ein schlechtes Gewissen, weil ich seinen Halbjahresvorrat Prozac verschlungen hatte, und ich versicherte ihm, dass ich sie ihm ersetzen würde.

»Darum geht's doch gar nicht, Thelma«, sagte er. »Ich hatte mir vorgenommen, dass mir so was nie wieder passieren würde«, sagte er betrübt.

»Aber das war nie deine Aufgabe«, sagte ich ihm.

»Ich finde, du solltest dich mal 'n bisschen erholen, Thelma«, sagt er am nächsten Tag.

»Von was?«

»Von mir. Von hier. Ein bisschen kürzer treten. Eine Auszeit nehmen.«

»Um solange was zu tun?«, frage ich hilflos.

»Die Dämonen austreiben. Einen anständigen Therapeuten finden.«

»Aber mir geht es jetzt gut«, sage ich flehend. »Ich muss meinen Kurs beenden.«

»Dein Kurs kann warten«, sagt er. »Du kannst dich für ein Trimester beurlauben lassen. Oder auch zwei. Das ist durchaus üblich. Ich habe mich bei Dr. Stuck erkundigt«, berichtet er.

»Was hast du getan?«

»Ich hab dich beurlauben lassen.«

»Was hast du getan?«, wiederhole ich hilflos und spüre, wie mir alles entgleitet. »Aber was ist mit meiner Arbeit?«

»Du lässt dich doch nur beurlauben. Sobald du soweit bist, kannst du wiederkommen und da weitermachen, wo du aufgehört hast.«

»Von wo wiederkommen?«, sage ich verzweifelt. »Tu mir das nicht an«, bitte ich ihn. »Schick mich nicht weg, Patrick. Bitte.«

»Deine Mutter ist der Meinung, dass du zu Hause besser aufgehoben wärst.«

»Meine Mutter?«, frage ich, mittlerweile panisch. »Du hast mit meiner Mutter gesprochen?«

»Ich wusste nicht, was ich machen sollte. Ich fühlte mich hilflos. Ich kann nichts für dich tun«, sagt Patrick. »Ich dachte mir, deine Mutter wüsste bestimmt Rat. Ich dachte mir, so was machst du nicht zum ersten Mal durch, und sie wüsste bestimmt, wie man am besten helfen kann.«

»Sie weiß gar nichts«, sage ich hasserfüllt, während mir die Tränen in die Augen steigen. Doch meine Stimme und alles um mich herum verblasst.

»Sie weiß gar nichts«, flüstere ich noch einmal.

Im Kifferhimmel

Anscheinend bin ich unterwegs an einen Ort, der mein Zuhause ist. Mein Zuhause. Mein Zuhause? Ich dachte, dies wäre mein Zuhause. Ich dachte, dies sollte mein Zuhause sein. Es gibt kein Zuhause, aber hier bin ich, vollgepumpt mit Psychopharmaka, und steige, eine Tasche voller Fallstudien an mich gedrückt, aus dem Flugzeug.

»Thelma«, höre ich meine Mutter rufen.

Ich kleistere mir ein steinernes Lächeln ins Gesicht, das nur so strotzt vor dem Versuch, auszusehen, als wäre ich in Topform, und ich sage: »Corinna. Du hättest mich nicht abzuholen brauchen. Ich hätte mir doch ein Taxi nehmen können.«

»So ein Blödsinn, Thelma. Dir geht's nicht gut«, sagt sie.

»Mir geht es bestens«, protestiere ich mit zusammengepressten Lippen.

»Du bist ja dick geworden!«, ruft sie. »Ich hab damit gerechnet, dass du völlig abgemagert sein würdest, stattdessen bist du dick geworden.«

»Ich bin nicht dick geworden, Mama!«, schreie ich. »Das liegt nur an diesem verfluchten Lithium!«, brülle ich so laut, dass sämtliche Mütter, die ihre nach Flugzeug riechenden Töchter umarmen, und sämtliche knutschenden Liebespaare, einst durch Tausende von Meilen getrennt, sich neugierig umsehen.

»Nicht so laut, Thelma«, sagt sie beschämt. »Hast du den Verstand verloren?«, tadelt sie mich.

»O ja, ganz toll, Mama. Sehr liebenswürdig« sage ich schnippisch. »Was zum Teufel mache ich hier eigentlich?«, sage ich laut vor mich hin.

»Also ich bin froh, dass du dick geworden bist«, sagt Corinna und führt mich am Arm durch die Türen, die wusch machen, und ein dicker Schwall kalter Luft und der Zigarettenrauch all der Leute kommt uns entgegen, die nach draußen verbannt worden sind.

»Ich bin nicht dick geworden«, sage ich mit zusammengebissenen Zähnen. »Und ich bin kein Invalide, verflucht nochmal«, sage ich und winde mich aus ihrem Griff.

»Thelma!«, sagt sie mit gekränkter Miene. »Das verzeihe ich dir nur, weil ich weiß, dass du nicht recht bei Sinnen bist.«

»Also bin ich links bei Sinnen? Oder unrecht bei Sinnen? Oder besinnungslos?«

»Ich verstehe kein Wort, Thelma«, sagt sie verzweifelt.

»Aber hier wohnen wir doch gar nicht«, protestiere ich. »Seit wann wohnen wir in einem Vorort?«

Ich kann es nicht fassen. Das ist nicht unser Haus. Das sind nicht unsere Bäume.

»Jetzt schon«, sagt meine Mutter leise. »Ich bin bei Warren eingezogen«, beginnt sie zu erklären.

»Warren, der Zahnarzt?«, frage ich. »Jetzt gehst du aber entschieden zu weit mit dieser Nordamerika-Nummer, Mama«, sage ich und zeige auf den Bungalow, der sich horizontal über einen perfekten Rasen breitet.

»Also mir gefällt's, Thelma«, verteidigt sie sich.

»Aber es gehört doch Warren«, rufe ich.

»Und ich bin hier sehr glücklich«, sagt sie. »Und Warren möchte, dass auch du dich hier zu Hause fühlst.«

»Ich suche mir ein Hotel«, sage ich und meine es durchaus ernst.

»Sei nicht albern, Thelma. Dir geht es nicht gut.«

»Würdest du bitte aufhören, ständig diesen Satz von dir zu geben!«, brülle ich. »Mir geht es bestens. Und selbst wenn nicht, würde das hier bestimmt nichts dran ändern.«

»So undankbar wie eh und je«, seufzt meine Mutter.

»Ach, fick dich doch ins Knie.«

»Das habe ich überhört«, sagt meine Mutter und steigt aus dem Auto.

Warren kocht Linsensuppe, meine Lieblingssuppe, wie er weiß. Er ist kein Engländer, aber er könnte genauso gut einer sein, denn seine Zuneigung kann er nur in Form von Essen zum Ausdruck bringen. Er muss wohl gedacht haben, wer krank ist, muss Suppe essen. Er ist Naturwissenschaftler, Herrgott nochmal, und setzt einer psychisch Kranken einen Teller Linsensuppe vor und hofft, sie damit heilen zu können. Allerdings muss ich zugeben, dass er bemerkenswert nett zu mir gewesen ist. Noch viel bemerkenswerter ist womöglich, dass ich es zugelassen habe. Er hat mich zum Psychiater gefahren und ist mit mir danach zu Just Desserts zum Kaffeetrinken gegangen. Zusammen haben wir in dem verrauchten, brechend vollen Lokal gesessen und er hat mir erzählt, er wisse, wie sich so was anfühlt. Als er zum ersten Mal darauf zu sprechen kommt, bin ich mir nicht mal ganz sicher, ob ich ihn richtig verstanden habe. Er hebt die Stimme, damit ich ihn trotz der lauten Musik verstehen kann, und ruft: »Und dann kam Prozac«, genau in dem Moment, als das Lied zu Ende ist. Alle drehen sich um. Warren ist das peinlich, aber ich bin sicher, dass alle nicken und denken: Ach, du auch?

Mein Psychiater ist mir unsympathisch. Er sagt Dinge wie: »Bei Ihnen würde ich sagen, das ist eine klassische Borderline-Persönlichkeitsstörung«, und ich habe genug gelesen, um zu wissen, dass er mich für ein manipulatives, unheilbares Stück Dreck hält, das man gleich in die psychiatrische Mülltonne werfen kann.

Ich schreie ihn an. »Hören Sie mal zu. Das nützt mir überhaupt nichts! Ich brauche nicht noch ein Etikett, das ich mir auf die Stirn kleben kann.«

Was ihn veranlasst zu sagen: »Was ist überhaupt mit Ihrem Gesicht – mit Ihrer Haut?«, was ich genauso wenig hören muss, und ich breche in Tränen aus. Ich dachte, die Narben seien so gut wie unsichtbar nach all dem Vitamin E.

»Das ist doch total sexistisch«, sage ich. »Was soll sein mit meinem Gesicht? Ich dachte, Sie sind dazu da, mein Gehirn zu analysieren.«

Er sagt, meine Wut sei eine Übertragung, und am liebsten würde ich ihm sagen, er soll sich einfach verpissen. Ich wäre die Erste, die zugibt, ein Problem mit Männern zu haben, aber dieser Typ ist einfach ein eingefleischter Sexist. Ich scheiße auf Übertragung.

»Ich glaube, ich muss zu einer Frau«, sage ich.

»Machen Sie, was Sie wollen«, sagt er, während er seine Rolodex-Adresskartei durchblättert, bis er auf Dr. Ruth Novak stößt – klinische Psychologin und Psychoanalytikerin.

Ich sitze im Wartezimmer. Beige. Keine Sitzsäcke und keine orangefarbenen Plastik-Baseballschläger. Vermutlich kann man sich die Requisiten schenken, wenn man hunderttausend Dollar pro Stunde verlangt. Ich gebe ihr nicht die Hand. Beim Gedanken an die ausgestreckten Arme Lydia Hutchinsons möchte ich von vornherein klarstellen, dass ich nicht auf Körperkontakt stehe. Wir sind sehr zivilisiert, sitzen in eckigen beigen Ledersesseln einander gegenüber. Sie ist ganz in Rot gekleidet. Rote Lippen und rote Haare und rote Fingernägel und ein rotes Jackett. Kurzer schwarzer Rock und spitze Lackschuhe. Im Vergleich zu ihr komme ich mir groß und schlampig vor. Das klappt nie, denke ich sofort. Du bist zu klein und ich habe Angst, dich kaputt zu machen. Du bist zu perfekt. Ich bin zu lädiert.

Sie schweigt und ich schweige. Sie hockt am Rand ihres Sessels, wirkt sehr eifrig und aufmerksam und macht mir Angst. Was soll ich denn sagen? Normalerweise sagen Leute: »Wie fühlen Sie sich und können Sie essen und können Sie schlafen oder nicht schlafen und nehmen Sie regelmäßig Ihre Medikamente und bitte sehr hier ist Ihr Rezept auf Wiedersehen bis in zwei Wochen.« Aber sie schweigt.

»Warum fragen Sie mich nicht was?«, fordere ich sie auf.

»Warum erzählen Sie mir nicht, warum Sie hier sind«, sagt sie.

»Weil ich vor ein paar Jahren im Krankenhaus gelandet bin, weil ich aufgehört hatte zu essen, und dann bin ich ein paar Jahre später im Krankenhaus gelandet, weil ich versucht hatte, mir die Augen auszukratzen, und kürzlich bin ich wieder im Krankenhaus gelandet, weil ich eine Überdosis Medikamente genommen habe.«

»Warum?«

»Weil sie erst gedacht haben, ich sei magersüchtig, und dann hieß es, ich sei manisch-depressiv, und jetzt glaubt man, ich hätte eine Borderline-Persönlichkeitsstörung.«

»Und was glauben Sie?«

»Ich glaube, dass ich verkorkst bin.«

»Helfen Ihnen die Medikamente?«

»Ich glaub nicht«, sage ich. »Ich will immer noch sterben.«

»Und wieso hören Sie nicht einfach auf mit den Medikamenten«, schlägt sie vor.

Ich merke, wie mein Herz auf einmal schneller schlägt. Das hier ist etwas ganz, ganz anderes, aber ich weiß nicht genau, was es ist. Schließlich sage ich:

»Weil ich mich dann womöglich umbringe.«

»Aber Sie haben doch gerade gesagt, dass die Medikamente nicht gegen das Gefühl helfen, sterben zu wollen.«

»Nein«, sage ich. »Aber sie halten mich vielleicht davon ab, es tatsächlich zu tun.« Ich zucke mit den Achseln.

»Nun, Sie könnten sich stattdessen an mir festhalten«, sagt sie einfach.

Mein Herz setzt einen Augenblick aus. »Wie meinen Sie das?«, frage ich argwöhnisch.

»Ich meine, wenn Sie sich am liebsten umbringen wollen, können Sie es mir sagen. Dann finden wir zusammen einen Ausweg.«

»Das können Sie nicht machen«, sage ich.

»Warum nicht?«

»Sie können doch nicht einfach so die Verantwortung für das Leben eines wildfremden Menschen übernehmen.«

»Aber ich bin dazu bereit«, sagt sie.

»Wie können Sie so was sagen?«, frage ich. »Sie kennen mich doch gar nicht.«

»Aber ich möchte Sie gern kennen lernen«, sagt sie.

Das ist zu viel für mich. *Wie bitte?* denke ich. *Wie kannst du es wagen? Ich lass dich nicht an mich ran. Wie kannst du dich gleich auf die Drosselvene stürzen? Bleib mir vom Leib. Ich werde nicht fühlen oder dir nachgeben.* Und sie bittet mich, ihr zu versprechen, dass ich mich möglichst nicht umbringe, aber das kann ich ihr nicht versprechen – es scheint mir die einzige Möglichkeit, die ich noch habe, und wenn mir die auch noch weggenommen wird, bin ich vollkommen machtlos.

Inzwischen bin ich im Kifferhimmel angekommen. Ich nehme die U-Bahn nach Hause zum Vorort-Bungalow, schließe meine Zimmertür hinter mir und starre an die Decke. Benehme mich wie ein Teenager, bewege die Lippen zu den Liedtexten von Sarah McLachlan und Shawn Colvin. Sich verlieben. Wie ein Teenager behandelt werden.

Corinna fragt: »Was ist denn jetzt schon wieder mit dir los, Thelma? Nimmst du Drogen?«

Abfällig antworte ich: »Zufälligerweise ja. Wenn du's genau wissen willst, nehme ich Lithium, Epival, Fluoxetine und Paroxetine, Nefazodon, wenn ich Verfolgungswahn kriege, und Trazodon, wenn ich nicht schlafen kann. Meines Wissens allesamt von Warren genehmigt.«

»Ich meine illegale Drogen, Thelma«, sagt sie schnippisch.

»Das ist mir aber neu, dass du auf einmal ein Problem mit illegalen Drogen hast«, witzle ich in Anspielung auf die Zeit mit Suresh, die sie inzwischen zweckmäßigerweise aus ihrem Gedächtnis getilgt hat.

»Nicht so laut, Thelma«, sagt sie.

Ach so – mit jeder neuen Beziehung wird die Geschichte umgeschrieben, und es gibt Dinge, von denen Warren nichts weiß.

Ich starre in einen Teller voll Linsensuppe. »Schmeckt lecker wie immer, Warren«, versichere ich ihm. »Ich hab nur einfach keinen Hunger.«

»Na, frisch verliebt?« Er lächelt mich an.

»Sei nicht albern«, sagt meine Mutter höhnisch.

Hinter geschlossenen Türen werde ich wieder bewusstlos. Schreibe Gedichte, zerreiße Papier für Collagen. Ich bin über und über mit Klebstoff bedeckt und laufe fast über vor Wörtern. Genau genommen nehme ich gar keine Drogen, sage ich zu mir, und kippe den Inhalt meiner Sockenschublade in einen Müllsack. Hier sind genug Medikamente für ein zweites Jonestown-Massaker, und obwohl ich mir vornehme, sie nicht mehr zu nehmen, bin ich noch nicht soweit, sie außer Sichtweite zu schaffen. Ich stecke die erste Packung in einen Briefumschlag und adressiere ihn an Dr. Novak.

Höhlenbewohner

Wenn ich schon auf dieser Erde leben muss, dann will ich ab jetzt ein Stein sein, der dieselbe Höhle bewohnt wie Dr. Novak. Dann können wir miteinander flüstern und Briefchen schreiben und im Dunkeln Streichhölzer anzünden. In der Schlucht habe ich einen Stein gefunden, der mir, glaube ich, ähnelt, und ich habe ihn Dr. Novak zur Aufbewahrung gegeben. Schon seit Wochen sind wir zugange, und noch immer sagt sie sehr wenig und ich sage noch viel weniger. Und doch dreht sich mein ganzes Dasein nur um sie. Mich interessiert nichts anderes, als in den Zwischenräumen zu schlafen, mich träumend an U-Bahn-Fahrten und Geldautomaten und Corinnas Gebrabbel entlangzuhangeln.

»Ein Verhältnis«

Patrick ist zu Besuch gekommen. Meine Mutter über-
schlägt sich fast vor Koketterie, und Warren scheint sich nicht
im Geringsten angegriffen zu fühlen, und alle amüsieren sich
köstlich, nur ich wäre lieber allein, um vor mich hin zu träumen, mit dem Stein an meiner Seite, den ich mir von Dr. Novak
für die Dauer von Patricks Besuch zurückgeliehen habe. Er
findet den Stein lustig. »Therapeutin mit Wurfobjekt gestei-
nigt« ist sein Lieblingswitz, und obwohl ich weiß, dass er es
nicht böse meint, hätte ich ihm lieber nicht davon erzählt.
Er schläft bei mir im Bett, aber ich fühle mich neben ihm starr
wie ein Zweig, und würde ich nicht Corinna fürchten, die
furchtbar geknickt wäre bei dem Gedanken, den einzigen po-
tenziellen Schwiegersohn schon wieder zu verlieren, würde ich
mich auf Zehenspitzen davonschleichen und auf der Couch
übernachten. Er kommt mir abhanden. Er ist mein Freund
und mein Bruder, er ist gut zu mir und eine große Stütze, aber
ich bin in jemand anders verliebt. Ich bin auf eine solche Weise
verliebt, dass ich mich mit Haut und Haaren hingeben würde.
Ich bin demontiert, in flüssigem Zustand, ich suche nach
Flucht, nach Fusion. Ich lebe in utero. Kein einziges meiner
Körperteile lebt noch außerhalb von mir, und ich bin nicht
einmal in der Lage, Patricks Hände zu berühren.

»Du kommst nicht wieder zurück, stimmt's, Thelma«, fragt er betrübt am Flughafen.

»Ich kann hier nicht weg«, sage ich hilflos.

»Ich will, dass es dir gut geht«, sagt er. »Ich dachte, hier würde es dir erst mal besser gehen, aber mir war nicht klar, dass ich dich für immer loslassen müsste.«

»Schrecklich«, sage ich. Mehr bringe ich nicht zu Stande.

»Schlimm ist das«, sagt er.

»Ich bin zu jung für dich«, schlage ich vor. Er wendet den Kopf ab, um den seltenen Anblick englischer Tränen vor mir zu verbergen.

Aber ich bin wirklich zu jung. Ich bin erst vier Jahre alt. Und ich wohne gerade im Übertragungsland, und Dr. N. ist meine neue Mutter, die Kängurumama. Wir wohnen zusammen in einem blitzsauberen weißen Haus mit Holzdielen und blauen Baumwollgardinen und bunt gescheckten Ringelblumen in Blumenkästen auf den Fensterbänken. Wir haben einen dicken gelben Kater namens Teddy und einen üppigen Gemüsegarten und Kornblumen und Kosmeen und eine Schildkröte namens Roger, die unter den Salatblättern wohnt. Die Kängurumama backt ständig süße Leckereien, während ich an einem großen runden Kiefernholztisch sitze und neue Wörter in ein liniertes Schulheft eintrage. »Bring mir ein neues Wort bei«, sage ich zu ihr, ohne von meinem Heft aufzublicken, und sie sagt: »Ähm. Gut, wie wär's mit Wonne?«

Unser Familienleben ist jedoch nicht immer eitel Sonnenschein. Ich werde aufsässig und ungeduldig, und manchmal ist sie müde und ein bisschen gereizt. Wir streiten uns nicht, aber dafür heule und schreie ich ziemlich oft rum. Manchmal kommt sie müde von der Arbeit nach Hause, und ich will immer nur spielen und im Badewasser planschen, aber sie sagt zu mir, ich solle mich beeilen, weil sie weg muss und um halb acht Unterricht hat und der Babysitter schon da ist.

So geht das Tag für Tag, einige Monate lang, doch dann geht alles schief. Sie geht donnerstags weg, obwohl ich weiß, dass sie sonst immer dienstagabends Unterricht hat. Und ich weiß, dass sie normalerweise nicht ihr schwarzes Kleid und die goldene Halskette zum Unterricht anzieht. Und diesmal kommt nicht Karen, die Babysitterin. Ich muss zu Liza, der Schwester meiner Kängurumama, und ich muss da bei meiner Kusine Jilly übernachten, die neun Jahre alt und ein Pipimädchen ist.

Ich bekomme einen Wutanfall. Meine Kängurumama versucht, mich vom Boden hochzuziehen, aber mit meinen kleinen Fäusten kralle ich mich in den weißen Teppich und schreie: »Ich will nicht!« Irgendwie gelingt es ihr, den Reißverschluss meines Schneeanzugs über meinem hysterisch zuckenden Körper zuzuziehen und mich auf der Beifahrerseite anzuschnallen. Ich heule, den Rücken gegen Tante Lizas Knie und ihre Hände auf meinen Schultern, während meine Kängurumama Lizas Haustür zuzieht. Ich bin überzeugt, dass ich sie nie wiedersehen werde.

Tante Liza macht Kartoffelpuffer zum Abendessen, weil sie weiß, wie gern ich die esse, aber ich beachte sie gar nicht, als sie sagt: »Schätzchen, komm doch mal hier rüber und hilf mir.« Noch immer im Schneeanzug, hocke ich in der Ecke, die Knie an die Brust gedrückt. Ich schließe die Augen und wünsche mich zu Stein, inhaliere meine Arme und Beine. Ich nehme mir vor, mich nie wieder zu bewegen.

Irgendwann schlafe ich dort ein. Als ich aufwache, trage ich ein Nachthemd von Jilly, dem Pipimädchen, und liege im Bett, während Jilly neben mir schnarcht, als ob sie gerade ein Stück Sandkuchen inhaliert. Panisch fahre ich hoch, klettere aus dem Bett und laufe raus in den Flur.

»Mama«, rufe ich. »Mama!«, schreie ich verzweifelt.

Liza taucht in flauschigen blauen Pantoffeln und ohne Brille auf und sagt: »Was ist denn los, Thelma, kannst du nicht schlafen?«

»Mama«, ist alles, was ich flüstern kann. »Ich will meine Kängurumama.«

»Ach Süße«, sagt Tante Liza. »Morgen früh ist sie doch wieder da, Thelma. Versprochen«, versichert sie.

Aber das ist mir zu wenig. Ich will unbedingt meinen Schneeanzug wieder anziehen. Liza versucht, mich die ganze Zeit davon abzuhalten. Jilly guckt aus ihrem Kinderzimmer, um rauszufinden, was das für ein Krach ist. »Mann, ist die 'n Wickelkind«, sagt sie.

»Bin ich nicht!«

»Jilly, leg dich wieder schlafen«, rügt Liza. »Das bringt jetzt gar nichts.«

»Da helfen keine Pillen«, sagt Jilly und verzieht sich.

Liza trägt mich in die Küche und lädt mich mitten auf dem Küchentisch ab, weil ich unbedingt im Schneidersitz sitzen bleiben will. »Was darf's sein?«, fragt sie.

»Was?«, frage ich tränenüberströmt.

»Schoko oder Karamell?«, fragt sie. Aber noch immer bin ich verwirrt. »Eis. Schoko oder Karamell?«, fragt sie noch mal, aber ich antworte nicht. »Ich nehm jedenfalls Schoko«, sagt sie und öffnet die Tür zum Gefrierfach.

»Rück mal 'n Stück«, sagt sie und setzt sich neben mich auf den Tisch. Ich bin verwirrt. Erwachsene setzen sich nicht auf Tische und essen Schokoladeneis. »Mal probieren?«, fragt sie und wedelt mit ihrem Löffel vor meinem Gesicht rum. Ich schüttle den Kopf. »Hat deine Mama das nicht früher mit dir gespielt?«, sagt sie und lässt den Löffel durch die Luft fliegen. Wieder schüttle ich den Kopf. »Hat sie nie gesagt, das ist ein Flugzeug?«, fragt sie.

»Der Komet Hale-Bopp«, sage ich ruhig.

»Bitte?«, fragt Liza und sieht mich an.

»Sag, es ist der Komet Hale-Bopp«, wiederhole ich.

»Isst du's dann?«, fragt Liza hoffnungsvoll.

Meine Augen tun nicht mehr weh vor lauter Weinen, und gerade hat sich alles so weit normalisiert, da ist es schon wieder Donnerstag. Wenn ich einfach so tue, als wäre es nicht Donnerstag, wird die Kängurumama vielleicht nicht dran denken. Aber nein. Hier ist sie jetzt zu Hause und ist extra nett zu mir, und ich bin misstrauisch. Ich weigere mich, mein Bad zu nehmen, bis sie ihr blaues Kleid angezogen hat. Dann weigere ich mich, aus der Badewanne rauszukommen. Sie versucht, den Stöpsel rauszuziehen, aber ich drohe ihr, sie zu beißen.

»Thelma«, sagt sie gerade, »du bist aber aggressiv.«

Also stehe ich auf und springe ihr in die Arme und kreische: »Ich bin raus!«, und ihr blaues Kleid und die glänzenden roten Haare sind völlig durchnässt. »Ich bin raus, Mama!«, schreie ich noch einmal.

»Das ist gut, Thelma«, sagt sie, doch offensichtlich macht ihr irgendetwas Sorgen. Wieder wühlte sie sich durch die Bügel in ihrem Schrank und fragt mich ständig: »Das hier?«

Ich schüttle den Kopf und sage: »Nein, das da ist hässlich.«

»Und wie wär's mit diesem?«, sagt sie und zieht das Rote hervor.

»Nein«, sage ich. »Das stinkt.«

»Also ich find's hübsch«, sagt sie und beginnt, sich das Blaue über den Kopf zu ziehen.

»Nein!«, schreie ich. »Es ist hässlich!«, und schon bin ich wieder weg, kralle mich im Teppich fest und heule, aber sie beachtet mich einfach nicht.

»Thelma«, sagt sie ein paar Minuten später mit ernster Miene. »Kann ich dich mal eben sprechen, Liebes? Würdest du dich bitte mal einen Moment beruhigen, damit ich mich mit dir unterhalten kann. Sieh mal«, sagt sie, nimmt mich vom Boden hoch und setzt mich auf ihr Bett. »Du brauchst überhaupt keine Angst zu haben«, sagt sie sanft und steckt mir die Haare hinter die Ohren. »Ich bin ganz pünktlich wieder da. Karen ist hier und passt auf dich auf. Du magst doch Karen. Du kannst ein paar neue Bilder malen.«

»Ich will aber keine neuen Bilder malen«, stoße ich hervor. »Ich hab doch noch die alten Bilder.«

»Ja, Schatz, die alten Bilder sind wunderschön«, sagt sie. »Aber du hast mir schon seit einer ganzen Woche kein neues Bild mehr gemalt. Das sieht dir gar nicht ähnlich.«

»Ich hab vergessen, wie's geht«, sage ich.

»Ach was, das kann ich mir nicht vorstellen«, sagt sie. »Du bist einfach ein bisschen durcheinander in letzter Zeit.«

»Warum musst du denn weggehen?«, sage ich verzweifelt.

»Weil ich ein paar Sachen zu erledigen habe«, erklärt sie.

»Aber warum kann ich denn nicht mit?«, bettle ich.

»Ich nehm dich doch mit, Thelma. Hier drin«, sagt sie und tippt sich auf die Brust. »Wie immer, egal, wo ich hingehe. Kannst du das nicht genauso machen? Mich hier bei dir tragen?«, fragt sie und legt einen Finger auf meine Brust.

Karen ist hier. Sie hat die Ohrhörer ihres Walkmans abgenommen, damit wir beide mit einem Ohr Nirvana hören können. Das interessiert mich nicht sonderlich. Die freundlichen Lieder von Big Bird sind mir eigentlich lieber. »Nee, pass auf – genau hier, diese Stelle, hör dir die mal an, voll geil«, begeistert sie sich.

»Ja, voll«, sage ich fügsam.

»Kurt Cobain, ich mein, der ist einfach Gott«, schwärmt sie inbrünstig.

Zum Abendessen macht sie mir Toastbrot mit Marmite, mein Lieblingsessen. Sie sitzt mir am Tisch gegenüber und macht ihre Hausaufgaben, und ich versuche gerade, eine sehr komplizierte Zeichnung anzufertigen von zwei Herzen, die in einem Meer voller Haie schwimmen, als sie sagt: »Eigentlich ist er sogar ziemlich süß für so 'n alten Typen. Ich mein natürlich, nicht *richtig* alt.«

»Wer?«, frage ich.

»Der Typ, mit dem deine Mutter 'ne Verabredung hat«, sagt sie.

»Was ist das?«, frage ich sie.

»Na, wenn ein Typ und ein Mädchen zusammen …«, denkt sie laut vor sich hin. »Na, wenn so ein Typ und ein Mädchen zusammen weggehen und, was weiß ich, sich einen Film angucken oder so, und dann, vielleicht irgendwie danach, großes Rumknutschen angesagt ist.«

»Rumknutschen?«

»So was wie, wenn man sich küsst.«

»Meine Mutter küsst sich?«, frage ich entsetzt.

»Weiß ich nicht«, sagt Karen. »Kann doch sein. Wenn man so alt ist, sieht so 'ne Verabredung wahrscheinlich 'n bisschen anders aus.«

»Meine Mutter ist nicht alt«, sage ich.

»Na ja, sie ist nicht *richtig* alt«, stimmt mir Karen zu. »Aber sie ist eben, ich mein, so alt wie Eltern eben sind.«

»Sie ist nicht alt. Sie ist genauso alt wie ich«, sage ich.

»Na ja, du siehst ihr schon ein bisschen ähnlich«, lacht Karen. »Aber du bist doch noch klein, Thelma. Sie ist 'ne Erwachsene.«

»Küsst sie sich deswegen?«

»Nehm ich mal an«, sagt Karen achselzuckend. »Ich find's auch eklig, wenn man sich seine Eltern beim Küssen vorstellt«, sagt sie. »Mir wird davon immer kotzübel.«

»Meine Mutter unterrichtet heute«, sage ich.

»Oh«, sagt Karen.

»Was?«

»Entschuldige, ich dachte, du wüsstest Bescheid.«

»Bescheid über was?«, frage ich.

»Na ja, dass sie 'ne Verabredung hat. Was soll'n das für 'ne Lehrerin sein, die dermaßen sexy gestylt aus dem Haus geht?«

»Was ist sexy?«, frage ich.

»O Gott. Vielleicht solltest du das lieber deine Mutter fragen«, sagt Karen. »Oder nee, lass mal. Dann denkt sie nur, du hättest das alles von mir.«

»Was alles?«

»Über Aufklärung und so.«

»Was ist das?«

»Gehst du denn noch nicht zur Schule?«, fragt Karen, die inzwischen genug hat von meiner Fragerei.

»Doch«, sage ich. »In den Kindergarten.«

»Und, bringen sie euch da gar nichts bei?«

»Doch, plus und minus und das Alphabet und töpfern und so«, erkläre ich.

»Tja, deine Mama hat dich jedenfalls nicht aufgeklärt«, teilt mir Karen mit.

»Wie, aufgeklärt?«, frage ich.

»Dieser Typ jetzt zum Beispiel. Meine Mutter sagt, dass deine Mutter und der ein Verhältnis haben. Du solltest sie mal fragen.«

»Was ist ein Verhältnis?«

»Ach, vergiss es«, sagt Karen entnervt.

Ich schlafe wie ein Aspirin, rund, weiß und winzig auf Kängurumamas Kopfkissen, als sie spät in der Nacht wiederkommt. Sie kriecht ins Bett und zieht mich vom Kopfkissen runter und zu sich unter die Bettdecke. Ich wache auf.

»Schlaf ruhig weiter, mein Engel«, flüstert sie.

»Was ist Aufklärung, Mama?«

»Wie meinst du das«, seufzt sie müde.

»Aufklärung.«

»Was hat dir Karen schon wieder für 'n Floh ins Ohr gesetzt?«

»Dass du dich geküsst hast und so. Und dass du ein Verhältnis hast.«

»Na, ich glaube, dass Karen da vielleicht ein bisschen was durcheinander gebracht hat«, sagt meine Mutter. »Kann das bis morgen warten, Liebes? Mama ist sehr müde.«

»Vom Küssen?«

»Nein, Schätzchen. Morgen, ja? Lass uns jetzt was Schönes zusammen träumen.«

»Wovon denn?«, frage ich.

»Such du dir was aus.«

»Von einem großen blutigen Monster, das die Sonne aus dem Himmel saugen will.«

»Das klingt aber nicht nach einem besonders schönen Traum, Thelma. Wie wär's mit einem Kompromiss. Wie wär's denn mit einer leuchtenden Sonne, die alle Monster zusammenschrumpfen lässt und sie in glänzende Kupfermünzen verwandelt.«

»In Rosinen.«

»Gut, Schätzchen. Rosinen.«

Er ist ihr Freund, heißt es. Kängurumama hat einen Freund namens Peter, und sie will mich mit ihm bekannt machen. Als er dort an der Haustür vor mir steht, schreie ich ihn an: »Hau ab! Ich will dich nicht!« Die Vierjährige schreit: »Nein, nicht. Lass ihn nicht ins Haus. Ich will keinen Papa!«

»Du elender Wichser, du verfluchte Drecksau, du verdammter Vergewaltiger!«, schreit die 26-Jährige.

»Warum willst du keinen Papa, Thelma? Wovor hast du solche Angst?«, fragt mich Dr. Novak mit sanfter Stimme. »Erzähl's mir, Thelma. Was hat er mit dir gemacht?«

»Dieser Mund«, stammle ich. »In meinem Traum gibt es einen Mund – einen riesengroßen, blutigen Mund –, der die Fäden aufreißt, die ihn zubinden. Er zieht sich die Fäden durch sein eigenes Fleisch. Er will die ganze Welt inhalieren, er saugt und saugt mit aller Kraft, saugt alles zu sich rein. Gleich wird er mich mit einsaugen. Er macht so einen schrecklichen Krach. Wie Donner. Es ist immer das Bild dieses Mundes.«

»Wessen Mund ist das?«, fragt sie mich. »Wessen Mund ist das?«

»Weiß ich nicht. Meiner. Aber ich stehe außerhalb. Es ist meiner, aber er will mich einsaugen.«

»Was passiert dann, Thelma? Wer wird eingesaugt?«

»Er«, sage ich in stillem Schock.

»Dein Vater?«, fragt sie mich.

»Jeder abscheuliche Tropfen Sperma, der jemals diese beschissene Welt gesehen hat. Es ist alles hier«, sage ich und zeige auf meine Lippen. Ich kenne es, wenn sie rau und geschwollen sind. Ich kenne das Gefühl dieser Lippen. Den Geschmack. Das salzige Brennen.

Umzugswagen gefällig?

Heroin erhörte den Ruf der Wildnis. *Sie* ist meine Wildnis. Sie ist die Ungesagte. Sie ist mein stoischer, stiller Soldat. Sie hörte mich und kam zu mir zurück, um ihren Mund weit zu öffnen und unseren Urschrei auszustoßen. Mitten in der Nacht kam sie zu mir – die letzte Nacht des Träumens. Es sind Jahre vergangen, seitdem ich sie ihren Mund habe öffnen sehen, und was jetzt herauskommt, klingt mehr wie ein improvisiertes Knurren.

Ich würde ihr Auftauchen aus der Stille mehr feiern, wenn sie nicht so sehr darauf beharren würde, meinen Körper als Vehikel zu benutzen, um sich selbst zu artikulieren. Sie ist nicht so weltgewandt und kultiviert, wie ich dachte. In Wirklichkeit ist sie sogar ziemlich plump und neigt zu hysterischen Anfällen, die selbst ich unpassend finde. Corinna meint, wir sollten besser bei mir im Zimmer essen, und Heroin spuckt sie an, während sie mit einem Tablett mit Ravioli und dunklem Brot dasteht. »Musst du mich immer so von oben herab behandeln!«, brüllt sie und knallt Corinna die Tür vor der Nase zu.

Ich fühle mich hin- und hergerissen. Corinna tut doch nur ihr Bestes, auch wenn das seine Grenzen hat. Doch in meinem Zimmer sagt Heroin: »Hör zu, das hier ist eine unmögliche Situation. Ich ersticke allmählich.«

»Sie versuchen doch nur, nett zu sein«, wende ich ein.

»Sicher. Aber ein paar Naturalien als Opfergaben machen lebenslanges Hungern nicht wett.«

»Es ist nur vorübergehend.«

»Gut. Aber bis wann. Und zu welchem Zweck? Wie soll dir das überhaupt weiterhelfen?«

»Ich weiß, es ist frustrierend. Aber wahrscheinlich gibt es mir ein gewisses Gefühl von Sicherheit und Trost.«

»Tut es das wirklich? Von oben herab behandelt zu werden wie ein Kind oder eine Geisteskranke? Hier ist kein Platz für ein Leben, das anders ist.«

»Was schlägst du also vor?«

»Zieh aus. Wir nehmen uns zusammen eine Wohnung.«

»Und mit welchem Geld?«

»Herrgott, Thelma, du suchst dir natürlich einen Job. Du machst das, was alle machen. Du weißt schon – dein Leben leben.«

»Aber ich hab schreckliche Angst.«

»Weiß ich doch, Thelma. Aber ich helf dir. Ich werde mit dir zur Arbeit gehen und charmant und effizient sein, damit du die Zeit nutzen kannst, um dich nicht erwachsen fühlen zu müssen.«

Es erstaunt mich, dass sich Corinna und Warren einigermaßen erleichtert zeigen. Warren sagt: »Na, das ist doch mal ein erster Schritt«, und Corinna wittert schon ihre Chance, ihr zusammengewürfeltes Geschirr mit den angeschlagenen Ecken loszuwerden.

Ich habe einen Job gefunden. Vier Tage die Woche arbeite ich als Praktikantin in einer Kanzlei in der Innenstadt, und die restliche Woche verbringe ich mit lernen. Es ist ein kleines

Büro, das von vier energischen Frauen geleitet wird, mit denen ich von Anfang an Klartext geredet habe. Ich habe Heroins Rat befolgt: Sag ihnen, hier kommst du her, und hier stehst du im Moment, und hier könntest du hin. Sie sagten ganz offen: Das und das wollen wir von dir, und so und so können wir dir helfen, und so und so können wir dir nicht helfen. Es geht eigentlich nur darum, Ordnung zu schaffen und sich die Zeit richtig einzuteilen. Zu wissen, wann und wo ich in der Badewanne planschen und rumbrüllen kann.

Am 1. November ist der Umzug. Ich habe Warren und Corinna gesagt, ich bräuchte ihre Hilfe nicht. Heroin hat schließlich noch immer ihr Pferd, und, glauben Sie mir, dieser Hengst könnte einen ganzen Planeten umziehen. Corinna packt ein paar Haushaltsgegenstände in einen großen Pappkarton. Ich bin ihr dankbar, auch wenn ich auf eine Salatschleuder ohne Deckel, einen einzigen Topfhandschuh oder eine rostige Käsereibe notfalls auch verzichten könnte. Bevor sie mir den kleinen Perserteppich einpackt, halte ich sie auf.

»Du liebst diesen Teppich doch heiß und innig, Mama«, sage ich.

»Aber ich möchte ihn dir gern schenken, Thelma«, sagt sie.

»Aber er gehört dir. Er ist … ein Teil von dir.«

»Ach? Du willst keinen Teil von mir in deiner neuen Wohnung?«, sagt sie leicht gekränkt.

»Darum geht's nicht, Mama. Ich will nur am Anfang alles so schlicht wie möglich halten. Und dann erst entscheiden, wie ich die Wohnung einrichte.«

Sie zieht sich zurück. Am liebsten würde ich mir gegen die Brust tippen und sagen »hier drin«, aber ich weiß, dass sie das nicht verstehen würde. Dann tut sie mir Leid. Allmählich kommt sie mir alt vor.

Thelma richtet sich ein

Hier ist mein winziges Haus. Ein weißes Zimmer mit blauen Baumwollgardinen, die ich selbst genäht habe. Holzdielen, die ich gerade abgezogen und frisch lackiert habe, und Linoleum mit Schachbrettmuster in den kleinen Besenschränken, die Küche und Badezimmer darstellen. Es gibt einen briefmarkengroßen Balkon, auf dem ich in einem Korbstuhl sitzen und auf Heroins Pferd runtergucken kann, das im Garten grast, während sie im Büro charmant und hypereffizient ist.

Wenn Heroin von der Arbeit nach Hause kommt, trinken wir zusammen auf dem Balkon ein Glas Rotwein und sie erzählt mir von ihrem Tag. Sie sieht jetzt anders aus, und ich bin es nicht gewohnt, dass sie so viel redet. Mir scheint, sie ist ein bisschen in Mary verknallt, eine der Partnerinnen in der Kanzlei, denn sie faselt andauernd von Mary hier und Mary da und starrt so komisch vor sich hin. »Du hörst mir gar nicht zu, Thelma!«, brüllt sie. Aber ich bin ganz versunken, denke nach über eine bemerkenswerte Frau: frage mich, wie es kommt, dass ich so gewachsen bin. Hoffe, dass ich über diesen Mann, der mein Freund sein soll, hinauswachsen kann.

»Ich arbeite gerade an so 'ner Fallstudie«, quatscht Heroin weiter, obwohl ich kaum zuhöre. »Und ich sag so zu Mary: Na ja, rechtlich gesehen kann sie ihr den Zutritt nicht verweigern, und sie sagt zu mir, nimm dir mal einen Augenblick Zeit und versuche, dir vorzustellen, wie sie sich wohl fühlt.«

»Stimmt«, nicke ich und stelle mir vor, wie ich als halbgares Kotelett auf einer mannsgroßen Platte dargereicht werde.

»Und bei dir so, Thelma?«, fragt sie. »Wie war dein Tag?«

»Hab ein fantastisches Bild gemalt. Die restlichen Medikamente im Klo runtergespült.«

»Das ist ja großartig, Thelma«, sagt sie und hält inne. »Weißt du was, du solltest wirklich mal mit mir ins Büro kommen.« Sie will nicht, dass ich außen vor bleibe. Sie glaubt, es würde mir gut tun, und sie hat es satt, als Einzige die ganze Zeit charmant und effizient zu sein. »In der Mittagspause könntest du immer noch im Kifferhimmel sein«, versichert sie mir. »Im Hinterzimmer könntest du sogar deine Collagen machen.«

Mit jedem Tag habe ich mehr Lust dazu. Ich werde immer neugieriger auf die Welt, die jenseits meiner Fantasie liegt. Es gibt einen Code zum Leben, der auf eigentümliche Weise zusammengesetzt ist, und womöglich gibt es Karten und Fahrpläne, um einen hindurchzulotsen. Anderen Leuten scheint das mühelos zu gelingen; ohne es zu wissen, haben sie den Code geknackt und tun so, als wäre der Rhythmus des Lebens ihr eigener. Noch weiß ich nicht, wo ihre imaginären Freunde leben. Zumindest nicht in einem Büro, so viel steht fest.

Ich verschlucke Heroin, um mehr Kraft zu haben. In ihren Kleidern werde ich aber nicht arbeiten. Sie trägt immer nur Hosenanzüge aus Tweed und flache Schuhe. Ich bin viel eigener, zweifellos ein bisschen fehl am Platz in einer Anwaltskanzlei, aber wenn ich das wirklich durchziehen will, dann in meinen eigenen Schuhen. Stiefeln, um genau zu sein, schwarz und klobig, die ich zusammen mit einem weiten schwarzen

Kleid und einem gestärkten, weißen, übergroßen Hemd trage, und darunter schwarze Leggings. Ich ziehe mir mit Flüssig-Eyeliner einen dicken Lidstrich und trage einen schwarzen Gummirucksack. Und ich stehe auf Mützen. Heute trage ich eine orange-schwarz-goldene Kappe und stecke mir die Haare nach hinten.

»Das ist ja 'ne tolle Mütze«, bemerkt Mary, der mein rund-erneuertes Image gar nicht aufgefallen ist, während sie einen Stapel brauner Aktenordner auf meinem Schreibtisch ablädt. »Die Unterlagen zu allen gleichgeschlechtlichen Fällen, die wir je hatten«, sagt sie. »Alle Ehemänner, die das Sorgerecht bean-tragt haben, nachdem ihre Ehefrauen sie wegen anderer Frauen verlassen haben, oder nach ihrer Trennung oder Scheidung ihr Coming-out als Lesben hatten. Der hier aber ist was ganz an-deres«, sagt sie und meint ihren aktuellen Fall. »Das könnte 'n ganz großes Ding werden.« Sie wirkt ein bisschen zu hungrig, und das finde ich entwaffnend.

Kopfüber tauche ich ein in die Recherchen zu diesem Fall. Es ist das trübe, ungeklärte Terrain zweier Mütter, eine Land-schaft, die mir beim Durchschreiten nicht unbekannt vor-kommt. Zwei, denen die Liebe abhanden gekommen ist, die aber beide noch immer das Kind lieben, das sie gemeinsam großgezogen haben. Das Kind ist weder das biologische Kind der einen noch der anderen Frau, aber rechtlich gehört es H., da in diesem Teil des Landes nur eine Frau offiziell als Mut-ter anerkannt wird. M. jedoch hat sich in erster Linie um das Kind gekümmert, hat ihren Job aufgegeben, um zu Hause bleiben zu können und sich um die kleine Sadie zu küm-mern.

H. und M. liefern sich einen erbitterten Kampf. Zerfleischen sich mit jedem Vorwurf ein bisschen mehr. Fördern aus einem

Ort früheren Vertrauens gemeinsame Erlebnisse zutage, um sich gegenseitig zu verleumden, die jeweils andere als die weniger fähige Mutter hinzustellen. H. rekonstruiert qualvolle Details aus M.s psychiatrischer Vergangenheit, was sich für unsere Mandantin ungünstig auswirken könnte, nichtsdestotrotz sind diese Aussagen zulässig. Unsere Akte platzt aus allen Nähten vor Empfehlungsschreiben für M. Ihre Gegenwart ist wasserdicht, doch die Vergangenheit leckt und droht, diejenige Frau zu ertränken, die sie heute ist und die sie in Beziehung zu diesem Kind darstellt.

Ich weiß, wie es ist, zu ertrinken. Ich schaffe es ja gerade mal, an der Oberfläche zu bleiben. Jeden Tag messe ich den Wasserpegel und muss manchmal hohe Absätze anziehen, damit ich den Kopf über Wasser halten kann. Irgendwie schaffe ich es, aber ich weiß nicht genau, wie, denn ich komme mir vor wie eine Betrügerin, mit zwei Dritteln meines Körpers unter Wasser.

Ich soll M.s Version ihrer psychiatrischen Vergangenheit protokollieren. Sie kommt ins Büro, sichtlich mitgenommen von den Ereignissen der vergangenen Wochen, aber dennoch auffallend attraktiv und elegant. Sie ist groß und schlank, hat kurz geschnittenes schwarzes Haar, und ihre grauen Augen sind von langen, dichten Wimpern umrahmt. Sie trägt dicken Silberschmuck, einen kurzen schwarzen Rock und ein Jackett mit Hahnentrittmuster, und ihre Haut ist durchscheinend, die Lippen und Lider mit silbrigem Puder bestäubt. Ich bin etwas eingeschüchtert, doch ich habe die Kraft und Gegenwart Heroins, um mich auf meine Aufgabe zu konzentrieren. Sie kommt mir bekannt vor.

Ich biete ihr eine Tasse Kaffee an, die sie schwarz nimmt, und wir setzen uns zwanglos zusammen, sie auf die eine Seite der

grünen Ledercouch und ich in den Sessel, mit meinem Schreibblock auf dem Schoß. Ich höre mir ihre Geschichte an, erfahre,
dass sie Bulimie und Depressionen hatte. Das ist mir alles viel
zu vertraut, um mir das Herz zu brechen, und in einer Sprache erzählt, die ich allzu gut kenne, also verstört mich das
Ganze weniger, als es vermutlich hätte tun sollen. Heroin muss
mich zügeln, denn am liebsten würde ich ihr sofort meine
eigene Geschichte anvertrauen. Damit herausplatzen und sagen: »He, ich war auch im Krankenhaus.« Ihr von Dr. N. erzählen. Sie fragen, ob sie schon mal in einer Höhle gewohnt
habe. Heroin sagt, ich solle die Klappe halten. Dr. N. ist ein-
fühlsamer und erinnert mich: Das hier ist ihre Geschichte. Das
hier ist nicht deine Geschichte. Denk dran, dich nicht in ihre
Erzählung fallen zu lassen oder sie dir anzueignen.

»Erst mal muss ich wissen, wann genau sich alles abgespielt
hat«, sage ich gespielt professionell. »Könnten Sie mir die Da-
ten geben, und den Anlass oder die Diagnose, die mit ihren jeweiligen Klinikaufenthalten in Zusammenhang stehen?«

»Ja, natürlich«, sagt sie, ohne dass es ihr sonderlich unangenehm zu sein scheint, und fängt an zu erzählen.

Molly. Das hier ist Molly, die sich und ihre IV-Kanüle an mir
vorbei rollte und mir zu einer Zeit und an einem Ort eine un-
gewöhnliche Freundin war, als ich mich selbst nicht kannte,
geschweige denn jemand anders. Das *war* Molly, und diese
gelassene, selbstbewusste Frau vor mir *ist* Molly, und alles,
was noch an damals erinnert, ist der tote Blick im Grau ihrer
Augen.

»Molly?«, sage ich und sehe von meinem Schreibblock auf.

»Ja?«, fragt sie, ohne zu begreifen, weshalb meine Stimme auf
einmal ganz anders klingt.

»Molly, ich bin's, Thelma. Thelma Barley. Aus der Klinik?

1987?« Sie sieht mich an, als würde sie gerade in ihrem Kopf eine Rolodex-Adresskartei durchblättern. »Vielleicht erinnerst du dich«, sage ich. »Dr. Walker? Lila Kotze?«, schlage ich vor.

»O Gott«, sagt sie ziemlich verwirrt. »Aber du siehst überhaupt nicht aus wie Thelma Barley.«

»Na ja. Mir ging's damals nicht gut. Vielleicht war ich damals gar nicht Thelma Barley.«

»O Gott«, wiederholt sie und versucht, zwei völlig entgegengesetzte Welten miteinander zu verknüpfen.

»Schon gut«, sage ich und beuge mich rüber, um ihr die Hände zu drücken, die zusammengefaltet in ihrem Schoß liegen.

»Aber ich war doch so gemein zu dir, an dem Tag, als du entlassen wurdest«, sagt sie.

»Ich verstehe das jetzt«, versichere ich. »Wirklich.«

»Unglaublich lecker«, sagt Molly und schiebt sich ein Stück Fisch in den Mund. Wir sitzen beim Mittagessen.

»Wie gut, dass du wieder essen kannst.«

»Stimmt, na ja, hat auch lang genug gedauert«, sagt sie und senkt den Blick. »Und bei dir?«

Ich nicke. »Ich hatte richtige Probleme, mir Sachen in den Mund zu stecken.«

»Jaja, das kenn ich.«

»Wem sagst du das.«

Molly bedeckt sich einen Augenblick lang den Mund, dann lächelt sie. »Na, kennst du mich noch?«, strahlt sie.

»Igitt, Molly. Das ist ja schrecklich!« Beim Anblick ihrer zahnlosen Gaumen, die Prothese in ihrer ausgestreckten Handfläche, schaudert es mich.

»Ziemlich fies, was?«, lacht sie.

»Das ist ja ekelhaft!«, kreische ich wider Willen.

Sie setzt ihre Zähne wieder ein und sagt: »Von Mündern kann ich 'n Lied singen. Ich hab mir meine verdammten Zähne ruiniert. Dafür hol ich einfach mein Gebiss raus, wenn mir irgendein Kerl weismachen will, ich hätte nur noch nicht den Richtigen kennen gelernt.« *Komm her und küss mich, Süßer,* sagt sie, indem sie nur die Lippen bewegt.

Als wir gehen, sagt sie, sie sei stolz auf mich. »Mensch, Thelma«, sagt sie. »Du bist Anwältin, du siehst toll aus, du hörst dich toll an.«

»Findest du wirklich?«, frage ich verblüfft. »Danke schön. Eigentlich bin ich noch keine Anwältin, Ende des Jahres muss ich noch durchs Staatsexamen. Und um ehrlich zu sein, hab ich nicht die geringste Ahnung, was ich überhaupt die ganze Zeit mache.«

»Ist doch egal«, sagt sie. »Das weiß doch eigentlich keiner so genau. Glaub mir das.«

»Kann gut sein.«

»Wenn man entschlossen genug ist …« Ihre Stimme verliert sich.

»Was ist denn?«

»Es ist nur wegen meines kleinen Mädchens«, seufzt sie. »Du kannst dir gar nicht vorstellen, wir mir zu Mute ist beim Gedanken daran, sie womöglich zu verlieren. Ich hab Sadie versprochen, sie niemals im Stich zu lassen. Ich hab diesem Kind versprochen, es niemals zu verlassen, und jetzt muss ich alles tun, was in meiner Macht steht, um sie behalten zu können.«

»Was hat denn Harriet für eine Motivation?«

»Das ist nicht so einfach. Harriet ist sehr intelligent, sehr rastlos, sehr karriereorientiert. Ich bewundere sie für ihren Ehrgeiz, und es ging uns wirklich gut und ich konnte zu Hause bleiben und auf Sadie aufpassen, aber für sie ist ein Kind dasselbe wie die Abzeichen, die man sich als Pfadfinder verdient. Das gibt sie nicht zu, aber ich glaube ernsthaft, dass für sie ein Kind, genauso wie ein bürgerliches Leben führen und ein Haus haben, die ›Normalität‹ darstellt, und sie will unbedingt normal sein. Am liebsten wäre sie gar nicht lesbisch. Sie hatte nie ihr Coming-out. Ihre Kollegen denken ja sogar, Sadie sei ihr biologisches Kind – über mich verliert sie kein Wort, obwohl ich diejenige bin, die für das Kind sorgt. Was weiß ich, wahrscheinlich erzählt sie ihnen, ich sei Sadies Kinderfrau.«

»Glaubst du, sie ist eifersüchtig auf deine Beziehung zu Sadie?«

»Na klar ist sie eifersüchtig. Sie ist eifersüchtig auf die Beziehung, aber nicht auf die ganze Arbeit, die es kostet, diese Beziehung aufzubauen und aufrechtzuerhalten.«

»Wie würdest du sie also als Mutter charakterisieren?«, frage ich und ziehe meinen Block hervor.

»Distanziert, mit anderen Dingen beschäftigt. Labil.«

»Labil ist genau der Begriff, den sie gegen dich erhebt.«

»Seitdem wir auseinander sind, haben sich Harriets Liebhaberinnen die Klinke in die Hand gegeben.«

»Und du?«, frage ich, obwohl mir die Frage etwas peinlich ist.

»Ich? Nein. Ach Gott. Ich hatte doch wegen dieser Sache viel zu viel um die Ohren«, sagt sie.

»Und Harriet macht sich keine Gedanken?«

»Sie macht sich nur um eins Gedanken. Verehrt werden. Egal ob öffentlich oder privat. Sie will nicht, dass die ganze Sache eskaliert und an die Öffentlichkeit kommt, andererseits muss sie kämpfen, denn wie sollte sie plötzlich erklären, dass sie ihre Tochter nur noch jedes zweite Wochenende sieht?«

»Also läuft sie auf jeden Fall Gefahr, geoutet zu werden.«

»Genau, und weißt du, ich verstehe sie ja. Ich habe immer ihren Wunsch nach Privatsphäre respektiert, aber es kotzt mich an, dass sie Sadie dafür benutzt, um sich selbst zu schützen«, sagt Molly kopfschüttelnd.

Ich habe schon mal gehört, dass eine Mutter ihr Kind weggibt, das Kind nach allen Regeln der Kunst im Stich lässt, eine Mahlzeit kocht und die Tochter als Nachtisch serviert. Um sich und ihr Gesicht und ihr Weltbild zu retten, hat sich Corinna dem geschwollenen Schwanz des Teufels verschrieben. Molly ist eine ganz andere Art Mutter, weniger festgefahren und viel kämpferischer. »Wie weit willst du in dieser Sache gehen?«, frage ich sie.

»So weit wie nötig«, sagt sie unbeirrt.

»Aber dir ist klar, dass deine gesamte psychologische Vergangenheit aus dem Sumpf gezogen und vor Gericht auseinander gepflückt werden wird. Wenn du erst mal als geisteskrank abgestempelt worden bist, wird vor Gericht praktisch jeder Schritt, den du tust, so ausgelegt, als wäre er durch deine Krankheit motiviert.«

»Das ist mir nicht neu. Wenn ich es nicht geschafft hätte, mir als Journalistin einen Namen zu machen, würde ich mich durchaus selbst als geisteskrank betrachten. Und Mutter sein gilt ja nicht als Identität.«

»Schlimm«, sagen wir beide gleichzeitig.

Ausgestreckt auf der Couch, in meiner Jeans und mit einem Glas Saft auf dem Bauch, wartet Heroin zu Hause auf mich. »He, Supermaus. Du siehst aus, als hättest du einen guten Tag gehabt«, sagt sie.

Ich strahle sie nur an.

»Was hab ich dir gesagt?«, neckt sie mich.

»Rück mal 'n Stück«, sage ich und stupse sie an. Ich liege dort neben ihr und sehe, wie das weiße Laken über meiner Balkontür in der kühlen Abendbrise flattert. Ich habe meine Beine um Heroins gewickelt, um sie zu wärmen, und irgendwann später weckt sie mich und sagt: »He, du machst dich aber breit.« Ich murmle etwas, bewege mich aber nicht.

Im Gegensatz zu mir kann sie sich jederzeit in etwas anderes verwandeln.

Ich habe Molly zum Essen eingeladen. Es ist Samstagmorgen und ich wache früh auf und freue mich auf das, was der Tag bringen wird. Ich will Nudeln kochen, und Heroin schlägt vor, zum St. Lawrence-Markt zu fahren und frische Pasta, Basilikum und Knoblauch zu kaufen, und dann will sie mir zeigen, wie man richtig gutes Pesto macht.

Das ist etwas ganz Neues für mich. Normalerweise verbringe ich meine Samstage lesend im Bett, träume von meiner Kängurumama und schreibe ihr Briefe in mein Tagebuch.

»Hilfe, was soll ich nur anziehen?«, sage ich zögernd.

»Ich bin wohl kaum geeignet, dich in Modefragen zu beraten«, lacht Heroin. »Wir gehen auf den Markt. Es ist Samstag. Weiß ich doch nicht.«

Ich ziehe Jeans an, Stiefel und ein Kapuzenshirt von Gap.

»Perfekt«, sagt Heroin.

»Warte«, sage ich und setze meine rosafarbene Strickmütze auf. »Okay, ich bin so weit. Andiamo.«

Ich trage schwarze Fingerhandschuhe und düse auf meinem Fahrrad durch die belebende Luft, radle die Spadina Avenue runter und stemme mich in der Front Street in den Wind.

Der Markt ist dicht gedrängt mit warmem Licht und Menschen und Farben. Ich bewege mich unter und mit ihnen. Ich suche mir ein dickes Bündel Basilikum und reiche es dem Typ hinter der Registrierkasse. »Deine Mütze gefällt mir«, sagt er.

»Danke«, murmle ich ein bisschen verlegen.

»Die Farbe passt super zu deinen Augen«, sagt er, während er mir das Wechselgeld gibt.

»Danke schön«, sage ich schüchtern und schlendere davon.

»Hat der gerade mit mir geflirtet?«, frage ich Heroin.

»Ach nee. Was denn sonst. Sieh ihn dir doch an.«

Ich drehe mich um und er blickt mir nach. Er lächelt. Ich lächle auch, und dann muss ich verlegen lachen.

Ich will, dass es perfekt wird. Es ist das erste Mal, dass ich jemanden zum Essen eingeladen habe. Also kaufe ich Blumen und spanischen Rioja und räume meinen Schreibtisch ab und werfe ein weißes Laken drüber. Ich schiebe meine Lieblings-CD von Leonard Cohen ein und singe laut mit. Ich bin glücklich. Dies ist vielleicht der glücklichste Tag in meinem Leben. Vermutlich hätte ich besser nicht Corinna anrufen sollen, aber wir haben schon seit zwei Wochen nicht mehr telefoniert.

»Wie läuft's denn so, Mama?«, frage ich sie.

»Ach«, sagt sie und klingt verärgert. »Hast du endlich mal eine Lücke in deinem Terminkalender, um mich zurückzurufen?«

»Tut mir Leid. Im Büro war diese Woche einfach die Hölle los.«

»Was bist du eigentlich auf einmal so selbstherrlich?«

»Mein Job macht mir eben Spaß, mehr nicht«, verteidige ich mich.

»Tja, Thelma, du weißt ja, was los war, als du das letzte Mal zu schwer gearbeitet hast. Du hast dir fast die Augen ausgerissen.«

»Hast du kein anderes Thema? Wie viele Jahre ist das jetzt her? Mir gefällt meine Arbeit.«

»Na, also ich finde, das hört sich gar nicht gut an. Diese ganzen selbstherrlichen Frauen. Wie willst du dir einen Ruf als Anwältin aufbauen, wenn du mit einem Haufen Lesben zusammen arbeitest?«

»Das ist kein Haufen Lesben. Das sind Feministinnen. Da gibt's einen Unterschied, verflucht nochmal.«

»Na, das kann ja wohl nur ein haarfeiner Unterschied sein.«

»Mama, das sind Feministinnen, verstehst du, Frauen, die mit Silikontitten nichts am Hut haben!«, schreie ich und bereue es sofort.

»Du bist doch nur neidisch, weil dich sowieso kein Mann angucken würde.«

Ich reiße mich zusammen und sage: »Ich muss jetzt aufhören, Mama.«

»Jaja, was sind wir auf einmal wichtig und eingebildet. Hast wohl heute 'ne tolle Verabredung, was?«

»Ich habe tatsächlich eine Verabredung, stell dir vor«, sage ich. Bloß nicht so eine Verabredung, wie sie sie sich vorstellt, bei der mich ein Typ in seinem Auto abholt und ich einen Minirock und hohe Absätze trage und ihm den ganzen Abend dabei zuhöre, während er über sich selbst redet, und dann zieht er seine Visacard raus und kurz darauf seinen Penis, und ich habe das Gefühl, ich darf gegen Letzteres nicht protestieren, weil ich gegen Ersteres nicht protestiert habe. Ich habe eine Verabredung, bei der eine Freundin aus meiner Vergangenheit zum Abendessen kommt und bei der wir Wein trinken und auf dem Boden rumliegen und Händchen halten und uns stundenlang unterhalten. Ich habe eine Freundin. Ich habe eine Freundin.

»Es ist mir egal, ob sie mich für verrückt halten«, sagt Molly. »Jeder, der mir in meinem Leben jemals wichtig war, hat mich irgendwann mal für verrückt erklärt. Kein Mensch hat irgendeine Ahnung, was hier eigentlich läuft. Wir können nur hoffen, dass sich irgendwo in unserem ganzen Durcheinander ein Kunstwerk findet.«

Und als wir die zweite Flasche fast ausgetrunken haben, fängt sie an zu weinen. »Weißt du was, allmählich habe ich den Eindruck, dass ich doch Recht hatte. Keine Sau bleibt da«, sagt sie betrübt. »Aber vielleicht nicht, weil es ihnen egal ist, sondern weil sie manchmal keine Wahl haben. Guck doch, wie sehr ich mich anstrenge, mein kleines Mädchen zu behalten, und guck, wie Harriet darauf brennt, Sadie das Gefühl zu vermitteln, ich hätte sie im Stich gelassen.«

»Irgendetwas muss bleiben«, sage ich und sehe ihr ernst in die Augen. »Was auch immer geschieht, Sadie wird dafür sorgen, dass du hier bleibst«, sage ich und strecke die Hand aus. »Das ist unsere einzige Möglichkeit, uns aneinander festzuhalten. Ich weiß auch nicht. 'ne Art Therapie«, sage ich und zucke ein wenig verlegen die Achseln. Molly beugt sich rüber, um mich an sich zu drücken, und umständlich nehme ich sie in den Arm. Kein vertrautes Gefühl, aber gar nicht so unangenehm.

»Du blöder Therapiejunkie«, lacht sie.

Fischmädchen

Die Liebe kann hässliche Züge annehmen. Molly fängt an, ein bisschen zu drohen, und Harriet gibt langsam nach. Molly ist nicht sonderlich stolz auf sich, aber sie wird nicht ruhig dabei zusehen, wie ihr Leben und Sadies Leben von Harriets Angst regiert werden.

Mary ist ein wenig enttäuscht, dass der Fall jetzt doch nicht vors Oberste Gericht geht, wie sie gehofft hatte. Ich diskutiere mit ihr darüber: Ist es das wert, anderer Leute Leben durch den Dreck zu ziehen, nur um die Gesetzgebung in Frage zu stellen? Nutzen wir diese Leute dann nicht nur aus? Sie kann es nicht glauben, dass ich mir darüber Gedanken mache. »Das könnte 'ne Verfassungsklage geben!«, ereifert sie sich. »Hier geht's um Bürgerrechte – wie können wir jemals erwarten, Veränderungen im Denken der Leute zu bewirken, wenn wir nicht um rechtliche Anerkennung kämpfen?«

»Trotzdem, hier wären doch dafür Menschenleben geopfert worden«, verteidige ich mich.

»Thelma, du hast die Brisanz dieses Falles aus dem Blick verloren. Lass dich nie zu sehr auf deine Mandanten ein«, sagt sie.

»Wir sind befreundet«, sage ich ihr. »Ich meine, wir sind uns vor Jahren begegnet und sind gerade dabei, uns richtig anzufreunden.«

»Das Beste, was du als Freundin für sie tun kannst, Thelma, ist, die gesellschaftliche Bedeutung dieses Falles nicht aus dem Blick zu verlieren.«

Ich muss wirklich aufpassen.

Am darauffolgenden Samstag fahren wir mit Sadie nach Toronto Island. Sie bewirft die Enten mit kleinen Stückchen ihres schokoladenüberzogenen Donuts. »Ich weiß nicht, ob die so wild sind auf Schokolade, Schätzchen«, sagt Molly zu ihr.

»Sie frisst es!«, kreischt Sadie begeistert.

»Tatsächlich«, sagt Molly. »Gott, es ist nicht zum Aushalten mit mir. Ich hab Angst, dass sie sich von den Enten abgewiesen fühlt«, sagt sie zu mir.

»Sie ist wirklich deine Tochter«, sage ich, während sich Sadie um Mollys Beine klammert und ihren schokoladenbeschmierten Mund in Mollys weiße Hosen quetscht. Molly nimmt meine Hand und ich drücke sie.

Später fährt sie mich nach Hause, und unwillkürlich sage ich: »Ich wünschte, ich müsste euch beide nicht gehen lassen.«

»Geht mir auch so«, sagt sie. »Du bist uns so eine Hilfe, Thelma. Besonders jetzt, wo ich das Gefühl habe, zu nichts nütze zu sein.«

Sadie macht mich ein bisschen nervös. Ich weiß nicht genau, warum. Sie ist offenherzig und vertrauensvoll und sie nennt mich »Telly, Telly, Telly«, wann immer sie mich sieht, und sagt: »Nimm mich mal auf'n Arm. Mach mal 'n Flugzeug.«

Ganz wohl ist mir dabei nicht zu Mute. Ich schleudere sie an den Armen herum und halte ihre Beine fest, wenn sie einen Kopfstand macht, aber ich weiß nicht, wie ich mich verhalten soll, wenn ihr Gesicht ganz dicht vor meinem ist und wir uns in die Augen sehen. Sie ist entspannt und freundlich und reibt ihre Nase an meiner. Dann muss ich verlegen lachen. Irgendwas daran ist mir nicht geheuer. Es kommt mir irgendwie pervers vor oder verboten. Aber sie verlangt danach, sie fordert es, schreit mindestens einmal alle zehn Minuten: »Drück mich!« oder »Gib mir 'n Kuss!«. Sie wickelt sich um Mollys Bein und sagt: »Lauf, Mama«, und klammert sich fest wie eine Klette, während Molly in der Küche umherhumpelt und sagt: »Meine Güte, bist du aber 'ne schwere Süßkartoffel.« Sie ist wirklich eine Süßkartoffel, sie ist ein niedlicher kleiner Kartoffelpuffer.

Sie will einen Schneemann bauen, aber wir einigen uns auf einen Schneehasen, weil wir kaum drei Zentimeter Schnee haben. Mohrrüben als Ohren. »Und er wohnt im Gemüsebeet bei den Kohlköpfen mit seinen ganzen kohlköpfigen Freunden«, schnattert sie. »Und im Sommer wohnt er in unserem Kühlschrank. Neben den Eiern. Und er frisst den ganzen Käse auf und Mama sagt: O nein, wo ist der ganze Käse hin? Dann gibt's heute Abend keinen überbackenen Käse.«

»Und was gibt's stattdessen zum Abendessen?«, frage ich sie.

»Vielleicht nur Eicheln und ein paar Haselnüsse«, sagt sie.

»Hm. Ich glaube, die Eichhörnchen haben sie alle schon vergraben«, erkläre ich.

»Quatsch. Keine Eichhörnchennüsse, sondern Supermarktnüsse. In großen Tüten.«

Sadie liebt den Supermarkt. Sogar ich habe Gefallen daran gefunden, samstags vormittags zusammen mit Molly Lebensmittel einkaufen zu gehen. Sadies pummelige kleine Oberschenkel durch die Öffnungen des Kindersitzes im Einkaufswagen zu quetschen. Molly an einem Ende des Ganges, ich am anderen, und Sadie, die vor Entzückung quietscht, während der Wagen zwischen uns hin und her fliegt.

Sadie nimmt samstags vormittags im Hallenbad der Universität Schwimmunterricht, und ich habe mir angewöhnt, mit ihr und Molly mitzugehen, bevor wir einkaufen fahren. Manchmal geht Molly ins Wasser – das ist so was für Mütter und kleine Kinder.

»Thel? Hättest du was dagegen, heute reinzugehen? Ich fühl mich wie ausgekotzt. Ich glaub, ich hab 'ne Überdosis Echinacea genommen.«

»Äh, na ja, eigentlich geh ich nicht schwimmen.«

»Nein?«, fragt sie verblüfft.

»Na ja, schon, aber nicht im Wasser. Hab ich vielleicht ein oder zwei Mal gemacht.«

Ich habe Angst vorm Schwimmen. Ich muss immer an abgetrennte Gliedmaßen denken, die auf der Oberfläche treiben, es erinnert mich an das Blut in meinem Kopf. Ich habe Angst, dass ich plötzlich einen Schwall Wasser schlucke, ich habe Angst, mich auszuziehen. Der Chlorgeruch kommt mir vertraut vor, und mir wird übel davon. Das kann ich ihr aber nicht sagen. Wenn ich Wasser schlucke, muss ich mich übergeben. Wenn ich Chlor schmecke, muss ich sterben.

»Wieso versuchst du's nicht mal? Du bist doch im flachen Ende. Du hast die ganze Zeit die Füße auf dem Boden, und du musst nicht untertauchen und gar nichts.«

»Du meinst, ich kann einfach nur so dastehen?«

»Klar. Und sie schwimmt dann einfach zu dir rüber.«

Sadie sieht aus, als hätte sie mehr als nur vier zappelnde Gliedmaßen. Es herrscht ein wahnsinniges Gequietsche und Gekreische. Ich trage Mollys blau gepunkteten Badeanzug, stehe bis zur Taille im Wasser, und Sadie paddelt mit gerecktem Hals und angestrengter Miene auf mich zu. Eigentlich soll ich sie anfeuern wie die anderen Mütter, aber alles, was ich zu Stande bringe, ist »Bitte nicht ertrinken Sadie, bitte nicht«. Ich strecke ihr meine Arme entgegen und packe sie an den Händen, und dann ist sie bei mir und lacht.

»He, das war ja gar nicht schlecht«, sage ich zu ihr.

»Nur Rückenschwimmen kann ich nicht«, sagt sie ganz außer Atem.

»Stell dir einfach vor, du wärst ein Zweig«, schlage ich vor.

»Ein Zweig, der auf dem Wasser treibt.«

Huch.

Ein bisschen verwirrt sieht Sadie mich an. »Vielleicht ein Fisch«, nickt sie und schwimmt wieder davon.

Hmm. Ein Fischmädchen kann sich bewegen. Ein Fischmädchen kann davonschwimmen.

Eigentlich soll ich sie unterm Bauch festhalten, während sie das Gesicht ins Wasser hält und Luftblasen macht. Sie hustet, und das Wasser läuft ihr aus der Nase. Ich frage sie, ob sie sich übergeben muss. »Nein«, prustet sie und hustet noch eine Runde. Ihre Schwimmlehrerin kommt rüber und klopft Sadie ein paar Mal auf den Rücken, bis sie aufhört zu husten.

»Deswegen übst du ja die Luftblasen, Sadie. Damit du kein Wasser schluckst. Stimmt doch, oder?«, sagt sie und lächelt mich vorsichtig an.

»Ich glaub schon«, sage ich ein bisschen dümmlich.

Damit man kein Wasser schluckt. *Hmm.* Also wird man nicht vergiftet. Man ertrinkt auch nicht. Man treibt auf der

Wasseroberfläche: voller Energie, lebendig und glitschig. Man rauscht durch Meere voller Haifische und weiß, wo man Einsamkeit und Ruhe in kühlen grünen Teichen findet, die Weinender Weiher und Leise Lagune heißen. Man schwimmt durch die gummigestiefelten Beine böser Männer hindurch und durchbricht die Oberfläche, um ihnen Luftblasen voll Blausäure ins Gesicht zu pusten. Sie ersticken an dem Giftatem und stürzen kopfüber in ihre eigenen stürmischen Gewässer. Es sind tote Männer, deren fette Leichname nur langsam verrotten, und ihr Kinn weicht eins nach dem anderen zurück, ein dicker, öliger Film, das Vermächtnis Zehntausender englischer Frühstücke aus Speck und getoastetem Brot auf der Wasseroberfläche. Niemand kommt, um sie zu retten. Das ängstlich zitternde Kind liegt noch immer nachts im Bett und traut sich nicht einzuschlafen. Manchmal fängt das Herz des Kindes wieder an zu schlagen, doch nie für längere Zeit, denn es kann nie ganz sicher sein, dass nicht ihr Vater wieder nach Hause kommt. Sein Herz wird niemals gleichmäßig schlagen. Es wird von lebenden, faulenden Leichen träumen.

Die Leute verstehen nicht, was tot bedeutet. Sie denken, es sei alles oder nichts. Früher habe ich im Verlauf eines Tages mehrmals zwischen lebendig und tot gewechselt. Manchmal war der Übergang so kurz und unscheinbar wie ein Seufzer oder ein Satz. Ich darf mit Sadie nicht über die Toten sprechen. Ich muss so tun, als wüsste ich genauso wenig darüber wie sie. Ich muss bahnenweise an Sadies Seite leben.

Es ist kein Sieg auf der ganzen Linie, aber ein Fest auf der ganzen Linie. Es ist April, und Molly hat uns alle zu sich nach Hause eingeladen, um zu feiern. Ich bringe Molly den leuchtendsten Strauß gelber und orangefarbener Blumen mit, den ich finden kann, und ich habe mir ein paar Ringelblumen an meinen lila Strohhut gesteckt, den ich mir extra für das Ereignis gekauft habe. Ich trage ein limettengrünes Secondhand-Polyesterkleid mit paillettenbesticktem Oberteil. Heroin sagt zu mir: »So willst du doch wohl nicht aus dem Haus gehen?«

»Doch, wieso? Gefällt's dir nicht?«

»Es schlingert genau auf dem Grat zwischen exzentrisch und voll daneben«, sagt sie.

»Das ist nun mal mein Look«, verteidige ich mich. »Dr. N. sagt, das würde Charakterstärke beweisen.«

»*Daran* besteht kein Zweifel«, sagt sie.

Molly begrüßt uns mit ausgestreckten Armen: mich und Mary und die drei anderen Frauen aus der Kanzlei. Ein paar von Mollys Freunden sind schon da, nippen hinten auf der Terrasse an ihren Cocktails. Das Haus ist voller Musik und Molly strahlt. Sie und Harriet haben sich darauf geeinigt, dass jeder gleich viel Zeit mit Sadie verbringen darf, und Harriet hat Molly das Geld für eine Anzahlung auf dieses Haus gegeben. Sie hat angefangen, freiberuflich zu arbeiten, und hat zu diesem Zweck den Dachboden in ein helles, offenes Arbeitszimmer umfunktioniert. Sie kommt mir glücklicher vor als je zuvor, seit ich sie kenne.

»Der Hut ist genial, Thelma!«, ruft sie, nachdem wir uns aus unserer Umarmung gelöst haben. »Du hattest schon immer einen Sinn für ausgefallene Mode«, schmeichelt sie mir.

»Findest du?«, sage ich und werde rot.

Mary sagt: »Tja, was würdest du eigentlich davon halten, den Job zu kriegen? Es ist nicht nur deine Klugheit, meine Liebe.

Schon im ersten Moment, als du in dieser rotgrünen Narrenkappe bei uns aufgetaucht bist, haben wir gedacht: Die ist entweder völlig durchgeknallt oder genau die Richtige.« Wir lachen alle. Offenbar hatte sich Heroin mal wieder meine Klamotten ausgeliehen.

Molly führt uns durch eine Küche, die vor Geschäftigkeit brummt, und dann hinaus in den Garten. »Leute«, sagt sie zu den versammelten Grüppchen, »darf ich euch vorstellen: die Frauen, die mich bei meiner Klage unterstützt haben.« Sie stellt uns alle der Reihe nach vor. »Aber vor allem möchte ich Thelma und Mary danken, die direkt involviert waren. Ohne sie hätte ich nicht den Mut gehabt, weiter zu kämpfen«, sagt sie und strahlt uns an. Mollys Freunde und Familie fangen an zu applaudieren, und ich bin so verlegen, dass ich auf meine Schuhe starre und warte, bis sich im nächsten Moment der Erdboden auftut, damit ich darin versinken kann.

»Cocktail?«, fragt uns Molly.

»Klingt gut«, sage ich.

»Prima. Hilfst du mir, Thelma?«, fragt sie, und ich folge ihr in die Küche. Sie zieht mich zur Seite und nimmt mich an den Händen. »Dir habe ich am allermeisten zu verdanken, weißt du das, Thelma?«, sagt sie.

Ich erröte und sage: »Aber die anderen haben genauso viel für dich getan, weißt du.«

»Das Beste an diesem ganzen Albtraum ist, dass ich dich gefunden habe. Ich hab keine Ahnung, was ich die letzten Monate ohne dich gemacht hätte.« Sie streckt die Arme aus, um mich zu umarmen, und sagt: »Ich liebe dich, du Spinner«, während sie mich an sich drückt.

Ihr Bruder Philip hat für uns die Cocktails gemixt und sagt mir, wie sehr es ihn freue, mich kennen zu lernen. Wie viel er schon von Molly über mich gehört habe. Ich bin nervös und mir dreht sich der Kopf von all der Aufregung und Aufmerksamkeit, und als ich schließlich das Tablett zu meinen Kolleginnen raustrage, habe ich schon zwei Martinis intus.

Mary unterhält sich gerade mit einem großen, dünnen Mann, der am Grill steht und Tandoori chicken auf den Rost legt. »Madam?«, sage ich, während ich mit dem Tablett auf sie zukomme. »Darf ich Ihnen vielleicht einen Martini anbieten. Mit Olive oder Zitronenschale?«

»Danke dir, Thelma.« Sie stellt mich Mollys älterem Bruder Scott vor, und ich verhasple mich, als ich ihm die Hand gebe. Er hat genau die gleichen Augen wie Molly, kühle graue Teiche wie ein taubedeckter englischer Morgen.

Mary nimmt mich zur Seite, packt meinen Oberarm und flüstert: »Was ist das eigentlich zwischen dir und Molly?«

»Was meinst du damit?«, frage ich ein wenig abwehrend. Was soll zwischen uns sein? Liebe, etwas Erwachsenes, ein Platz zum Leben.

Molly taucht hinter uns auf und sagt: »Ihr seid wohl schon wieder beim nächsten Fall, was?«

Mary lacht und sagt: »Das hier ist bloß ein konspiratives Gespräch, um Thelma einen Platz in unserer Mitte zu sichern.«

»He, Thelma. Das ist ja fantastisch.«

»Im Ernst?«, frage ich Mary.

»Bring du mal nächsten Monat dein Examen über die Bühne, und dann wollen wir sehen, was wir dir anbieten können.«

»Mensch, Mary. Danke.«

Hilfe, ich falle garantiert durch. Ich hab nicht die geringste Ahnung, was ich hier tue. Mary hat nicht die geringste Ahnung, was sie tut. Wenn ich in letzter Zeit eingeschüchtert oder überwältigt werde, verwandle ich mich einfach in einen

Fisch, drehe mich um und schwimme davon, während Thelmas Körper zurückbleibt. Zumindest verwandle ich mich nicht mehr in eine Leiche. Zumindest zerfalle ich nicht mehr beim kleinsten Niesen zu Staub.

»Diese Frau war für mich wie ein Fels in der Brandung«, sagt Molly, während sie mir den Arm um die Schulter legt und ihrer Mutter vorstellt.

Ich bin ein Fels? Ich bin ein Fels. Ich bin ein massiver, steinharter Felsbrocken, ich liege als Türstopper vor einer Terrassentür, oder in der Hand eines Kindes, das keine andere Waffe hat. Ich bin kein Felsbrocken in der Wüste, ich bin ein Felsbrocken in der Höhle der Welt, und überall sind Stimmen, die von den Wänden abprallen und mich hinauftragen ins Leben.

Später in dieser Nacht wache ich auf und höre, wie mich Heroin mit erstickter Stimme anfleht: »Thelma, könntest du ein Stückchen rüberrutschen? Du zerquetschst mich bei lebendigem Leibe.« Sie windet sich unter mir hervor.

»Herrgott, Thelma, du verträgst einfach keinen Alkohol«, murrt sie.

»Was war denn los?«, frage ich sie.

»Na, du bist nach Hause gekommen, hast dich auf mich drauf geworfen und bist eingepennt!«

»Aber was ist davor passiert?«

»Ach, Süße, vier Cocktails in rascher Folge sind nichts für dich. Du warst ein bisschen neben der Rolle.«

»Na und, was kümmert mich das«, verteidige ich mich. »Ich hab zum ersten Mal im Leben Cocktails getrunken.« Ich halte inne. »Hab ich mich denn total danebenbenommen?«

»Nein. Molly hat mitgekriegt, dass du ein bisschen weggetreten warst, und dann hast du dich sehr laut und gesellig von allen verabschiedet. Keine Angst, sie fanden dich alle großartig und reizend, und jeder hat deine originellen Klamotten bewundert. Und dann sagte dir Molly adieu, küsste dich liebevoll auf die Stirn und verfrachtete dich in ein Taxi.«

Sie gab der Prinzessin einen Gutenachtkuss und wünschte ihr süße Träume, während sie die nächtliche Stadt durchquerte, bis sie ins Bett fiel und auf einer Erbse einschlief.

»O Gott, ich hoffe nicht, dass ich sie blamiert habe«, sage ich mit eingezogenem Kopf.

Behaglichkeit gibt's anderswo

Ich spreche mit Dr. N. über Familie, als hätte ich sie
erfunden. Ich habe erlebt, wie Familien und Freunde miteinander feiern. Ich habe ihre Wärme und Freigebigkeit gespürt.
Habe sie aufsteigen sehen, kraftvoll wie Luftblasen, die aus
einer Quelle hervorsprudeln. »Meine Familie ist unglaublich«,
hatte Molly gesagt.

»Ich will eine Familie. Ich will dieses Gefühl«, sage ich zu
Dr. N. Sie freut sich für mich. »Ich will ein großes Haus, in
dem du und ich zusammen mit Molly und Sadie und ganz
vielen Tieren leben. Mit Roger, der Schildkröte, und Teddy,
dem Kater, und einem Papagei namens Cockerspaniel. Und
Heroin.«

»Ein Haus voller Frauen?«, fragt Dr. N.

»Genau.«

»Du hast doch schon mal in einem Haus voller Frauen gelebt«, erinnert sie mich. »Im Pfarrhaus.«

»Nein. Wir waren keine Frauen. Wir waren Gespenster.« An
Frauen kann ich mich nicht erinnern. Ich erinnere mich an
den Staub, der im Treppenhaus an mir vorüberwirbelte. Par-
tikel von eingeäscherten Leichen, die sich in meinen Haaren
verfingen. Ich erinnere mich an Geräusche, die aus den Wänden kamen anstatt aus Mündern. Ich erinnere mich daran,

mich blind zu fühlen in einem Labyrinth aus unverständlichen Sprachen. Voodoo-Puppen waren unser Gewerbe.

»Ich dachte immer, Jesus hätte mich beobachtet«, sage ich. »Hätte mir zugesehen wie ein Spanner, hätte nur auf den Augenblick gewartet, mich nackt zu sehen, damit er sich aufrichten konnte.«

»Aber du bist doch nicht gläubig, oder, Thelma?«, fragt sie, obwohl sie genau weiß, wie ich dazu stehe.

»Nein«, sage ich. »Er war nur ein Typ, der nicht wusste, wann Schluss ist.«

»Also war er nur irgendein Typ.«

»Stimmt.«

»Und nur irgendein Typ sein, ist das denn etwas Unheimliches?«

»Manchmal. Also, ich denke nicht, dass ich jetzt noch Angst vor Jesus hätte, aber ich würde ihn nach wie vor ungern zu mir zum Essen einladen.«

»Gibt es denn jemanden, den du gern zum Essen einladen würdest?«

»Vielleicht Patrick.«

»Hast du in letzter Zeit mal wieder was von ihm gehört?«

»Er ruft ab und zu mal an. Er klingt aber nicht sehr glücklich.«

»Hat er das jemals?«

Das kann ich eigentlich nicht sagen. Dafür waren viel zu viele Geräusche in meinem Kopf. »Scheiße, der arme Patrick«, sage ich betrübt. »Ich meine, er hatte ja keine Ahnung, worauf er sich da einlässt. Es waren einfach so viele von uns, die alle gleichzeitig durcheinander redeten und sich gegenseitig übertönen wollten. Mein Gott. Weißt du, damals habe ich gedacht, in seinen Augen würden andere Männer wohnen. Ich meine, wortwörtlich, in seiner Iris waren kleine Köpfe mit schrecklichen Grimassen. Ich habe ihm keinen Vorwurf gemacht. Er wusste davon nichts. Aber ich dachte, er sei sozusagen heimgesucht worden, wie von Außerirdischen.«

»Könnte es vielleicht sein, dass du dir die Männer da selbst hineingedacht hast?«

»Nein. Ich meine, ich war ja offenbar die Einzige, die sie da gesehen hat. Aber ich hab sie mir da nicht hineingedacht. Das ist vollkommen unmöglich.«

Oder etwa doch? Ich musste tiefer blicken, es nicht bei oberflächlicher Reflexion belassen, um sie zu sehen. Perfide lauerten sie genau dort, wo ich hinsehen wollte. Sie starrten mich an, grinsten lüstern und fuhren mit der Zunge über mein Spiegelbild und über Patricks Augen.

Jetzt will ich das Meer durchschwimmen. Ich will die Klippen von Dover erklimmen und auf Heroins Pferd über feuchte grüne Wiesen reiten, bis zu den Türmen in der Ferne. Ich will, dass mir Patrick die Tore des Turms öffnet, und ich will Klarheit in seinen Augen sehen. Ich will, dass seine Augen ein Spiegel sind. Ich will mich vergewissern, dass seine Augen nicht von anderen heimgesucht worden sind. Ich will mich vergewissern, dass sein Inneres nicht von den Männern geplündert wurde, die ich mir womöglich dort hineingedacht habe.

»Bist du glücklich, Patrick?«, frage ich ihn am Telefon.

»Was für eine sonderbare Frage«, lacht er.

»Sonderbar?«

»Na ja, schon, aus deinem Mund«, sagt er, wenn auch ohne bösen Unterton.

»Ich mach mir nur meine Gedanken«, sage ich. »Ich möchte, dass du glücklich bist.«

»Also, ich würde mir an deiner Stelle darüber nicht den Kopf zerbrechen, Thelma. Ich denke nicht, dass ich jemals glücklich werden kann. Und ich dachte immer, es ginge dir genauso.«

»Na ja, das stimmt schon«, sage ich nachdenklich. »Aber es gibt manchmal Augenblicke.«

»Du bist lustig«, sagt er.

»Du fehlst mir«, sage ich ihm.

»Ja, Süße, du mir auch.«

Molly fragt mich, ob es was Ernstes ist. »Ich muss ihn wiedersehen«, sage ich zu ihr. »Ich muss mich einfach nur vergewissern, dass es ihm gut geht.«

»Aber bist du dir sicher, dass du klarkommst? Mit England verbindest du doch vor allem Negatives.«

Beim Gedanken an England wird mir tatsächlich flau. Doch die Idee, dass Molly mitkommt, finde ich gut. Ich möchte ihr Patrick gern vorstellen. Am liebsten würde ich aus allen Leuten, die ich liebe, ein Sandwich machen, und ich wäre die matschige Füllung, die das segensreiche Brot durchweicht.

»Natürlich komme ich mit dir, Thelma. Aber du musst dir sicher sein, dass es auch wirklich das ist, was du willst.«

Heroin kommt nicht mit. Sie ist viel zu erschöpft. Sie sagt, die Reise hätte sie inzwischen an die fünfzehnhundert Mal gemacht. Sie ist jetzt ein Meter groß und sieht zum Anbeißen aus, und ich koche ihr eine heiße Schokolade, aber sie tut so, als hätte sie nicht mal genug Kraft, die Tasse zu heben.

»Er findet es bestimmt schade, dass du nicht dabei bist«, sage ich in der Hoffnung, sie doch noch zu überzeugen.

»Schätzchen, er hat mich doch damals kaum wahrgenommen«, sagt sie zu mir. »Du hattest mir den Donner geraubt.«

Ich habe Heroins Donner geraubt. Ich habe die Macht geraubt, mit Lichtgeschwindigkeit und donnernden Hufen über ausgehöhlte Felder zu jagen und alles, was mir in den Weg kommt, niederzutrampeln.

»Schon gut. Du kannst mein Pferd nehmen.«

»Ein Glück, dass du mitkommst«, sage ich und drücke Mollys Hand.

»Besorg mir einfach nur noch einen Wodka«, sagt sie. »Fliegen ist für mich die Hölle.« Wir fliegen wieder, im Raum-Zeit-Kontinuum, legen meilenweise Stunden zurück. Nachdem sie ein halbes Valium und drei Wodka intus hat, ist Molly auf meiner Schulter eingeschlafen, und ich habe Angst, mich zu bewegen, habe Angst, sie aufzuwecken. Sie schnarcht auf etwas peinliche Art und Weise, und jedes Mal, wenn jemand rüberblickt, um zu sehen, wer da so viel Krach macht, lächle ich, als wollte ich sagen: Ich bin's nicht.

Wir wollen einen Tag in London verbringen, bevor wir nach Oxford fahren. Molly war noch nie in London, und sie will unbedingt die Museen und Harrods »abklappern«. Wir schauen uns eine Leder- und Fetisch-Ausstellung im Victoria and Albert an, und ich bin schockiert. Das hier ist nicht das Land des Doppelrahms und der Scones und der grauen, sonnenlosen Gesichter, wie ich es kenne. Nicht die Welt der Privatschuljungs, die auf Kekse wichsen, nicht die Welt der Klassenlehrer, die ihren Schülerinnen an die Wäsche gehen, nicht die verklemmte britische Welt des Sex, die gleichzeitig ein Weltreich erschafft, erblühen lässt und vernichtet. Das hier ist krass, das hier ist weiblich, das hier ist – als mich Molly zwingt, genauer hinzusehen – sogar ein bisschen aufregend.

Von der Ausstellung beflügelt, schleppt mich Molly in die Dessousabteilung von Harrods. Irgendwie habe ich ein schlechtes Gewissen, sechsundfünfzig Pfund für ein Höschen auszugeben, doch Molly ist überzeugt, dass ich mich darin wahnsinnig sexy fühlen werde. Ich komme mir etwas albern vor. »Das Beste daran ist, dass es niemand wissen muss«, sagt sie, während sie in einem BH mit Leopardenfellmuster vor dem Spiegel herumstolziert. Ich kann gar nicht hinsehen.

Wir trinken Bier und weisen einander darauf hin, dass wir im Urlaub sind, um uns guten Gewissens einen Teller Pommes frites zu teilen. Das hier ist wirklich kriminell. Wir sitzen in einem Séparée im Ox and Hammer, und es gibt nur noch Stehplätze, als auf einmal lauter Männer im Anzug das Lokal stürmen. »Hier ist alles so kultiviert«, sagt Molly. »Die Leute hier wissen einfach, was gut ist.«

Ein hoch gewachsener Mann mit schwarzen Locken und graumelierten Schläfen stupst seinen Begleiter an und zeigt auf unser Séparée. »Was dagegen, wenn wir uns noch dazusetzen, meine Damen?«, fragt uns der Begleiter.

Ich mache den Mund auf, um zu sagen: *Wir wollten sowieso gerade gehen*, da sagt Molly: »Aber gern, meine Herren. Und gegen einen zweiten Drink hätten wir auch nichts einzuwenden, stimmt's, Thelma?«

»Alles klar. Also noch zwei Dunkle?«, fragt der Große.

»Das wäre wunderbar«, sagt Molly lächelnd, während er und sein Begleiter sich einen Weg zum Tresen bahnen.

»Molly! Spinnst du! Warum ermutigst du die beiden auch noch?«, rufe ich, obwohl sie fast noch in Hörweite sind.

»Wie, ermutigen?«, protestiert sie. »Es ist doch nur ein Drink. Sie setzen sich doch nur zu uns an den Tisch. Ich amüsiere mich nur ein bisschen. Land und Leute kennen lernen.«

»Das kannst du nicht machen.« Ich schüttle den Kopf.

»Und warum nicht?«, will sie wissen.

»Na ja, das könnten doch Vergewaltiger sein oder so was.«

»Ach, Thelma. Das sind wahrscheinlich zwei stinklangweilige leitende Angestellte aus irgendeiner Werbeabteilung, die hier jeden Tag zu Mittag essen und ihre tausend Kalorien zu sich nehmen, bevor sie wieder zurück an ihre Schreibtische gehen und den Rest des Nachmittags damit zubringen, in ihre Sessel zu furzen. Glaub mir, was Besseres als uns konnte den beiden heute gar nicht passieren.«

Mit vier Gläsern Bier kommen sie zum Tisch zurück und stellen sich als Peter und Paul vor.

»Ich weiß, es ist irrsinnig lustig«, sagt Peter, der Hochgewachsene. »Ich bin auch nicht beleidigt, wenn Sie jetzt einen Witz reißen.« Sie setzen sich neben uns, und Peter sagt: »Amerikanerinnen, die Damen?«

»Aus Kanada«, sage ich.

»Oh, Verzeihung«, sagt er. »Ich weiß, das ist ein Riesen-Fauxpas. Im Urlaub?«

»Es ist eher so eine Art Aufklärungseinsatz«, sagt Molly.

»Na ja, ich hab hier ein paar Jahre gelebt«, erkläre ich. »Ich hab in Oxford studiert.«

»Paul war in Cambridge. Hat mit Bravour im Fach Islamistik abgeschlossen.«

Paul errötet und sagt: »Deswegen bin ich ja auch in einer Bank gelandet. Fast alle auf unserer Etage haben in Cambridge studiert.«

»Sind Sie gerudert?«, frage ich höflich.

»Ich? Ach was. Hätte man viel zu früh aufstehen müssen. Viel zu viel Konkurrenzdenken. Ich saß lieber in der Bibliothek.«

Es ist gut, zwischen Büchern zu wohnen, denke ich. Gut, inmitten von Wörtern zu schweigen.

»Und was haben Sie studiert?«, fragt er mich.

»Jura«, antworte ich.

»Und damit dürfen Sie in Kanada praktizieren?«, fragt Peter.

»Ja, das geht. Ist das gleiche Gesetz. Nur 'ne andere Prüfungsordnung.«

»Sind Sie auch Juristin?«, fragt er Molly.

»Journalistin«, sagt sie.

»Die richtig hellen Köpfchen in Cambridge sind alle Journalisten geworden«, sagt Paul. »Durchschnittstypen wie ich landen in einer Handelsbank.«

»Was für blöde Langweiler«, sagt Molly, sobald wir draußen sind.

»Och, ich fand sie eigentlich ganz nett«, sage ich verblüfft.

»Anständig, weißt du.«

»Du bist lustig, Thelma«, lacht sie.

»Wieso?«, frage ich abwehrend.

»Na, so viel zu den Vergewaltigern. Natürlich könnten sie uns jetzt immer noch irgendwo auflauern. Die wollten uns bestimmt nur auf den Tisch schmeißen und uns die Röcke hochziehen und sich einen kleinen Fick zum Mittagessen genehmigen.«

»Molly, das ist nicht komisch! Jetzt hör auf! Ich hab's kapiert.«

Molly setzt eine hochmütige Miene auf, und ich kriege das Bild nicht mehr aus dem Kopf.

Schweigend laufen wir weiter. Nach einiger Zeit hakt sich Molly bei mir unter und sagt: »War doch nicht ernst gemeint.«

»Jetzt komm mir nicht mit diesem rehäugigen Blick«, sage ich spöttisch. »Am liebsten würde ich dir eine reinhauen.«

»Na los, Große«, stichelt sie. »Zeig mir, was du draufhast, Butch«, witzelt sie und hüpft vor mir auf und ab.

»Hör auf, Molly. Du weißt, dass ich's könnte.«

»O ja, ich weiß, was in dir steckt, Liebling. Ich bin bereit«, witzelt sie und hält die Fäuste hoch.

»Ich bin keine Butch«, schmolle ich.

»Also gut, du bist 'ne Femme mit 'ner Scheißlaune«, sagt sie.

»Wann hast du mich schon mal mit schlechter Laune gesehen?«

»Ach komm.«

»Was ach komm?«

»Schlag mich, beschimpf mich oder sag mir, dass ich mich verpissen soll«, sagt sie und hüpft von einem Fuß auf den anderen.

»Aber ich will nicht.«

»Gerade klang das noch ganz anders.«

»Das ist vorbei.«

»Dann üb doch jetzt schon fürs nächste Mal. Damit du vorbereitet bist.«

»Molly, hör auf!«, schreie ich. »Du nervst.«

»Mach weiter, Thelma. Was noch?«

»Manchmal bist du einfach so verdammt ... lesbisch«, sage ich schwach.

»Huh, mir zittern ja schon die Knie«, gurrt sie.

»Ich hab's nicht so gemeint. Ich meine, du bist ... du bist eben manchmal so aggressiv«, erkläre ich.

»Ich kenn einfach nur das Gesetz des Dschungels. Man muss wissen, wer seine Feinde sind. Ich zeig's dir«, sagt sie. »Komm, nimm meinen Arm.« Sie macht einen großen Schritt und sagt:

»Wenn du auf einen Riss im Bürgersteig trittst, muss jemand sterben.«

»Das kenn ich«, antworte ich. »Aber das ist doch nur so 'n blödes Kinderspiel.«

»Aber es wirkt. Auf diese Weise hab ich schon jede Menge Leute umgebracht. Meinen Onkel Harold hab ich schon mindestens tausend Mal umgebracht. Es ist 'ne Art Therapie, Thelma. Und immer noch besser als lebenslänglich.«

»Bringst du Sadie auch solche Sachen bei?«, frage ich sie.

»Nein, Schatz. Nur Kindern wie dir und mir.« Sie beschleunigt ihren Schritt.

Später, beim Abendessen, frage ich sie: »Bist du deswegen lesbisch geworden?«

»Wegen Onkel Harry?«

»Sozusagen.«

»Nein. Onkel Harry gehört mit Sicherheit zu meinem Leben, aber er ist nicht der Grund, weshalb mir Frauen ohne Unterhosen lieber sind.«

»Also, Molly. Du bist so ordinär«, sage ich. »Bitte sag so was nicht vor Patrick. Er ist … sensibel.«

»Eigentlich ist es mir egal, *warum* ich lesbisch bin, Thelma«, sagt sie, ohne auf meine Bemerkung einzugehen. »Wenn du meinst, dass alle Leute, die als Kind missbraucht wurden, automatisch homosexuell werden, dann wärst du doch die ideale Kandidatin.«

Ich weiß noch, wie ich einmal zu Corinna sagte, dass ich später mal lesbisch werden wolle. Ich wollte mich damals wie eine Katze in ihrem Schoß zusammenrollen und mein Gesicht in die Wärme ihrer Achselhöhle schmiegen. Das war alles, was ich wollte, aber mir fehlten dafür die Worte. Ich bin nicht sicher, ob ich überhaupt irgendwas anderes will als das. Es gefiel mir, wenn sich Patricks starker Arm schützend um mich legte. Ich mochte das sonderbare Gefühl, das mich beim Einatmen des ungewohnten Dufts von Männerhaut überkam.

Patrick. Morgen ist Patrick. Mitten in der Nacht liege ich wach und mir ist schlecht, aber anstatt mich zu übergeben beschließe ich, mir die Haare zu waschen. Vier Mal. Ich weiß nichts mit mir anzufangen. Ich kann nicht stillsitzen. Im Bus nach Oxford mache ich es mir zur Aufgabe, aus dem Polster des Sitzes vor mir Fäden rauszupfen. Gerade sind wir an der Warneford-Klinik vorbeigefahren und rollen die Headington Hill hinunter zur Innenstadt. Ich denke an das polierte Aluminium, die tiefgefrorenen Erbsen und die Schreie, bei denen mir die Haare zu Berge standen. Mir wird übel bei dem Gedanken an eine Welt, die gar nicht so weit weg ist, aber doch weit genug, um eine andere Welt zu sein.

»Die nächste Station ist es«, sage ich zu Molly.

»Alles in Ordnung mit dir?«, fragt sie mich.

»Alles in Ordnung. Sei nur einfach da, ja?«

»Ich bin hier.«

Patrick öffnet die Tür und strahlt: »Thelma. Thelma mit Auszeichnung.«

Das Haus ist voller sanfter Blau- und Grüntöne, und das Sonnenlicht flutet durch die Wohnzimmerfenster. Ich erinnere mich noch an diese Farben, aber nicht an das Sonnenlicht. Patrick kocht Kaffee. Molly nimmt einen Schluck, und als er aus dem Zimmer geht, zieht sie eine Grimasse.

»Instant-Kaffee«, erkläre ich. »Keine Ahnung, wieso. Die haben hier einen echten Nescafé-Fimmel.«

»Schmeckt zum Kotzen«, sagt sie. »Aber er ist wirklich süß.«

Ja. Groß und schlank und wie gemeißelt steht er in der Tür.

Ich sehe, wie er mich liebevoll betrachtet, und er sagt: »Wie schön, dich wiederzusehen, Thelma.«

Wir fahren nach Abingdon, um im White Horse zu Mittag zu essen. Das ist meine Lieblingskneipe, und obwohl es November ist, setzen wir uns nach draußen. Patrick fragt Molly nach Sadie, und Molly wird sehr gesprächig und gibt jede Menge Sadie-Geschichten zum Besten.

»Weißt du, Patrick, sie ist einfach eine unglaublich mutige und lebhafte kleine Erwachsene«, füge ich hinzu.

»Thelma!«, sagt er verblüfft. »Du hattest doch einen Riesenschiss vor den Kindern meiner Schwester.«

»Ich weiß«, sage ich entschuldigend.

»Na ja, da würd ich mir keine Gedanken machen. Es sind ja auch wirklich Mutanten«, lacht er. »Philipp hat's zurzeit mit Hundekacke und Suzanne duldet nichts anderes als Rüschenkleidchen.«

»Schade, dass es nicht umgekehrt ist!«, witzelt Molly.

Am Nachmittag fahren wir ein bisschen durch Oxford. Die Stadt ist wirklich wunderschön. Als Molly ein Gebäude nach dem anderen bewundert, werde auch ich immer eifriger. Sie bringt mich dazu, hochzusehen. Früher wäre ich da gar nicht drauf gekommen. Früher habe ich immer nur den Bürgersteig gesehen, den grauen Bürgersteig und die müden Füße der Leute, die sich mit ihren Tesco-Plastiktüten voll skandalös überteuertem Gemüse nach Hause schleppen. Ich habe mir immer vorgestellt, wie sie alles zu einem pappigen, geschmacklosen Brei zerkochen und vor ihrem elektrischen Heizlüfter in trostloser Stille in sich hineinlöffeln.

Patrick und ich versuchen einander in Universitätsgeschichte zu übertrumpfen. Somerville College und Indira Gandhi, Magdalen College und Oscar Wilde, doch die faszinierendste Verknüpfung ist immer noch Lewis Carroll und Port Meadow. Ich erinnere mich noch, wie ich damals auf der Walton-Well-Road-Brücke saß, die zur Wiese führt, und sehr genau wusste, dass auch diese Brücke nicht hoch genug war. Eine andere Art von Verknüpfung also. »Das da ist die Brücke, von der sich die Heulboje Clare runtergestürzt hat«, erkläre ich Molly.

»Mein Gott. Wie schrecklich«, sagt Molly und zuckt zusammen. »Aber was hat sie sich bloß dabei gedacht? Das sind ja nicht mal fünf Meter«, staunt sie.

»Weißt du, man kann wirklich Tag und Nacht darüber nachdenken, wie man sich am besten umbringt, und sich immer noch verkalkulieren. Vielleicht ist es das, was wir eigentlich wollen«, denke ich laut. »Und wieso ausgerechnet hier? Guck doch mal, wie schön diese Wiese ist. Ist es nicht fast gespenstisch? Morgens hängt ein schmaler Streifen Nebel über dem Gras und zerhackt die Leute in zwei Hälften, so dass ihre Köpfe über den Wolken sind. Im Frühling ist sie über und über mit blauen Disteln bedeckt. Und Pferde galoppieren hier vorbei.«
Ich weiß noch, wie ich, ein Ohr am Boden, hier gelegen und Heroins Hufen gelauscht habe, und wie die Erde unter ihrer Willenskraft bebte.

»Wir könnten ein bisschen am Kanal entlanggehen«, schlägt Patrick vor. »Und uns die Kähne ansehen.«
Der Kanal befindet sich inmitten eines Dschungels aus nassen, umrankten Bäumen. »Heißt das etwa, hier wohnen Leute das ganze Jahr über?«, fragt Molly ungläubig.

»Ja. Komisch, oder? Ich hab mich auch schon immer gefragt, wie die Leute es schaffen, im Stockfinstern diese Wiese zu überqueren und den richtigen Kahn zu finden. So weit ich weiß, sollen hier sogar auch Frauen ganz alleine gewohnt haben.«

Am Ufer stehen Briefkästen, und es gibt Gemüsegärten und Katzen und Hunde mit Besitzern, die die Fressnäpfe liebevoll mit den Namen ihrer Tiere beschriftet haben.

»Die müssen von einer anderen Welt sein«, stellt Molly fest. »Und ich dachte immer, *ich* sei mutig.«

Es erfordert wirklich Mut, sich eine ganz andere Welt zu schaffen. Sich jenseits einer dunklen Wiese ein Zuhause einzurichten. Allein am Ufer eines Kanals zu leben und sich durch Farngestrüpp und Wildwuchs einen Weg nach Hause zu bahnen.

Wir laufen vorbei an der ersten Reihe von Kähnen und biegen in einen kleinen Pfad, der vom Kanal wegführt. »Meine Güte!«, kreischt Molly. »Eine Oase! Was für ein Land!«, ruft sie, als eine Kneipe in Sicht kommt. »Da muss ich unbedingt rein«, sagt sie.

»Alle Wege führen zu einem Pub. Sogar auf einer Wiese«, sagt Patrick.

Ich lache. Patrick legt mir den Arm um die Schulter und zieht mich zu sich ran. Einen Augenblick lang schließe ich die Augen und atme die Nässe ein.

Es ist später Nachmittag und wir trinken Whiskey am Kaminfeuer und wärmen uns die feuchten Schuhsohlen. Draußen wird es dunkler, nasser und englischer.

»Du bist doch 'ne Knalltüte«, sagt Molly. »Das alles aufzugeben.«

»Du hast ja Recht«, seufze ich. »Als ich zuletzt hier war, sah das alles noch ein bisschen anders aus. Es kann auch wirklich sehr bedrückend sein.«

»Das ist wahr«, stimmt mir Patrick zu. Ein trüber Himmel lässt den Abstand zur Erde schmaler erscheinen. Die Menschen schrumpfen unter dem Gewicht der Wolken, die voller Lügen und Geheimnisse stecken.

Wir sind alle etwas angetrunken. Molly hakt sich bei uns beiden unter, und während wir uns einen Weg zurück über die Port Meadow bahnen, bittet sie Patrick, uns ein paar Fußballlieder beizubringen. »We are the Man U-haters!«, rufen wir immer und immer wieder gegen die Wände der Finsternis.

»Dassisn ganz tolles Land hier, weißtudas?«, lallt Molly, als wir wieder zu Hause sind.

»Was ist los, Molly?«, frage ich lachend.

»Weißichnicht. Jetzt 'n Stück Pizzawärsuper.«

»Hast du Hunger?«

»Ach, scheißegal. Ich gehjesslieber schlafen«, murmelt sie, ehe sie sich auf die Couch fallen lässt.

»Ich hol ihr 'ne Decke«, sagt Patrick. Er kommt zurück und deckt sie mit einem Federbett zu.

»Sie ist meine beste Freundin«, flüstere ich. »Tut mir Leid, dass sie so hinüber ist.«

»Sie ist reizend«, sagt Patrick. »Sollen wir uns noch in die Küche setzen?«

Ich koche Tee. Ich weiß, wo die Teekanne steht. Sie steht noch genau an derselben Stelle, und das bringt mich zum Heulen.

»Schon gut«, sagt Patrick. »Ist doch nur eine Teekanne.«

»Weiß ich, aber ich hab dir diese Teekanne geschenkt. Ich hab sie vom Gemüsemarkt in Gloucester, von diesem Blinden, der Töpferwaren verkauft.«

»Ach, Thelma«, seufzt er und zieht mich in seine Arme.

Seine feste Brust. Sein Brustbein. Seine Rippen. Ich bin überzeugt, dass meine Stirn für nichts anderes geschaffen ist, als sich gegen diese Brust zu lehnen. »Du fehlst mir«, jammere ich.

»Du mir auch«, flüstert er.

»Liebst du mich denn noch?«, frage ich ihn.

»Natürlich. Ich hab nie aufgehört, dich zu lieben.«

»Willst du mich denn wiederhaben?«, frage ich und blicke ihm in seine hellen Augen.

»Ach, Süße«, seufzt er. »Woher weißt du denn, dass es das ist, was du willst?«

»Ich weiß es einfach«, sage ich.

»Aber das musst du doch erst noch rausfinden, oder?«, sagt er.

»Ja, aber ich weiß es trotzdem.«

Mit verzweifelter Hingabe sehe ich ihn an. Bitte ihn, diesen Damm niederzureißen, der mein Rinnsal daran hindert, zum breiten Strom zu werden.

»Ich glaube nicht, dass ich das kann«, sagt er langsam und kopfschüttelnd.

»Nicht?«, frage ich ihn, während ich mich aufrichte, um ihm ins Gesicht zu sehen.

»Ich glaube nicht, dass ich das ein zweites Mal verkraften würde, Thelma. Ich meine, diese Unsicherheit. Ich glaube nicht, dass ich damit klarkäme, noch mal mitzuerleben, wie du mich hasserfüllt ansiehst. Ich will niemandes Teufel sein, nicht mal eine Sekunde lang.«

Hilfe. Ich hab's nicht anders verdient. Ich habe beschmutzt, ich beschmutze. Ich habe getötet, ich habe zerstört. Ich hab's verdient, weil ich jemandem wehgetan habe. Ich verstehe, weshalb Molly auf die Risse tritt. Sie rettet Menschen. Sie rettet Leuten das Leben. Ich hingegen bin eine Mörderin, und hier sitze ich meine lebenslängliche Haftstrafe ab. Ich heule, und Patrick versucht, mich zu trösten, doch mein Herz schießt mir aus der Brust bis in den Kopf und schlägt gegen meinen Schädel. Es schlägt und ruft: Lass mich raus.

»Bitte, Patrick«, bettle ich. »Ich werd mich ganz bestimmt benehmen. Ich werde alles tun, was du von mir verlangst.«

»Nein, Thelma«, sagt er kopfschüttelnd. »Sag so was nicht. Du brauchst dich nicht zu benehmen. Du brauchst nichts für mich zu tun. Du sollst so was nicht sagen. Du sollst einfach nur Thelma sein.«

»Aber ohne dich kann ich nicht Thelma sein«, sage ich inständig.

»Doch. Du musst, Thelma. Ob wir nun zusammen sind oder nicht«, sagt er.

»Ich kann lernen, mit dir zu schlafen«, sage ich verzweifelt.

»Das hat damit gar nichts zu tun, Thelma. Und das weißt du auch.«

»Aber wenn ich es könnte, dann würde dir vielleicht klar werden, wie ernst ich es mit dir meine.«

»Ich weiß, wie ernst du es meinst, auch ohne dass wir miteinander schlafen.«

»Willst du denn nicht mehr mit mir schlafen?«, frage ich.

»Doch. Schon. Aber ich kann nicht.«

»Hast du Angst vor mir?«

»Ich hab keine Angst vor dir. Aber ich kann nicht mit dir zusammen sein. Ich hab dir gerade erklärt, warum.«

»Aber wir könnten doch einfach heute zusammen schlafen, und dann überlegst du's dir vielleicht noch mal.«

»Es würde die Sache nur komplizierter machen. Ich käme einfach nicht damit zurecht, wenn du mich jemals wieder so angsterfüllt ansehen würdest.« Er fuhr fort. »Du wirst es bestimmt falsch verstehen, Thelma, du wirst bestimmt nicht verstehen, dass ich dich immer noch liebe, aber es gibt jetzt eine andere.«

Ach so.

Wie bitte?

Was?

Darum geht's also die ganze Zeit.

Wirklich?

Wen denn?

Wann dann?

Wie konntest du nur?

»O Scheiße, ich hab's nicht anders verdient«, plärre ich los.

»Das ist Quatsch. Es hat sich nun mal so gefügt. Sie ist nicht der Grund. Du kennst den Grund. Du darfst nicht glauben, dass jemand anders der Grund sei«, sagt er beschwichtigend.

»Aber ich dachte, du liebst mich«, jammere ich.

»Das tu ich auch. Wirklich. Meine Gefühle für dich sind immer noch dieselben.«

Ich komme mir vor, als könnte ich bis an mein Lebensende heulen. Oder wenigstens die nächsten 36 Stunden. Stundenlang heulen ist etwas Neues für mich. Früher verließ ich einfach den Planeten, und im Weltall sind Gefühle irgendwie schwächer und dumpfer. Ich komme mir vor, als müsste ich sterben. Ist es das, was lebendig sein ausmacht? Sich vorkommen, als müsste man sterben? In Patricks Umarmung flenne ich weiter, bis wir oben sind und in seinem Bett liegen. Ich heule beim Anblick seines Schlafzimmers, ich heule beim Anblick des Futons, ich heule beim Anblick des Fensters, des Radioweckers und seiner Socken auf dem Fußboden. Ich heule mich an seiner festen Brust aus, bis ich nicht mehr kann. Und dann höre ich endlich auf zu heulen. »Verdammt«, sage ich. »Tut mir Leid, dass ich so melodramatisch bin.«

»Geht's dir besser?«, fragt er mich.

»Ich bin total erledigt«, sage ich. »Dieser Futon hat Beulen.«

Schlafen. Von Köpfen träumen, die von Körpern weggezogen werden und sich in den Wolken miteinander unterhalten. Lange, lange Hälse, und wir haben alle Glatzen. Wir haben alle dunkle Augenbrauen. Wir sind alle um die dreißig.

»Bist du verliebt?«, frage ich Patrick, nachdem ich eine halbe Stunde lang seinen Hinterkopf angestarrt habe.

»Du schläfst ja gar nicht«, sagt er und dreht sich zu mir um.

»Thelma mit Auszeichnung liegt in meinem Bett. Wie komme ich zu der Ehre?«

»Bist du denn verliebt?«, wiederhole ich.

»Nicht wirklich«, sagt er sachlich.

Ach so.

Nein. Nein?

Was machst du dann dort?

Warum bist du bei ihr?

Warum bist du nicht bei der, die dich liebt?

»Es ist behaglich. Es ist nett. Angenehm. Unkompliziert. Einfach.«

Ach so.

Behaglichkeit ist also besser. Ich werde niemals für einen anderen Menschen behaglich sein. Mit mir wird es nie jemand aushalten. Ich werde nie jemanden finden, weil ich nicht behaglich bin. Behaglichkeit habe ich nicht im Angebot. Ich bin kein sanftes Ruhekissen. Ich bin keine Talkshow. Ich habe ja in den seltensten Fällen den Mut, ans Telefon zu gehen. Ich bin nicht zuverlässig oder stringent. Ich bin launisch, düster, introvertiert. Es kann passieren, dass ich Wörter höre, die mich ins Weltall katapultieren und zum Schrecken jeder Dinnerparty machen. Ich sage ja, wenn ich eigentlich nein meine, bin immer unentschlossen. Ich demonstriere nicht, ich werde nicht wütend, stattdessen erstarre, fliege oder schwimme ich. Ich rede nicht immer, und ab und zu rede ich in Zungen. Manchmal vergesse ich Leute. Ich führe lange Gespräche mit Leuten, die glauben, ich sei voll dabei, dabei grabe ich mir in Wirklichkeit gerade in irgendeiner Höhle ein Loch und entdecke das Feuer, während sie weiter und weiter reden. Niemand kann sich jemals sicher sein. Ich kann mir niemals sicher sein. In diesem Augenblick, in diesem Zimmer bin ich verliebt, doch ich weiß nicht, wo ich sein werde, wenn ich im nächsten Zimmer bin. Ich habe ein Land. Ich habe ein Zuhause. Ich habe eine Therapeutin und eine beste Freundin namens Molly, aber es fühlt sich an, als hätte ich nichts als ein verbeultes Futon unter mir und ein Herz, das in den Händen eines Mannes zerbricht, der mich liebt. Er hat es behaglich. Ich bin es nicht.

Der umgekehrte Golem

Ich komme mir vor, als wäre ich von einem Lastwagen überfahren worden. »Ist das jetzt das richtige Leben?«, frage ich Molly.

»Na ja«, sagt sie. »Es ist nun mal meistens beschissen.«

»Aber wieso …«

»Ach, fang nicht wieder damit an. Wenn nicht, dann nicht, verstehst du?«

»Wieso bist *du* denn so mies gelaunt«, fahre ich sie an. »Ist es etwa dein Herz, das man diese Woche mit Füßen getreten hat?«

»Tut mir Leid, aber du weißt doch, wie ungern ich fliege. Und Sadie fehlt mir.«

»Mir auch. Ich bin aber wirklich froh, dass du mitgekommen bist, Molly.«

»Bin ich auch. Wirklich froh«, sagt sie und lächelt mich an. »Das wird schon wieder, wart's nur ab. Du musstest es tun. Seine Augen sind sauber. Und du bist es auch.«

Wir sind jetzt zu Wasser geworden. Sauberes Wasser, das durch rostige Bleirohre fließt.

Später fragt sie mich: »Was hältst du eigentlich von Scotty?«

»Von wem?«

»Meinem großen Bruder. Du hast ihn auf der Party kennen gelernt«, sagt sie.

»Ach ja, stimmt. Weiß nicht. Ganz nett.«

»Er fand dich gut«, sagt sie lachend.

»Glaub ich nicht«, sage ich kopfschüttelnd.

»Stört dich was an ihm?«

»Na ja, zum einen hat er deine Augen«, sage ich.

»Wie gesagt: Stört dich was an ihm?«, wiederholt sie.

»Es käme mir ein bisschen vor wie Inzest«, sage ich.

»Da ist was dran.«

»Und außerdem bin ich ja in Patrick verliebt. Ich könnte mir gar nicht vorstellen, mit jemand anders zusammen zu sein.«

»Na ja, wenn du vorhast, ihn nicht mehr zu lieben, bevor du dich mit jemand anderem einlässt, vergiss es. So funktioniert das nicht. Ich meine, man hört nicht auf, jemanden zu lieben. Es geht immer weiter.«

Dieser Gedanke kommt mir sonderbar vor. Die Leute hören nicht auf zu lieben? Die Leute hören nicht auf zu lieben, selbst wenn man nicht mehr da ist, nicht mehr direkt vor ihrer Nase, um sie täglich daran zu erinnern? Die Leute hören nicht auf zu lieben, auch wenn sie einen niemals wiedersehen? Die Leute hören nicht auf zu lieben, sogar wenn sie jemand anderen lieben? Unmöglich: zu glauben, man könne, ohne anwesend zu sein, geliebt werden, wenn man noch nicht mal weiß, wie es sich anfühlt, geliebt zu werden, wenn man da ist.

Hier drin, ich tippe mir ans Brustbein in der Hoffnung, es möge jemand zurücktippen. Ich versuche, ihn mit mir zu nehmen, versuche, das zu tun, was Molly und Dr. N. mir beigebracht haben. Ich denke mir einen Weg hindurch, nicht mit vollem Erfolg, aber eines Tages drehe ich den Hahn auf, und Patrick läuft mühelos ins Waschbecken. Auf diese wundersame Art und Weise ist er bei mir, in meinem Fantasiehaus voller Frauen und Tiere. Er füllt meine Badewanne. Er bewegt sich in meinem Spiegel. Er sieht mir zu, wie ich mich stundenlang zurechtmache für ein, wie sich herausstellen sollte, desaströses Treffen mit Scotty. Er folgt mir durch die Flure meines Hauses, als ich zu Tode beschämt von meiner Verabredung wiederkomme. Von den vielen schlimmen Verabredungen, die ich hinter mich bringen muss, weil ich nicht behaglich bin.

Nachdem ich mein Examen bestanden habe, sagt Mary, dass das Hinterzimmer jetzt zu einem Büro umfunktioniert werden könne. Ich bin außer mir. Ich rufe Molly an und sie kreischt vor Freude. »Thelma, ich komme sofort bei dir vorbei – schnall dir schon mal die Flügel an, Mädchen.«
Wir fliegen über die nächtliche Stadt, unter uns die glitzernden Lichter wie Diamanten. Wir singen und geraten im zarten Mondlicht in Verzückung, die Köpfe sanft erhellt und mit glänzendem Haar. Unsere Bäuche berühren die Spitzen langer Wiesengräser, und unsere Körper schwimmen durch Regentropfen hindurch, die Münder voran, und ab und zu holen wir Luft. Sadie spielt auf unseren Zehen wie auf einem Klavier und malt uns mit Wachsmalstiften aus. Molly schenkt mir ein Gemälde für mein Büro – eine nackte Frau im Gras, wie eine Christusfigur, die einen Hügel hinunterstürzt. Die Frau ist vollbusig, üppig, der Kopf zum Himmel erhoben.

Heroin liegt auf der Couch, als ich nach Hause komme, noch kleiner als am Tag zuvor. Sie ist dieselbe Frau geblieben und genauso lebhaft wie immer, nur wird sie immer kleiner.

Sie ist mein umgekehrter Golem. Sie hat uns überbackene Auberginen zum Abendessen gekocht, doch das ganze Geschirr liegt auf dem Fußboden, weil sie nicht mehr an die Spüle kommt.

Bald wird sie nur noch als Tröpfchen in geschmeidiger, flüssiger Behaglichkeit schwimmen. Warm, geliebt und im Schlaf an mich geschmiegt.

»Wie war dein Tag?«, fragt sie mich.

»Interessant«, sage ich langsam. »Ich dachte gerade daran, wie du damals die Tür eingetreten hast und ihn aufhalten wolltest – wie du ihm damals in die Wange gebissen hast, bis es blutete.«

»Aber das warst doch du, Thelma. Du hast ihn gebissen.«

»Ich war das?«, frage ich verwirrt.

»Aber sicher. Du warst immer schon stärker als ich.«

»Verdammt«, staune ich. »Feste Zähne. Fester Mund.«

»Dein Mund«, sagt sie.

Beiß sie zusammen, diese festen Zähne in diesem festen Mund. Mein Mund. Meines Körpers. In meinem Haus. Mein Mund? Raue Lippen, geschwollen und blutig? Geträumte Träume, weit offen und wie ein Donnern? Mein Mund! Unglaublich! Ich bin es, die spricht. Nicht nur die Lippen bewegt. Nicht nur tippt und zuckt. Keinen Abschiedsbrief schreibt, so lang wie ein Roman, der niemals fertig wird. Jetzt höre ich Stimmen, aber ich weiß, dass es nicht die Stimmen von Vätern oder Liebhabern, von Müttern oder Engeln oder Dämonen sind, es ist das Getöse meiner ureigenen Kämpfe und darin der Widerhall der Kämpfe von Frauen vor mir und mit mir. Kein Wunder, dass sich Leute in meiner Nähe unbehaglich fühlen. Ich habe viel zu viel zu sagen.

Aus tiefstem Herzen danke ich den folgenden Menschen, die dazu beigetragen haben, dass Thelma das Licht der Welt erblickt: Beth Follett, Ravi Mirchandani, Vanessa Kerr, Jonathan Sissons, Suzanne Brandreth, Dean Cooke, Ellen Flanders, Zab, Kenneth Grey und der Toronto Women's Bookstore. Dank auch meiner Familie und meinen Freunden für ihre Liebe und ihr Vertrauen: Lorraine Segato, Sheila, Patrick und Edward Fennessy, Stanley Cole, Alex Gibb, Ted Colman, Lynne Fernie, Vibika und Lilly Bianchi, Anne Shepherd, Annie Sommers und Marnie Woodrow.

Dank auch denjenigen, die mich mit klugen Worten unterstützt und inspiriert haben: Jeanette Winterson, Tomson Highway, Jane Rule, Jim Bartley, Martin Levin, Susan Cole, Martha Kanya-Forstner und Maya Mavjee.

Zeruya Shalev
Liebesleben
Roman · Deutsch von Mirjam Pressler

Das faszinierende Porträt einer jungen Frau,
die für eine Amour fou alles riskiert und zuletzt
sich selbst auf die Spur kommt.

*»Ein grandioser Roman. Zeruya Shalev wird
literarische Moden überdauern. Dafür sprechen
ihre Klugheit, ihr erzählerisches Raffinement und
ihr Mut, das menschliche Leben als das in den
Blick zu nehmen, was es ist: ein Rätsel und ein Tanz
auf dünnem Eis.«* Eckard Fuhr, Die Welt

»Ein schöner und mutiger Roman.« Batya Gur

*»Das ist ein großartiges Buch, es ist hinreißend, vor
allem wegen der unglaublichen Sprache.«* Iris Radisch

»Ein hocherotisches Buch.« Hellmuth Karasek

*»Zeruya Shalev redet und überredet, blufft und
verblüfft und läßt uns am Ende doch ungläubig
darüber staunen, wie rein und sauber die Luft ist
nach einem solchen Erzählgewitter.«*
Reinhard Baumgart, Die Zeit

Berliner Taschenbuch Verlag